[以色列]
梅厄·沙莱夫 著
Meir Shalev

刘 洋 译

名奖作品·互文

朱迪斯的爱人们
The Loves of Judith

外语教学与研究出版社
北京

京权图字：01-2022-4517

图书在版编目（CIP）数据

朱迪斯的爱人们 /（以）梅厄·沙莱夫（Meir Shalev）著；刘洋译．——北京：外语教学与研究出版社，2022.9
（名奖作品·互文）
书名原文：The Loves of Judith
ISBN 978-7-5213-3914-7

Ⅰ．①朱… Ⅱ．①梅… ②刘… Ⅲ．①长篇小说－以色列－现代 Ⅳ．①I382.45

中国版本图书馆 CIP 数据核字（2022）第 146247 号

出 版 人 王 芳
项目策划 张 颖
项目编辑 赵 奂
责任编辑 徐晓雨
责任校对 何碧云
装帧设计 范晔文
出版发行 外语教学与研究出版社
社 址 北京市西三环北路 19 号（100089）
网 址 http://www.fltrp.com
印 刷 三河市北燕印装有限公司
开 本 889×1194 1/32
印 张 12
版 次 2022 年 9 月第 1 版 2022 年 9 月第 1 次印刷
书 号 ISBN 978-7-5213-3914-7
定 价 59.00 元

购书咨询：（010）88819926 电子邮箱：club@fltrp.com
外研书店：https://waiyants.tmall.com
凡印刷、装订质量问题，请联系我社印制部
联系电话：（010）61207896 电子邮箱：zhijian@fltrp.com
凡侵权、盗版书籍线索，请联系我社法律事务部
举报电话：（010）88817519 电子邮箱：banquan@fltrp.com
物料号：339140001

第一餐

1

每逢和暖之日，一股柔和的奶香便会从我家的墙内飘溢而出。墙面抹了灰泥，又被粉刷过，地上铺着瓷砖。然而，透过墙壁的缝隙和地砖的裂痕，那味道依然可以察觉。它徘徊着，久而未散，在不经意间沁入身体，犹如昔日爱人肌肤上的汗迹。

以前，我住的地方是一间牛舍，养着一匹马、一头母驴，还有几头奶牛。木质的舍门十分宽大，门上横着铁闩。舍里有几副套牲口的牛轭和一些瓶瓶罐罐，砌着几个水泥槽子，此外还有挤奶的地方。

有个女人就住在这里。她在这里做工、睡觉、做梦、哭泣。而她的儿子就在牛舍里用麻袋堆成的床上降生。

屋檐边上，几只鸽子在来回踱步；幽僻的角落里，燕子正在泥窝边叽叽喳喳。那啪嗒啪嗒的扇翅声是如此悦耳，我到现在都记忆犹新。每每忆起，那总会令我眉目舒展，岁月与愤懑镌刻在面容上的沟壑亦得以抚平。

清晨，阳光照亮了一扇扇窗子，空中飞舞的尘粒也被镀上一层金彩。壶盖上露水凝结，小田鼠在一捆捆稻草上乱窜，如同一道道灰色的小闪电。

妈妈告诉我，那头母驴性子野，脑瓜儿也灵，即便在睡梦中蹄子都会乱踢。她还对我说："萨义德，要是你想骑在她[1]背上，她会狂奔到大门口，然后弯下身子从门闩杆子下面钻过去。我的孩子啊，要是你不及时跳下来，那根铁杆就会打中你的胸口，把你拦下来。"这只母驴懂得如何在马的眼皮底下偷麦子，知道如何嘶鸣大笑，也晓得怎样踢门卖乖讨糖吃。她这样说，是想让我留住这段记忆。

院子里立着一棵高大的桉树，它枝长叶茂，香味沁人，而且总是会沙沙作响。没人知道这树是谁种的，抑或是哪阵风在这里播下了种子。它比附近桉树林的那些"兄弟"都要高大，都更年长。许久之前，在这个村庄远未形成之时，这棵树就已经在此处生根立户，耐心等待。树顶上有乌鸦筑巢，因此我经常爬上去。我在那个时候就已经开始观察它们。

如今妈妈已经过世，那棵树也被砍倒，而原来的牛舍也变成了一幢房子。那窝乌鸦业已迁走，新的又飞来这里，回归尘土，孕育新生。尽管如此，那些乌鸦、那些故事、那间牛舍，还有那棵桉树却在我心中深深扎根，构成我人生一幅幅永恒的画面。

那棵树约有六十英尺[2]高，乌鸦的巢穴离树的顶端很近。错综繁茂的低处枝丛中还能看到"泰山小屋"的遗迹。在我出生前，当时的孩子们会爬到树上，并把小屋当作据点。

无论是在英国空军的航拍照片里，还是在村民们描述的故事情节中，那棵树的踪迹都清晰可寻。然而如今，留下来的只有一个硕大的树桩，上面烫着树被砍倒的日期——1950年12月10日，仿佛墓碑上镌刻的卒年。我在摩西·拉比诺维奇家的院子里长大，所住的

1.在原文中，作者常用"他""她"指称某些特定的牲畜、禽鸟，将其视为有灵性、可沟通的拟人化形象。本书注释如无特殊说明均为译者注。

2.英尺：英美制长度单位，1英尺约合0.3048米。

牛舍也为他所有。他让我姓他的姓，还将自家的农场留给我。葬了我母亲回来之后，他磨利了斧子，终结了那棵树的生命。

2

拉比诺维奇砍了足足三天。

斧头一次次被举起，又一次次落下。他围着那棵树不停地削砍，哀叹着抡斧，哀叹着狠劈。

拉比诺维奇个子不高，也不爱说话。他长得肩宽腰粗，一双手短小厚实。即便现在年纪大了，村里人还是管他叫“公牛拉比诺维奇”，因为他力气大，又总是一副逆来顺受的样子。小辈的孩子常找他玩“大坏熊”的游戏：他用一只手抓着三个孩子的三只小胳膊，同时又吼又笑，没有谁能挣脱他。

木屑伴着叹息声四下飞舞，泪水与汗水滴答落下，雪花在周围打着旋儿。在这个村子里，人们对于陈年往事总是说法不一，然而说到那次复仇之举却是众口一词，连村里的孩子都对细节了如指掌：

拉比诺维奇费了整整一打毛巾，用来擦脸和后脖颈。

他用坏了八根斧头柄，坏了又换。

他喝了二十四夸脱[1]清水，以及六大壶茶。

1.夸脱：英美制容量单位。英制1夸脱约合1.136升，美制1夸脱约合0.946升。

每半个钟头，他都会用磨石和钢锉给斧子磨刃。

他就着香肠吃掉了九个大面包，还吃了一大篓橘子。

他十七次将自己埋在雪中，十六次重新振作，继续砍树。

整个过程中，他牙关紧咬，十指紧握，哀伤的气息在冷空气中凝结。直到“嘎吱”一声巨响，众人一阵惊叹，仿佛社区中心突然断电熄灯一般，只是那声音更加响亮，更显惊恐。

几声警告的喊声，一阵逃离的急促脚步，接着便是一阵死亡的躁动。那种情景无以比拟，只有其本身可以表达——倾倒瞬间的喧闹，大树生命的终结。听闻的人永远也无法忘记，那断裂时的暴戾、倾倒时的咆哮以及倒地时的震荡。

那声音与人死之时的声音相去甚远。不过话又说回来，说到生命之声，树与人也全然是两码事；生命消亡后，留下的沉寂也不尽相同。

树死之后的宁静仿佛是一幕低垂的黑暗，很快便被喧哗的人声、咆哮的风声以及鸟声与兽声取代。而在我母亲故去之后，充斥着世界的那股沉寂则清冷又稀薄，透明且晶莹，它凝固在那里，久久不会散去。

它就在这里，与世间其他的喧哗一道伴我左右。沉寂没有将喧哗吞噬，喧哗也从未与沉寂融为一体。

3

Flikt di mame federn,

federn un pukh,

zaydelen — a kishele

fun helln-roytn tukh.

这首歌谣我早已熟知，尽管最初甚至不知其所言何物。歌词讲的是一位母亲想尽办法收集羽毛为儿子缝制一床粉色布面的羽绒被。

想必很多母亲都会把这首歌谣唱给孩子听，歌词中也会换上自家孩子的名字。“萨义戴尔”就是我。这可不是什么惯用的昵称，而是我真正的名字。至于“萨义德”，意为“祖父”，则是我出生时母亲给我起的。

多年来我一直想换个名儿，却也从来没动真格。最初是缺乏勇气，之后胆子也没壮起来，最后只好放弃——我与我的名字只得握手言和。

在我几个月大时，母亲一边缝制被面，一边哼唱歌谣给我听。虽然只是个小不点儿，我却依稀记得那些夜晚。冬日里，摩西·拉比诺维奇家的牛舍寒冷难耐。夏天，母亲跟养鹅的邻居埃利泽·帕比什约定：自己为帕比什一家缝制羽绒被，以此换取他家的鹅绒。

顺便提一句，我们管埃利泽叫“村倌儿帕比什”，以此将他与那个有钱的弟兄区分开来。那个弟兄在海法[1]做建筑材料和工具生意，人称“城里人帕比什”。这个人稍后兴许还会提到。

所以呢，我名叫萨义德，萨义德·拉比诺维奇。我母亲名叫朱迪斯，村里人都叫她“拉比诺维奇家的朱迪斯”。她头上总围着一条蓝色的头巾，手上总飘着柠檬叶的香味。母亲左耳的听觉不好，谁要是在她左边念叨，她一定会火冒三丈。

没人知晓我父亲姓甚名谁。我是个私生子，三个男人都声称是我父亲。

从摩西·拉比诺维奇那里，我继承了一个农场、一间牛舍和一头金发。

雅各布·沙因菲尔德给了我一幢好房子、一些好家具、几个金丝鸟笼以及一副小溜肩。

至于牛贩子格洛伯曼，我的一对大脚和一笔财产都是拜他所赐。

尽管身世如此复杂，令我饱受其害的罪魁祸首仍旧是我的名字。在村里，乃至于整个山谷，我都不是唯一一个生父不明的孩子。不过举国上下——甚至整个世界恐怕也找不到第二个叫“萨义德”的孩子。在学校，他们都叫我“玛士撒拉[2]”，要么就是“老爷子”。

1.海法：以色列第三大城市。

2.玛士撒拉：《圣经》中记载的长寿者。

每每我回家找母亲抱怨，问她为何给我起这么个名字，她总是淡然道：“若是死亡天使降临，见到一个以‘祖父’为名的孩子，肯定立马明白，一定是哪里出了错，继而转向别处。”

别无选择，我只好乖乖认命，坚信这个名字能保佑我大难不死，因而也变成了一个天不怕地不怕的孩子。甚至是人类与生俱来的那些原始的恐惧也与我全然绝缘。

我大大咧咧地把手伸进鸡舍裂缝里的蛇窝，那些蛇都晃着脑袋盯着我出神，却没有一条张口咬人。

我时常爬到牛舍顶上，闭着眼睛沿着瓦片铺成的斜坡乱跑。

我壮着胆子往村里拴着的狗跟前蹭。这帮家伙常年受着束缚，早就渴望见点血腥，出口恶气。就是它们，见了我也是一脸喜色，摇头摆尾，还会舔我的手呢。

八岁那年，我爬树去看乌鸦的巢穴时，被一对乌鸦袭击，前额重重地挨了一下，我眼前一黑，摇来晃去，一下子没抓住树枝，昏昏沉沉地掉下来，心里却还美滋滋的。周围舒展的树枝减缓了我的下落。着地时，接着我的是厚厚的树叶，松软的泥土，还有我母亲的迷信。

我起身跑回家中，母亲在我的伤处擦上碘酒。

“死亡天使办事很有章法。他拿支铅笔，再拿个本子，所有的事都记录在册，”母亲笑了，每次我得救，她都会这样笑，“不过，沉睡天使却不可靠，他什么都不写，什么事儿都记不住。有时他会来，有时他却自己睡着了，忘记过来了。”

死亡天使时常从我身边经过，他的斗篷边缘轻轻拂过我的面庞。然而，在1949年的秋天，就在母亲去世的几个月前，我却第一次与他正面相逢。

那会儿我十岁，村倌儿帕比什家那头大个儿母马发情，我家的公马听到嘶声，开始发疯一般在围栏里上蹿下跳。这是一匹栗色的种马，性情温顺。摩西·拉比诺维奇做什么事情都“讲究火候”，从不过分溺爱自家的牲畜。他轻轻摸了摸，还喂了些豆子哄他高兴。有一次，我还看到他把那马尾编成一条黄色的粗辫子，上面还缠着蓝色丝带作装饰。

拉比诺维奇甚至拒绝把那匹马阉了，不管大家怎么说，怎么劝，他都不听。用他的话说，“那样对动物太残忍了”。

偶尔他一时“性”起，命根子会啪啪地死命拍肚皮，几个钟头劲儿都不退。“可怜的家伙，”牛贩子格洛伯曼说，“蛋是保住了，却没个母的给他行欢。自己又没个手来排遣，他还能怎样？”

那天夜里，他跃过围栏去找母马交配。第二天一早，摩西把缰绳交给我，叫我去牵他回来。

“你两眼直直盯着他，然后‘来来来’地带他。要是他朝你使性子，那你就离远点儿——听懂了吗，萨义德？那样就别去招惹他，回来叫我。”

清晨，空气中回荡着小牛犊饥饿的呻吟声和睡眼惺忪的挤奶农夫骂骂咧咧的声音。村倌儿帕比什已经在围栏外团团打转，又叫又骂，而那对牲口完全不理会。只见这一公一母眼中爱意弥漫，腰下汁液淋漓，连体味也别有新调。

“难不成是你来牵马？”村倌儿帕比什嚷道，“拉比诺维奇是疯了还是怎的？居然让个小孩儿来！”

“他忙着挤奶呢。”我说。

“挤奶？！我还忙着呢。”他的大嗓门一路传进我家院子里，传到摩西耳中。

我进了围栏。

帕比什大喊："赶紧出来！他俩凑一块儿太危险啦！"

然而我已经拎起缰绳，口中念叨着那咒语。

"来—来—来—来……"那公马向我靠近，甚至任凭我将笼头套在他口鼻上。

"他要尥蹶子了，萨义德，"帕比什叫道，"快躲开！"

大家正张罗着撤出院子，那母马突然嘶鸣起来。公马停下步子，猛地将我推倒在地，发红的眼睛向外凸着，鼻气猛一喷，中气十足。

帕比什大喊："萨义德，扔下绳子，赶紧骨碌到边儿上去！"

可我没撒手。

公马后蹄撑地一跃而起，缰绳紧绷，我被拎离地面，仰面摔在地上。他前蹄空蹬了一阵捣在地上，我身旁的土地被踏了个瓷实。一阵尘烟泛起，我在其中瞥见了死亡天使的身影。他手拿生死簿，眼睛直勾勾盯着我。

"你叫什么？"他问。

"萨义德。"说着，我的手里还攥着缰绳。

死亡天使惊得一退，仿佛无形中挨了一巴掌。他舔舔指尖，翻查生死簿。

"萨义德？"死亡天使气呼呼地问，"小孩子怎么会叫这个名？"

我筋疲力尽，马蹄在耳边呼呼猛踏，仿佛马戏表演中扔向蒙眼女孩的斧子。抓着缰绳的手差点拉脱了臼，皮肤也被土块蹭破，内心却平静而坚定。

"萨义德，我名叫萨义德。"

刺眼的白光中，我见他舔舔笔尖，再次确认生死簿记载的内容，这才明白出了错。

死亡天使咬牙切齿，气急败坏去了别处。

听到村倌儿帕比什大呼小叫，拉比诺维奇急忙赶来。他咚咚跨过两院之间的十米距离，之后发生的事令我永生难忘。

只见拉比诺维奇左手抓住公马的缰绳将他拉住，人与马脸对脸。他举起右拳，对着脑门中间的白星就是一击，不多不少。

公马猛地后退，一时回不过神来，刚刚的威武雄风也像破皮球中的气，一瞬散了，坚挺不再。他脑袋一耷拉，眉眼一顺，垂头丧气地回到我家的栅栏里。

整个过程还不到半分钟。可等我平安无事站起身，我另外那两个父亲已经赶到：雅各布·沙因菲尔德从家一路跑来；牛贩子格洛伯曼开着绿色的皮卡，依旧撞上了那棵老桉树，跳下车，骂骂咧咧地挥动着镶满钉子的大棒。

母亲则不吵不闹，脱下我的衬衣，抖掉尘土，为我清洗消毒背上的伤口，笑道："名叫萨义德的小男孩，一定会平安无事。"

时光流转，我自然而然将母亲的话信以为真，觉得那名字中藏有神力，也为此采取"措施"，预防神力的流失。我曾有过一个女人，几个月共同生活中我们从未行欢，她变得绝望，觉得不可思议，最终离开了我。

我告诉她："儿子生孙子，孙子会招来死亡天使。"

她先是大笑，然后发怒，最后离我而去。听说她嫁给了别人，却无法生育。但听说之时，我早已对命运的捉弄与玩笑司空见惯，内心掀不起丝毫波澜。

就这样，那名字让我躲过了死亡，也躲过了爱情。但这与我母亲的故事无关。而故事不同于现实，唯浓墨重彩方得以流传。

讲述之中可能会掺杂一丝伤感，但这并非我一生的主调。和所有人一样，我时不时会为自己营造一些哀伤的时刻，然而对生活的喜悦我也深有体会。时间是我自己的，而且如之前所说，三位父亲对我也是宠爱有加。

牛贩子格洛伯曼留给我一笔钱和一辆绿皮卡。

育鸟人雅各布·沙因菲尔德留下一幢漂亮的大房子，这幢房子就坐落在提翁的橡树街。

还有村里的一处农场——摩西·拉比诺维奇的农场。他仍在那里生活，农场却已登记在我名下。他住朝街的老房子，我住院子里惬意的小屋。那小屋以前是牛舍，墙边三角梅蜿蜒盛开，仿佛艳丽的鬓角；燕子振翼求爱，在窗边流连；墙壁的裂纹中依然渗出牛奶的柔香。

旧日里，这里有鸽子低鸣，有母牛产奶。水罐上积着露水，尘粒披金起舞。一个女人曾住在这里，在此欢笑、做梦、工作、哭泣。在这里，她将我带到这个世界。

这就是整个故事。或者换个世故之人的刺耳闷声说来：说到底，就这么回事。从此之后，由底线向上，所有顺嘴言说的细节，无非是为了满足好奇与八卦这对栖息于人类灵魂，如饥似渴的小怪兽。

4

1952年，母亲去世约一年半后，雅各布·沙因菲尔德第一次请我吃饭。

他来到牛舍，肩膀下垂，前额的伤疤明晰可见，孤独令他脸上的皱纹更深了。

“生日快乐，萨义德。”他的手搭在我肩头，“明天请来我家吃晚餐。”说罢便转身离开。

那年我刚好十二岁，摩西·拉比诺维奇为我开了生日派对。

他笑着说：“萨义德，如果你是个姑娘，今天就给你办成人礼[1]了。”这倒新鲜，拉比诺维奇讲话很少假设“如果”。

摩西的长子奥代德已经在村里当上了卡车司机，他送了我一枚马克柴油车标志性的镀银斗牛犬模型。女儿娜奥米特地从耶路撒冷赶来，还带给我一本《老银斑》，里面有很多乌鸦的图片，每个种类都标有名称。娜奥米见了我，又是亲吻，又是流泪，又是抚摸，又是拥抱，我既羞怯又受用，一脸难为情。

1.成人礼：在犹太家庭，女子年满十二岁时会举行生日庆祝仪式，称为Bat-Mitzvah，象征步入成年。男子成人礼于十三岁时举行，称为Bar-Mitzvah。

接着，那辆绿色的皮卡出现了，依旧是撞在粗大的桉树桩上，之前撞击留下的大块痕迹还清晰可见。又一个父亲出现了——牛贩子格洛伯曼。

“一个好父亲绝不会错过孩子的生日。”格洛伯曼这个父亲的确尽职尽责。

他带来上等牛排，还给了我一些钱。

每逢年节纪念——生日、假日、学年末尾、每季初雨、冬至夏至——格洛伯曼都少不了要给钱。甚至是母亲的忌日，他都会往我手里塞几个子儿。其他人对此都看不顺眼，但也都见怪不怪。这里人都知道，格洛伯曼是个贪得无厌的大老粗。据村里人说，英国人前脚刚把德国圣殿骑士从瓦尔德海姆附近驱逐，格洛伯曼后脚便开着皮卡出现，撬门溜进被遗弃的房屋，将德国人留下的水晶和陶瓷餐具洗劫一空。

“等我们套车过去，”——说故事的人气不打一处来——“啥都没剩下。”

一次我听到村倌儿帕比什为这事骂格洛伯曼。他骂“强盗”，我能听懂；“赃物”，我能猜个大概；“坐实”，我就不明白了。

“那是偷！是抢！”帕比什骂道。

“偷？我可没偷，”格洛伯曼笑道，“我只是拿而已。”

“‘拿’？什么叫你只是‘拿’？”

“有的拖着拿，有的拽着拿。‘偷’？我可不偷。我什么都没偷。”格洛伯曼嚷嚷着。尽管他已去世多年，时至今日，我依然记得他当时的笑声。

“我来告诉你送礼物和送钱的差别，”他高声嚷嚷着，好让所有人都听见，“送礼物走的是脑子，送钱走的是心。就这么简单。”

他合上我的手指把钱握住，说："我父亲就是这么教我的，我也这样教你，就当你自己也生在肉案上一样。"

接着，他从上衣口袋里掏出那个从不离身的扁壶，我立即分辨出母亲钟爱的格拉巴酒[1]的味道。格洛伯曼瓶口对嘴一阵猛灌，又往火上浇了一点酒，一边烤牛排一边高唱道：

萨义戴尔沿街走，
一分零花握在手；
哎呀哎呀坏了事，
摊手零花变没有；
爸爸发火脾气大，
妈妈责备不停口；
可怜小小萨义德，
挨打挨到气没有。

摩西·拉比诺维奇——三位父亲中最强壮、最年长的一位——将我抱起一次次抛向空中，又一次次用短粗的手臂将我接住。当娜奥米高喊"抛个高，长大个"，我第十三次被抛在空中时，只见一大群鸟儿飞过村庄上空，像乌云一样遮天蔽日。

我喊道："快看，夏天居然有白头翁！"

乍一看，那疾翔的鸟群的确像是错会时节的白头翁。然而，拜拉比诺维奇健壮的臂膀所赐，我很快便看清，那只是山里泛起的蝗虫。那年是1952年。

1.格拉巴酒：白兰地的一种，用酒渣酿造而成。

摩西的脸上泛起愁容，娜奥米也慌了神。格洛伯曼又开始念叨："人算不如天算。"

没过五分钟，山外传来阿拉伯农舍与田间的闷鼓声，妇女的尖叫、挥舞长棍的声响、嘈杂空洞的油罐声夹杂其中，驱赶敌人。

格洛伯曼一边小口啜酒，一边给摩西拿肉吃。晚上，年轻人都擎着火把，背起包袱，带着铁锹和笤帚下地打虫，我的第三位父亲——雅各布·沙因菲尔德露了面。他的手搭在我肩头，说要请我吃晚餐。

"那些礼物都不算什么。钱会花光，衣服会穿破，玩具会坏，但一顿美餐的记忆却能永存。记忆中的美味不会像其他礼物那样容易被淡忘。食物很快会被身体代谢，但记忆却没那么容易消失。"

雅各布这样说着，声音也如格洛伯曼一样洪亮，足以让众人听到。

5

村里人都管雅各布·沙因菲尔德叫“怪鸟儿”。

他一个人过日子，住一幢小房子，守着无人照管的破败园子和几个空鸟笼——曾经丰富的鸟藏如今已散个精光。

雅各布的那块地曾经以茂密的橘林、葡萄园、繁盛的菜地和丰富的草料为人称道，如今则租给村里作公耕用。他的孵化箱停了工，妻子离他而去，而他也把她忘得一干二净。

那位妻子名叫丽贝卡。据我所知，她之所以离开，是因为我母亲。我从未见过丽贝卡本人，但人们都说她是村子里最漂亮的女人。

“什么村里最漂亮？！”村倌儿帕比什纠正道，“整个山谷、整个国家、整个世界，从古到今都算数一数二！”

帕比什十分欣赏女性之美，家里收藏着各种精致的艺术画集，经常净了手一页页悉心翻阅，惊叹“简直美过天上七星”。

丽贝卡就如远方闪烁的星云，深锁在帕比什和村民的记忆中。直至今日——尽管她已离家改嫁，年迈才返回这里，还在死前让雅各布重回她身边——人们依旧在谈论她。一有俏丽的女人到访或有漂亮的孩子降生，人们总会将之与丽贝卡相比较——那个曾经在此生活，因丈夫的不忠而离开我们的美丽女人。用村倌儿帕比什的话来说："在衰老、忧伤与黑土中凋零。"

那时的我十二岁。从开始懵懵懂懂一路跌撞，到最后痛心收场，我明白：正是自己导致了雅各布的悲剧和孤独。如果不是因为我，因为我的所作所为，我母亲肯定会接受他的追求，并与他结婚。

我仿佛躲在暗箱里，将与三位父亲和母亲相关的秘密深藏心中。我没有告诉任何一位父亲为何母亲会那样做，为何会那样选择；也没有告诉他们，躲在暗箱中观察的我，透过纷杂枝丛的掩护，看到的除了乌鸦，还有人性。

我也没提起过在学校遭受的嘲笑和鄙视。

那些小孩子笑着问："你叫啥？"

大一点的孩子一边大声猜测谁是我真正的父亲，一边戏弄我："你爸叫啥？"

他们惹不起拉比诺维奇和格洛伯曼，就只针对雅各布·沙因菲尔德——他孤苦悲情，看着就好欺负。他还有个奇怪的习惯，让众人觉得既可怜又可恨：他坐在村子大路的公交车站旁，要么对着自个儿，要么对着灰突突的木麻黄树，要么对着过往的车辆或只有他才看得到的过客念叨："请进，请进，朋友们。你们能来真是太好了，快请进。"

有时雅各布像是在迎接。他庄重地站着，仿佛在朗诵某段古话："请进，朋友们，请进，我们今天正办婚事呢。"

我坐着奥代德·拉比诺维奇开的村里的运奶车经过时，经常会看到他坐在那儿。

"瞅瞅他那个样子，"奥代德道，"他要是匹马，老早就被一枪打死了。”

然而，我没有告诉奥代德，甚至没告诉他妹妹娜奥米，小时候我对雅各布做了怎样的坏事。

次日夜晚，我做完功课，帮摩西挤完奶，洗了澡，换上白衬衣，前往沙因菲尔德家。

推开窄小的院门，一股奇妙的饭香扑面而来。香味飘出屋外，止于围篱，在院中流连。

当雅各布打开房门，说着“请进，请进”时，那香味愈发浓烈，仿佛缠颈绕足一般，把我从院子引进屋内，让我兴奋得口水横流。

“雅各布，你在做什么呀？”

“好东西。一份装在盘子里的礼物。”

不同于格洛伯曼，雅各布的礼物既不频繁也不高调，但都十分富有情趣。我出生时，他在我的小床头上挂了一只小巧的木头金丝雀。我三岁时，他用黄纸折了小船，跟我一起放进河里。我八岁生日，他准备了一份惊喜：一个巨大的观鸟暗箱。箱子上绘着迷彩斑，钻有观察孔和通气口，还有两个手柄和一对轮子。

“你可以从这东西里观察乌鸦，它们不会察觉你的存在。但别用它观察人，那样不好。”

雅各布在箱内挂了夹子，用来夹纸笔，还留出空间放了一瓶水。

“你还有地方可以插些枝叶，这样乌鸦便不会察觉，也不会被吓跑了。”他说，“在我那儿，金丝雀在笼子里，我在外面；在你这儿，你躲在笼子里，乌鸦在外面。”

“乌鸦不会逃走的，”我说，“它们已经认识我，我也了解它们。”

雅各布笑了：“乌鸦就像人类，兴许不会逃跑，但会做戏给你看。只有你藏在暗箱里，才能观察到它们的本色习性。”

第二天，我拜托格洛伯曼用皮卡载着我和暗箱到桉树林。

林子沿东部边界延伸，过了村子的公地即是，再往远处便是屠宰场。林子密集幽暗，其中只辟出一条小道。牛贩子的牲口便是沿这条道迈向它们最终的命运。

林中的树冠上栖息着乌鸦。在那个季节，依旧可以分辨出几乎与其父母身形相若的幼鸟，它们刚开始学习飞行。老乌鸦会示范各种不同的姿态技巧，幼鸟则扎堆儿在树枝上聚集。第一年学习飞行的幼鸟往往有着乱蓬蓬的羽毛，所以很好辨别。偶尔会有一只不慎滑落树枝，慌张地在半空扑腾，勇气受挫。回到原处，他推推搡搡，直到自己旁边的同伴也掉下去，尝尝扑腾的滋味。

我坐在暗箱里，可以观察到一切，而乌鸦完全没意识到我的存在。夜晚，当格洛伯曼接我回家时，尽管四肢已酸痛无力，我内心却敞亮而愉悦。

雅各布请我在厨房宽大光滑的餐桌边坐下。白色的盘碟如满月般晶莹，旁边摆置的银盘也擦得锃亮。

“为你祝贺生日！”

他的目光捕捉着我吃饭时的表情，我既不能掩饰，也不想掩饰享受美味的喜悦。

十二岁的年纪，我已经知道自己爱吃什么，不爱吃什么。不过，我从未想到食物可以带来如此深切的愉悦。不只是舌头和味觉，嗓子咽喉、五脏六腑以及指尖都绽出小小的味蕾。香气充满了我的鼻腔，我的口中泛着口水。尽管我只是个孩子，当时却已确信：我此生都不会忘记这一餐。

奇怪的是，那种愉悦中居然掺杂着一丝伤感，它啃噬着充斥于我身体中的快感、香气和味道。

我想起与另一位父亲——摩西·拉比诺维奇一起吃的简单餐食。通常，他只吃些土豆、鸡蛋，喝点煲过火的鸡汤——好像生怕那些被他拧断脖子、拔掉毛、扔进锅里的鸡会活过来飞出去似的。

拉比诺维奇就是这样，墨守成规，一成不变。和以往一样，他现在吃饭时也一语不发。他咀嚼食物十分彻底，食糜在嘴里从一边翻到另一边。待他的餐叉上再次盛上食物，我敢肯定，他再嚼六下肯定下咽。

家里只有我和他。如今母亲已去世，娜奥米嫁到耶路撒冷，奥代德没离开村子，但也搬去别处住了。和往常一样，即使现在只剩我和摩西两个人，吃饭时依旧没人开口。吃过饭，他会煮几杯茶喝，而我会洗碗洗盘，像母亲那样，把厨房收拾干净。

整理妥当，我站起身对他说："摩西，晚安。"——我不管任何一位父亲叫"爸爸"——然后出门回我的小屋，一个人躺下。躺在我的床上，那是母亲的床。躺在她住的牛舍里，牛舍现在变成了我的小屋。

6

雅各布没跟我一起上桌，而是在我身边忙前忙后，端盘上菜，看着我吃。他兴奋地说个不停，偶尔打个磕巴，便往嘴里塞一块他给自己做的煎鸡蛋。

我生怕他会给我讲母亲的事。村里大多数人要么觉得有必要把她的事说给我听，要么就跟我打听她的事。但雅各布给我讲了个故事，部分情节我已经知道：关于他在乌克兰的童年，关于他对鸟儿的喜爱，关于那条河，姑娘们在河边洗衣，小伙子们将写满情话的纸船放入河中，让它们漂向姑娘。

“那叫爱之船。”雅各布说。

“当时我还是个小孩儿，比萨义德你还小。对我而言，那条科德马河简直大得像海。孩子的眼睛就像是放大镜。这还是我听比亚利克说的。有一次他来村里演讲，当时是这么说的：瑞士的阿尔卑斯山脉特别高，但还不如我五岁时祖父村院里的垃圾堆高。比亚利克说得比我好听，我学不来他那样说话。”

高大的枫树沿科德马河岸生长。枝叶的荫蔽下，一排排鸭子游戏水中，头上泛着闪亮的绿色。茂密的芦苇间，微风窸窣。农民们都说那是溺水者的呻吟重现。

河湾处斜嵌着一块黑色板岩，上方有一挂垂柳。姑娘们就在这里洗衣，她们用膝盖抵着阴沉的石面，手指被冰冷的河水冻得通红，寒风中不时吸着鼻子。雅各布躲在河岸绽放的枝丛后面偷看她们。从他躲藏的角落观察，流动的河水让洗衣的姑娘看上去仿佛驾驶着小船在无边无际的黄绿波涛中航行。

一对对鹳鸟从空中降落，停在烟囱上和林间的老巢里。一只只后斜着脖子，舞动着求偶示爱，证明尽管又一年过去，它们的爱仍历久弥新。爱侣的喙彼此点啄，交换着春天的礼物，腿上泛着通红的情欲。

"爱就是爱，丑陋的鹳鸟如此，我美丽的金丝雀也如此。"

春风戏弄着洗衣少女的裙摆，将布片打在姑娘的腿上又放开。阳光下，姑娘将湿衣拎起拧干，手腕处现出青筋的阴影。那阳光耀眼清亮，脆弱如陶瓷一般，描绘着雅各布眼中的美丽画面。他为这幅图景起的名字格外绚丽："爱的永恒画面"。

"男孩看美丽的女人，渴望的东西与男人不同，"他解释道，"萨义德，你还是个孩子，很快就会成为男人，这些你必须要知道。男孩渴望的并不是乳房和屁股，他们的渴望更微妙；他渴望的并不是某个特定的人，而是整个世界的美丽。他想摘天上的星星，想拥抱整个大地，想拥抱全部生命和整个大海。一个女人可给不了他全部。一次有人来我院里帮工，我便把刚才告诉你的讲给了他。他对我说：'沙因菲尔德，这世上可能有六个女人能给予那些东西。但孩子们还不知道她们，大人们却再也见不到。'就是那个胖子帮工，你还记得他吗？"

鹳鸟爱侣的啄吻声清亮入耳，仿佛无形中有文法师在洗衣女的笑声中点缀句读。单身汉们在河流上游聚集，他们奋笔疾书，然后将情书折成小船，让它们下水启航。

“你看，萨义德，他们都这样折，”雅各布从抽屉里拿出张黄纸，“这样，然后这样……之后再……把它翻过来再打开，这样，这样，然后再这样折。你指甲长，折的船会很稳。爱之船这就有了。”他将漂亮平稳的纸船交到我手里——父亲为儿子折的船。

有时，爱之船是一整封情书，有时只是一颗破碎的心、一只滴血的夜莺或一幅技法拙劣的向往中的图画：一间房，一棵树，一头牛，一个孩子。

小伙子将纸船放入水中，让它们随波逐流。他们与洗衣的姑娘隔着五六十米距离，许多纸船中途湿水破损，还有些被打翻后沉了，或者被推到河岸，卡在灌木丛里。只有少数幸运的被姑娘拾起。她们等信心切，恨不得抠瞎彼此的眼睛，就为得到一个koreblik lubovi。

“就是爱之船的意思。”

情书上不会签名。因为大家都知道，命运会保护一艘爱之船免受水流吞噬，把它送到命中注定的姑娘身边；命运会赐予姑娘力量，让她战胜同伴；同样，命运会让她邂逅情书的作者，她的真命天子。

说话间，雅各布脸上岁月的沟壑稍显舒展，下颌也微微抖动。

一年之后我才反应过来，他在考验我，向我解释，开导我，也许是为本不该由他承担的罪过道歉。而他有所不知，该道歉的是我。

“萨义德，要不来口酒？”

他也说“来口”，跟我母亲、格洛伯曼和拉比诺维奇一个口气。

“摩西会生气的，”我说，“我才十二岁。”

“萨义德啊，首先，不光他拉比诺维奇，我也是你父亲。其次，咱不告诉他就是了。”

他从碗柜取出两个玻璃小酒杯。它们是如此的薄而透明，以至于酒杯里倒上白兰地后，我才看出杯子圆乎乎的形状。直到现在，它们变成了我的财产，摆在我家柜里，我依然不敢去碰。

我喝了一点点就开始打喷嚏，肩膀哆嗦，骨头里贯穿着一股热流。

“还行吗？”

“太辣了。”我抱怨道。

“你妈妈很爱喝酒。她喜欢烈性的石榴酒，还有白兰地。她爱格拉巴酒甚至胜过白兰地。格拉巴是意大利人的酒。格洛伯曼有时会给她带一瓶。每周，他们俩都会坐下来喝一杯，他把小块巧克力放到你妈妈嘴里，给她讲小故事。两个人轻轻松松就干掉半瓶，然后起身工作，跟没事儿人一样。我跟你说，大白天这半瓶不算多，可也不算少。一开始，你妈妈对牛贩子恨之入骨。街上或田里遇到了，简直就想把他的眼睛剜出来。但一周一顿酒过后，他俩倒成了一周一会的朋友。听我说，萨义德，友谊并不需太多理由；而仇恨也一样，一点点就足够了。连爱也是如此。”

雅各布有些哽咽：“村里人总问我为什么会爱上她。他们背着我打听，当着面也问。沙因菲尔德，你怎么爱上了拉比诺维奇家的朱迪斯？你怎么可以让你的丽贝卡离开？”

他说着，仿佛在重复一个问题，即便我从未发问——口里不问，心里也不问。

“萨义德，这就是我刚才跟你说的，爱一个人不需要太多理由。爱的程度与理由的多少也无关。有时就是她一句话；有时是臀部的轮廓，好像罂粟的茎秆；有时是她说话时嘴唇的动作。她发seven[1]

1.seven：数字7的英文。

中的‘v’时，双唇起初如亲吻状，然后上齿与下唇短暂接触，继而微微张开……就像这样……se-ven，你看！而她说thirteen[1]时，舌尖略伸出上下齿间发出摩擦音。然后嘴巴张开，结尾舌头粘着上颚。”

他直勾勾看着我，仿佛想知道我是否明白他的意思。

“为了把它弄明白，我在镜子前站了几个小时，把那几个数字念得很慢很慢，观察发每一个音时嘴巴的动作。有一次我甚至问她，朱迪斯，三加四等于多少，就为了看她嘴唇的动作。她一定觉得我脑子有问题。还有，萨义德，有时候只是眉毛——女人的眉毛，就可以俘获男人的整个灵魂。”

他又给自己倒了一杯白兰地，然后盖上瓶盖，把酒放回柜子里。“先喝这么多吧，萨义德。今天先让你尝尝，有个念想。这瓶酒我给你留着，先把它存起来，等下次我们一起吃饭时再喝。白兰地放得越久越好喝。还有，这些杯子、碟子和所有一切，我死后全都是你的。你先好好长大，尽情玩耍。我、拉比诺维奇和格洛伯曼会让你有个幸福的童年。不然小孩还有什么？要力气没力气，要智慧没智慧，要女人没女人。有的只是爱，让人身心俱疲的爱。”

1.thirteen：数字13的英文。

7

雅各布洗了杯子，仔细抹干，又举在灯下看有没有留下擦痕。

“我也很喜欢鸟，”他说，“也是从小失去母亲。但是，我没有童年。我父亲娶了别的女人。后妈一进门就把我赶走，扔给她的兄弟，我的养舅。他在大城市有间工场，离家、离村子都很远。后妈说，还是让他学点手艺吧，别老在河边溜达着看姑娘。在她兄弟的工场里，我被当作奴隶一样使唤，每天从早干到晚。养舅自己的孩子每天上学，穿好衣服，而我只识了几个大字。直到现在，我的希伯来文都磕磕巴巴。这么多年，我都不好意思开口在村里人面前说话。有时我想说得漂亮点，故意用个高级点的词，大家都笑话我。一次，我说自己是‘在下’，村倌儿帕比什当着大伙儿的面说：沙因菲尔德啊，用‘在下’配你说的话，就像是垃圾堆上摆珍珠。他自己一身鹅屎味儿，还好意思说我是垃圾。每次他驾着马车路过我这儿，拉着从监狱弄来的垃圾桶回家喂鹅，那臭味连天上的鸟都得熏得掉下来。他居然管我叫垃圾。当我还是个小男孩的时候，只有鸟儿能让我感到开心。为什么会有鸟？难道不是为了逗我开心？犹太人的上帝会介意动物能不能飞上天？难道地上空间不够？养舅家院里有几只可怜的小麻雀。早晨我见它们和我一样，冻得直发抖。因为天冷，灰色的小麻雀浑身羽毛都乍着，每一只头上都有块黑色的小圆斑。它们也没什么智慧，所以人们才管笨蛋叫作‘鸟脑瓜’。可如果你会飞，还要脑子做什么。这些麻雀灰溜溜的。当雄麻雀辛苦喂养幼鸟时，雌麻雀当着他的面与其他鸟鬼混。这你知道吗，萨义德？所以，每次有面包吃时，我都把它放在嘴里，像这样躺在院子地上。就像这样。麻雀就会站到我的下巴和额头上，从我嘴里啄面包吃。萨义德，给我搭把手，扶你爸爸从地上起来。”

“有一回，邻居家的小男孩套住一只草雀，还说要用针把鸟眼挑出来，这样他就会叫个不停。知道吗，萨义德，如果你把鸣鸟的眼睛挖出来，他会一直叫啊叫啊，直到用尽最后一口气。我从养舅那偷了一分钱，把草雀赎回来。结果被养舅发现，把我打了个半死。‘蠢东西！’他骂，‘你想让我们都饿死吗？’我一气之下跑到河边，两天没回家。饿了就拔草吃，渴了就喝河水。我坐在河边，折纸船，在上面写：Tateh, Tateh, kum aher un nem mikh a haym。萨义德，知道什么意思吗？因为你的名字，我忘了你不懂意第绪语。我写的是：爸爸，爸爸，快来接我回家。我不断往河里放纸船，直到被养舅找到，把我拽回工场。回去了又是一顿打：‘你又写坏话骂我了吧？’他打发自己的儿子去河里找纸船。养舅清楚，那些船漂不远。怎么说呢？对一个孩子，你可以打，可以罚，但你摧毁不了他的意志，也粉碎不了他的梦。要说完黑心养舅让我受的那些苦，非得像陀思妥耶夫斯基那样长篇大论不可。但你要知道一点：我没有抛弃那些鸟。我和它们一起长大。总有一只鸟会为我歌唱。一些事情你要坚信。我坚信的是：天上的每一只鸟，都是为了我而振翅高飞；林间的每一只鸟，都在为了我而歌唱。养舅的孩子在体育馆跑跳，而我只能给锡匠打下手，满手烫疤，脸色灰白，还被煤烟呛得咳嗽不停。透过窗子，我看到养舅的孩子走在街上，穿着好看的校服。但是，那些鸟儿却是为我而歌唱。看到窗外的鸟儿，我说：上帝啊，为什么你会创造这种生灵——会歌唱的飞鸟？为什么不把我造成那样？我在这里，上帝啊，我就在这里，回答我！”

“我在这里，上帝啊，我就在这里，回答我！”雅各布重复着，边咀嚼煎蛋边回味着字里行间的味道。说这些时，他也像在说意第绪语那样，眼泪汪汪，动情不已，就像妈妈那样。

8

“那时的我善妒又贪婪。当时我有多嫉妒啊！嫉妒其他孩子身上的衣服，嫉妒鸟儿的翅膀，嫉妒浸过姑娘嫩手的科德马河，甚至嫉妒她们膝盖触碰的黑石板。连现在都是，我谁的都不欠，谁的都不偷。但我很贪婪，萨义德，贪婪，嫉妒。热情与渴望这两只飞鸟是无人能够捕捉和掌控的。姑娘们在石板上洗衣，微风在她们裙下偷看，小伙子站在水中，让爱之船漂向姑娘。萨义德，等你长大成人，就会明白：你可以追求一个女孩，送她各种小礼物，夜晚为她唱情歌，像意大利人那样拨弄吉他，也可以漂一只纸船……或者全都做到，因为你不会知道她真正喜欢什么。好比说，一次，老家磨坊主的儿子看到河边街上跑着一辆马车。当时他站在大磨轮旁，一双绿汪汪的眼睛从马车里盯着他。那种眼神，连萨义德你这个十二岁的小孩都能心领神会。他呆呆坐了一整天，想着那眼神的用意，最后终于发了疯，一见街上有马车就追着跑。有一次，他又疯疯癫癫地追一辆大马车，车上坐着一位哥萨克军官的情人。她是犹太人，追随各处征战的爱人四处奔走。她有车有马，有因爱收获的荣华富贵：挂着天鹅绒帘帐的床榻，铺着丝绸床单，让男人彻夜雄风不倒。可能你岁数太小，不该听这种故事，是不是，萨义德？她还有美酒和香肠等各样美食，因为欢爱会让人胃口大开。一切都整齐干净。恋爱中的女人都特别整洁。而男人恰恰相反。他们一恋爱就乱七八糟。那女人的眉毛很美，美得足以让懂得欣赏的男人为她大开杀戒。一个小小的优点，就可以让女人抓住男人的心。男人要像肉市的牲口一样，由里到外，暴露一切。女人则不然。你可以为一个很小的优点就爱上一个女人，一生不变。但记住，女人并不知道这点，也不能告诉她们。我告诉过你吧？没有吗？无所谓。有些话多说一次也没坏处。第一次想起来就说，第二次想好了就说。还有，如果你认为犹太人的上帝关心我们的爱，试想一下：一支哥萨克军队经过，马蹄声声，尘土飞扬，后面是那辆马车，车里软床上躺着犹太女人和军官。而磨坊主家那个傻瓜儿子也追着那辆马车。可怎么样呢？哥萨克军官连眼睛都不眨一下——原谅我话粗，萨义德——也没把命根子从女人身上拔出来，就这么一只手撑着，另一只手拿起佩剑刺向窗外，切西瓜似的一下子就把男孩的脑袋劈开，脑袋里的零碎，连同他的爱、他的疑问和种种思绪都洒了出来。如我所说，爱是装在脑子里的，并不像你们这些年轻人想的那样装在心里。年轻人总在心里找爱。来，快吃吧，我的孩子。多吃点，小可怜。真可惜你妈妈看不到我们父子俩这么高兴地一起吃东西。如果那故事倒了你的胃口，原谅我。多吃点，我的孩子。”

我乖乖从命。

9

摩西·拉比诺维奇——让我从他的姓，并让我继承农场的父亲——出生在离敖德萨[1]不远的一座小镇。他是父母的老来子，家中七个儿子里的老小。

母亲求女不成，便把小摩西打扮成女孩模样，穿女孩衣服，梳长头发，编金色的辫子，还在上面绑了一条蓝色头绳。摩西并没有反抗。

他在厨房里长大，身边尽是女人和香味。他从小织织缝缝，对厨子和女佣的情话耳濡目染，与穿蕾丝的洋娃娃为伴，就这么长成一个五大三粗的文静小姑娘。她[2]绣得一手好圈边，但心里也清楚，自己注定会让母亲失望。

确实，十一岁时，摩西撸起棉裙袖，把自己的大哥撂倒在地，一通胖揍，就因为他揪了母亲给摩西编的辫子，还叫她梅戴尔。十二岁时，其他姑娘前胸日渐丰满，而她却是胸毛丛生，两腮也开始生出阳刚的胡须。她的喉结开始凸显，声音渐渐变粗，男根也渐难

1.敖德萨：乌克兰港口城市，位于黑海西北岸。

2.摩西被母亲当作女儿抚养，因此在特定语境下被称为“她”。

掩饰。

一开始，母亲因“背叛”而怨恨她。但一天早晨，当她看到女佣正在井边弯腰取水，自己的女儿却在身后观察人家屁股时，她明白，自己的愤怒只是无理取闹，期望也只会落空。在她成人礼的前一天，母亲潜入熟睡女儿的房间，剪下她美丽的辫子，在她床边放了一套男孩衣服，还让家里一个车夫教摩西站着尿尿。

那天夜里，摩西做了个女孩子不会做的梦。次日，他早早就被脖子后的那阵冰凉激醒，用手一摸，头发只剩短短一簇，不由得心里发慌。他又缩回手往两腿间摸摸，指尖奇怪的味道吓得他腾地从床上跳起，连件衣服也没穿。找不到昨晚脱下的裙子，只有一条奇怪的男裤，他只好一只手捂住下体，光着屁股跑去找妈妈。

然而厨房门口有个壮实的女佣把门，手里擎着黑黢黢的煎锅，把赤条条的摩西赶跑了。挨了锅拍又挨打，他趴下又站起，最终只得接受命运作罢。和所有宽肩敦实的男人一样，他化眼泪为咆哮，变悔恨为力量。被偷走的辫子没被归还，他也没再留新的。此后，除了在梦中，他再也没进过儿时的厨房。

那个星期，家里请来老师，教摩西如何祷告、读书以及其他女孩子不需要学的东西。他没变成伟大的学者，但几年后，到他父亲去世时，他已经在一些方面有所擅长、经验丰富，并且打理起家中生意。

童年只在他身上留下两处印迹：他不为生为男儿而感谢上帝，也从未忘记自己的金辫子。有时，他会下意识地抬起手，顺着头皮摸到脖子后，寻找着，希望着，渴望着，至今如此。

有时，心中探寻的渴望难以抑制，他就跑去地窖、阁楼、储藏室和壁橱乱翻一通，至今如此。

但被剪的辫子终究没找到。

一天，摩西为家族生意来到敖德萨的粮食市场。就在港口街道的一家希腊餐厅，他邂逅了一位犹太女孩，无论是外貌还是身姿，姑娘都与他十分相似，仿佛就是从他母亲的梦中走出来的一样。

摩西确信，站在眼前的这个姑娘就是自己的女性翻版，那个传说中被束缚在每个人躯体内的双生子，每个男人梦寐以求并对之倾诉的孪生姐妹。然而只有少数人有缘得见，能够伸手触碰的更是千载难逢。

他一整天都跟着她，想象着抚摸她金色的发辫，呼吸着她的身体触碰过的空气，直到终于被姑娘发现，笑着同他在公园长凳坐下。

她叫托妮娅。摩西为她剥烤南瓜子，买来阿斯特拉罕苹果，用小折刀削成片，还把母亲为他准备的硬奶酪切成条给她吃。

“妹妹，”摩西的那股兴奋劲儿没有一点壮小伙的样子，“我梦寐以求，却从未有过的妹妹。”

时逢夏日。市集传来的谷香在空中飘散。在港口，海鸥与船只嬉戏。托妮娅脸上洋溢着爱意、温暖与喜悦。

摩西说想带她去见母亲，并把她作为送给母亲的礼物。托妮娅笑着答应了。

一周后，摩西和两位哥哥一起再次来到敖德萨迎接姑娘。在她两位哥哥的陪同下，姑娘来到摩西母亲的家。

一见到姑娘，母亲大吃一惊，开口便叫“我的女儿”，让自家的六位儿媳妇很不是滋味。婆婆从未这样称呼过她们中的任何一个。

这位丧夫的母亲先是笑，后是哭，最后说，现在终于可以安心随丈夫而去了。

就这样，婚礼过后第七日，母亲留下儿子儿媳，撒手而去。按照拉比诺维奇家的传统，灵床被摆在院里的椴树下。母亲将财产平均分给几个儿子，珠宝分给儿媳，还把一个紧锁的珍珠母木盒留给了托妮娅。

摩西知道盒子里是什么，他浑身颤抖，但只字不敢吐露。

婆婆去世后第十三日，托妮娅避开众人躲进角落，独自打开盒子。丈夫儿时的辫子依旧鲜亮，她眼中充满泪水。那头发顺滑而有光泽，呼之欲出的动感仿佛附有生命。

托妮娅吓得赶紧把盒子盖上，平静下来才小心地再次打开。

亮泽的发辫上搭着一张字迹模糊的纸条，上面指示说：把他的辫子藏起来，别让他找到。万不得已时，再交给他。

年丧期满，一战也宣告结束。摩西的大哥梅纳汉姆·拉比诺维奇带妻子拔示巴来家里做客。梅纳汉姆在战前已经搬到以色列地。之前他就在加利利和犹地亚的农业定居点工作，并最终在耶斯列谷安顿下来。他的那些故事和歌谣引人入胜，他带来的硕大的塞浦路斯长角豆个个饱满，汁水滴得满地都是，惹得托妮娅和摩西也想同去。

夫妇俩于是也搬到以色列地，在梅纳汉姆所住村子附近的大卫村购置房产，并买了一块地。房子旁边有一棵大桉树，摩西原想立马砍倒。而托妮娅不依，她死抱住树干，又叫又打，直到丈夫的斧子败下阵来。那是两人第一次，也是唯一一次争吵。

在大卫村，人们都感叹夫妻俩的相似之处。所有人都说他俩长得跟一个妈生的一样：都是小个子，壮体格，宽面粗颈。能将二人区别开的也就是摩西过早到来的秃顶，还有托妮娅的乳房。

街坊们还说，拉比诺维奇家的两口子从不叫累，其他人早已厌倦的事情他们也乐此不疲——工作、期望、团体活动。摩西的力气和勤快简直可以以一顶三，很快就得了个“公牛拉比诺维奇”的绰号。托妮娅养了一群小鸡；她在柑橘园嫁接了一排香柚树——这种水果当时国内还很少见；此外，她还在院子里种了两棵石榴树：酸味的“绝妙”和甜味的“骡子头”。摩西在院子里建了个烤炉，托妮娅用谷壳和剥下的桉树皮给它烧火加温。

以前，村里人都叫他们“我的托妮奇卡”和“我的摩西”，夫妻俩就是这样称呼对方。他们膝下有一双子女：哥哥奥代德和妹妹娜奥米。1930年那个冬季的雨天，摩西和托妮娅去了河谷外的橘园，当时奥代德六岁，娜奥米四岁。他们并不知道，日落西山时，他们将失去母亲，生活也会变得一片暗淡。

10

有人说，每一个故事都是为了指导现实秩序。不光是时间顺序，还有重要性的排序。还有人说，每一个故事的诞生，都是为了解答问题。

上学的时候，有一次老师告诉我们：亚当和夏娃在伊甸园的遭遇解释了为什么我们会厌恶蛇。当时我想：编出这么宏大的故事，讲创世、智慧树、人类、上帝这么多沉重的话题，难道就为了解释厌蛇这种鸡毛蒜皮的小事？

不管怎么说，我的故事与伊甸园无关，它只是个小小的真实故事。我的智慧树虽然高大茂密，但如今已被砍倒，不复存在了。我的院子里养牛，养金丝雀，唯一一条蛇是大火中咬了西姆哈·雅克比的那条蝰蛇——详情稍后就讲。他的攻击也不怀好意，但还不及他祖先那么狡猾邪恶。

“对我来说，雅克比家的那场火是爱情的开端，”雅各布·沙因菲尔德说着，用手指盘算着，“毕竟，万事都有开端。爱情也一样。”

“比方说，”他继续道，“等你长大结婚，你会想送心爱的女人一件婚纱。可以到婚纱店给她买，或者种桑树养蚕吐丝，自己织布裁剪给她做。从哪里开始，由你决定。明白吗，萨义德？”

我并不明白。雅各布见我脸上好奇的笑容，俯身又问我：“饭好吃吗？”

我望着他。他的眼中充满笑意，但嘴角却抖动着，等待着我的回答。

那时的我是个孩子。母亲亡故，三位父亲健在。一个私生子，肚子里全是美餐，心中却满是疑问。

我望着他，笑了，极力掩藏着心中的愧疚。

11

西姆哈·雅克比与尤那·雅克比在村里居住已是多年前的事了。

西姆哈·雅克比从美国圣路易斯移居以色列。在美国，他是个单身锁匠；来到这儿，他结了婚，干起了家禽养殖。他妻子尤那来自加利利。顺便提一句，“加利利来的姑娘”在我的童年给我留下很深的印象。到今天，每次遇到来自加利利的姑娘，我的心中都有一丝特殊的悸动，无论是故事里的，还是现实中的。

显然，“西姆哈”和“尤那”这两个名字让村民有些摸不着头脑。这两个名字男女皆可用，搞得夫妻俩经常被人叫错。兴许我也搞错了：西姆哈可能是来自加利利的姑娘，尤那才是圣路易斯的锁匠。

因为经常混淆，人们索性以姓氏称呼他俩：丈夫唤作“雅克比”，妻子唤作“雅克芭”，要么就是倒过来。总而言之，那场大火里，蝰蛇咬了雅克比。但雅各布·沙因菲尔德与大火和毒蛇的关联，却发生在多年后。

雅克比家的大鸡舍算得上是全村的骄傲，甚至成了观光景点。那个时候，阿拉伯斑点母鸡也就是每天在农家院溜达溜达，在垃圾堆里挑挑拣拣，每三天下一颗小蛋。而雅克比与雅克芭那些白色的美国孵化器摆在豪华的木头笼子里，鸡蛋沿着斜槽滚出。孵化器配备了锡铁盆，挂着食槽和整洁的繁育箱。

而悲剧并不理会这些，它总是意外降临。一天夜里，笼中传来惊恐的鸡鸣声。雅克比点亮煤油灯冲到外面。他进了鸡笼，不小心踩上正吓唬母鸡的蝰蛇，脚后跟立马起了瘀青。

时逢春季，蝰蛇的身体正充盈着冬日积攒下的毒液和邪恶。雅克比直挺挺倒在地上，油灯也脱手摔碎，点着了鸡笼。羽毛和木墙被引燃，空气中充斥着鸡鸣和浓烟。而那条蛇不改狡猾本性，见火立马开溜。

“做了坏事就走，”雅各布解释道，“不然他还能怎样？”

邻居们被叫来帮忙。然而一片混乱中，没人知道究竟怎么回事。大家只顾着灭火救鸡，没人去找雅克比。等火完全扑灭，雅克芭才发现丈夫躺在阴燃的木块和烧焦的鸡尸堆里。万幸他只有手和腿被烧伤。不过浓烟呛进了他的肺部，蛇毒也差点要了他的命。

雅克比的块头、力气加上好运让他九死一生。但他从未真正恢复。从那之后，他就没了精神头，也不工作，整天哼着童谣，一成不变的调子招得全村人反感。

雅克芭咬紧牙关坚持着，一个人努力撑起整个农场。然而花园里布满杂草荆棘，院子也成了垃圾场。四头奶牛下不了奶，只能一头接一头地卖给牛贩子格洛伯曼，生病的丈夫也不让她省心。

蝰蛇的毒液不断在他血管里作祟。雅克比成天跟在妻子身后，唱些疯言疯语。他对她胡搅蛮缠，像个四岁的孩子黏着喜欢的幼儿园阿姨。

折磨了两年后，雅克芭将房门一锁，头也不回地向田野走去。雅克比蹒跚跟在她身后，哼着歌儿，偷偷掀她裙子。就这样，两口子穿过公路，消失在北山的栎树林里，没人再见过他们。

雅克比的屋子空了数月，没人知道会怎样。

花园里灌木疯长，伸出多刺的藤蔓。花朵日渐萎缩腐烂，伯劳鸟将老鼠和蜥蜴的尸体挂在荆棘上撕扯。

西番莲在走廊的地板蔓延生长，一簇簇卷须充斥着沟槽，以致逼破门窗，蜿蜒入室。

野草和螺丝豆遍布院中，与其他废屋没什么两样，直至覆盖鸡舍的废墟。篱笆也结成一团草墙，黑蛇虎视眈眈，野猫张牙舞爪。

而壁虎、蜘蛛、螳螂、变色龙这些小帮派则潜伏在灌木丛中。叶子中总有窸窣抖动的声音。不止一次，当有孩子为了捡球而把手伸进树丛时，不是被咬就是被蜇，要么更惨：两样都中。

有人建议连虫带院一把火烧了。接着，一个夏日的黄昏，村里人听到一阵遥远而奇特的鸟鸣，而且声音越来越近。

疲惫的村民都抬起头来，连牲口也好奇地竖起耳朵。

那声音是那样陌生、迷人、绚丽而甜美，而且越来越响亮。

紧接着，老弹簧的吱嘎声、活塞的咔嚓声、魄力不再的老化引擎声纷纷应和鸟鸣。远处一阵尘烟中，一辆绿皮卡摇摇晃晃冲了过来，宛如一艘巨轮，从田间露了头。

开车的是个胖子，四十岁上下，白发如雪，又粉又细的肌肤如同犁地翻上来的小老鼠。他裹着一件黑色的旧外套，戴着墨镜，袖子上的绒面补丁十分显眼。卡车上若干个大笼子里尽是些高唱的金丝雀，仿佛正值年度春游的孩子，一个个兴奋得上蹿下跳。

雅各布把手搭在我肩头："命运从没有意外。他按部就班做着准备，留下预兆，也会派来间谍。然而，能见、会听、懂领悟的人却是少之又少。”

这个陌生的怪人径直来到雅克比家的弃舍，一副轻车熟路的架势。到达目的地，他戴上一顶宽边草帽跳下车。树篱与乱丛中的躁动与骚乱瞬间化为沉寂。

一瞬间，来者摘下墨镜，露出白化病人粉色的眼珠和突兀杂乱的睫毛。他很快又把墨镜戴上。这个人五短身材，双下巴；笑容喜庆，但长相吓人。

他把笼子一个个卸下，拎着鸟笼进了屋。关门声未停息，受到惊吓的蜈蚣、蜘蛛和气急败坏的小蛇便纷纷逃离院子，像听了命令一样消失在田野里。

雅各布说：“因为动物比人类更敏感。改天我给你讲讲你妈妈养的那头牛，她才叫厉害！”

太阳落了山，白化病才从屋里出来，站在院里审度着要干的活。他二话不说，从卡车后取出镰刀，又从工具箱里找出锉刀，娴熟地将弯刀打磨。他把割下的野草堆在院子边上，动作麻利，让人无法与他的长相挂钩。他从衬衣口袋拿出一包“玩家”牌香烟，享受着吸入烟气的快感。他并不吹灭火柴，只是轻轻把它弹入草垛。稻草、野草和荆棘噼噼啪啪烧起来，火光映红了路人的脸。

看热闹的散尽，白化病继续趁夜干活。连续数晚，他修建篱笆，拔掉西番莲，剪了雅克芭的玫瑰丛，在旧桩子上栽了新种苗。他用干草叉翻新院地，天一破晓，就急匆匆进屋。乌鸦兴冲冲飞进院子，东蹦西跳寻找着翻地带出的蚯蚓和蝼蛄。对它们来说，哪里翻了地，哪里就能饱餐一顿。

“一切就是那样开始的，”雅各布说，“没人知道，连我妻子丽贝卡都不知道。公牛拉比诺维奇、牛贩子格洛伯曼都一无所知。我自己也是后知后觉。”

他从桌边站起走到窗前，背对着我说话。

“鸡舍被毁，那个白化病来了。托妮娅·拉比诺维奇溺水，你母亲到来。丽贝卡走了，金丝雀飞了，萨义德出生，帮工来了，朱迪斯去世，雅各布还活着。还有比这更简单的吗？每一份爱情的尽头都是如此。开头五花八门，中途纷繁复杂，但结局总是简单而相似的。最终，总是有人来，有人走，有人死去，有人继续活着。”

12

乌云聚集，凉风阵阵，河床涨水，托妮娅和摩西全无预感与担忧。

大雨在屋顶敲击出清冷的节奏，在锡槽里哼鸣。牲口挤在屋里，麻雀乍着羽毛眯着眼躲在格子里。一对乌鸦——心中只有好奇，没有恐惧的生灵——在劲风暴雨中练习着盘旋与升空。

三点钟，托妮奇卡站起身，摩西也睡醒午觉后出来。夫妻俩像往常一样，吃几个橘子，弄些抹黄油或果酱的厚面包片，再来几杯烫嘴的热茶。雨一停，他们把骡子拴在马车上，进柑橘园摘柚子。

卡梅尔山方向刮来一阵刺骨的冷风，直切脸面，生硬如未干的油画纸。骡子的四蹄陷在淤泥里，黏糊糊拔出来，留下一个个蹄印坑。田地里，不息的流水冲出新的渠道。

托妮娅与摩西经过菜地和葡萄园，跨过河床来到柑橘园。两人合力搬起沉重的木箱，转身准备回去。托妮娅抓住缰绳，摩西从马车后推，想让骡子从泥地里出来。托妮娅回头看看，摩西累得满脸通红，浑身热气蒸腾。

她爱丈夫的力量，为此而骄傲不已。每次哪个邻居有扛不动的口袋或者拉不动的牲口，托妮娅便会说："等等，我马上去叫我家摩西。”在他们家附近，就在篱笆小门旁，有一块两百五十磅[1]重的大石头。托妮娅在上面做了一个显眼的大牌子，上写：“将我擎起的摩西·拉比诺维奇居住于此。”有人开玩笑说托妮娅应该给自己也挂个这样的牌子。这块石头远近闻名，时不时便有英军营地或卡梅尔山德鲁士村的人跑来想举举看。只有摩西力气够大，只有摩西知道如何弯曲膝盖，紧闭双眼抱紧石头，然后怒吼一声，像抱小孩一样把石头举在胸前。其他所有人都是垂头丧气、一瘸一拐地无功而返——垂头丧气是因为失败，一瘸一拐是因为他们都气急败坏地猛踹石头，结果伤了大脚趾。

雨又下起来。当夫妻二人返回河床处，拉比诺维奇发现水已经涨了一大截。他爬上马车，从托妮娅手里接过缰绳，后退几步，引着骡子朝右边过河床。然而蹄子一踏上光滑倾斜的浅滩，骡子就像女人一样大叫一声，绊倒在地。

顺着悲剧的相似脉络，情况急转直下。

骡子在车轴间陷住。马车缓缓侧翻。拉比诺维奇掉下马车，左腿被压住，动弹不得。

他疼得大叫。粉碎的膝盖骨撕扯着肌肤，伤口暴露在水中，人差点疼昏过去。然而因为担心——那种出自本能、先于理性的担心——他将目光转向托妮娅。

她的大半个身体被压在侧翻的马车下，只露出头和脖子。头颅和后颈都陷在泥里，头发因为浸水粘成一绺一绺的。原本健康红润的脸庞也吓得灰白。

1.磅：英美制重量单位，一磅约为0.4536千克。

在她周围，一颗颗柚子在水里无忧无虑地跳动，如同浴缸里的玩具。

“救我出去。”她弱声道。

因为恐惧，托妮娅的声音有些嘶哑。她的嘴角渗出一些刺眼、稀薄的鲜血。她只能转动眼睛看着他。

伤腿困在泥里的摩西将手伸到车底侧面，估摸着重量。

“救我出去，我的摩西……”

她的声音哽咽着，想要叫出声却力不从心。

“托妮奇卡，听我说，”摩西道，“我把车架抬起来一点，你爬出来。”

她缓缓点头，圆睁着眼睛表示明白和同意。

“现在！”摩西吼道。

他因为用力而脸色发青，双手关节青筋暴起。马车吱呀着被微微抬起。托妮娅扭动挣扎着，最终只得无奈放弃。

“不行，”托妮娅呻吟着，“我做不到。”

又一股剧痛侵袭摩西受困的大腿。马车的重量又落下来。

有人说，这种时候，时间会静止；有人说，时间的速度会加倍；还有人说，时间会碎为成百上千个碎片，再也无法整合。在那个大雨之日，在河床倾覆的马车旁，时间并未理会这些俗套的推测。它既没有放慢也没有加快，只是按一贯的节奏，一如既往，冷静超脱，凌驾一切。

一层薄雾斑驳蒸腾于水面之上，荒凉的天空渐渐阴沉。与此同时，骡子的哀鸣和身体散发出的恐惧气味引来几只胡狼，摩西大声喊叫，丢了几块泥巴才将它们吓退。

其中一只跳过来咬住骡子的后腿。摩西用力拆下马车一侧的架杆，伤了胡狼的后背。余党见状只好后撤。过了一会儿，胡狼明白男人无法起身，狡猾和饥饿让它们变得十分大胆，开始从头部攻击骡子。那个位置太远，杆子打不到。胡狼从骡子口鼻处撕下几块肉。

“柚子漂起来了。”托妮娅突然道。

“什么？”摩西声音颤抖。

“柚子漂起来了。”

“村里人很快就会来救咱们了。别把头沉在水里，托妮奇卡，也别说话。”

雨越下越大，水越涨越高，柚子如水中褪色的月亮泛着黄色。托妮娅躺在马车另一侧，觉得头越来越沉。摩西试着用杆子支撑她的后颈，但没成功。

眼睁睁看着水位上涨，妻子脖颈的肌肉不住地颤抖，摩西的光头上满是冷汗。他知道，接下来会发生什么。

突然，托妮娅的头沉下去，又立即浮了上来，仿佛被对死亡的恐惧所激醒。

“摩西……”仿佛是一个小女孩的声音在说，“我的摩西……辫子……在盒子里……”

“在哪？”摩西大喊，“辫子在哪？”

水位攀涨，没过托妮娅的头颅；再涨，声音再次响起，这次是托妮娅的声音。

“我要走了，摩西。”她低声道。

拉比诺维奇紧捏下巴，双眼紧闭，直到妻子口中吐出最后一串气泡。夕阳退去，在灰云后收敛起辉煌。直到光亮淡去，黄昏和雨水洗去死亡可怖的声响，摩西才望向吞噬妻子生命的那抹阴暗。他猛咳不止，伤心与无奈的泪水夺眶而出。比任何情感都要狡猾的悔恨蚕食着他的身体。

怒不可遏的他再次抓住马车边缘，他咆哮着用力："出来呀，托妮娅，出来呀！"然而倾听的只有胡狼和垂死的骡子。

马车脱手再次砸在他的伤腿上。摩西昏厥，醒来，再次昏厥。几小时过后，他被自己的叫声惊醒。仿佛在梦中一般，他看到灯火如大海般涌来，搜索队的叫喊声和犬吠声四起。然而，此时的他已被黑暗、悲伤、寒冷和疼痛消磨殆尽，全然没有回应的气力，还是骡子的呻吟声为他们指引了方向。

13

整整两年后，我母亲来到拉比诺维奇家帮工，帮母牛挤奶，照顾他失去母亲的孩子。

对于她那几年的境遇我只略知一二。

“管他呢，知道又怎样？”每次我一问起，她便这样不耐烦地打发我。“赶紧坐我右边，听话。萨义德，听见没有！”显然我健忘，再次坐到了她耳聋的一侧。

等再大一点，我问三位父亲，每个人的答案都不尽相同。

摩西·拉比诺维奇说她在里雄莱锡安[1]的酒庄工作过一段时间，笑着说：“她就是在那儿学会了喝酒。”

牛贩子格洛伯曼人脉遍通全国。他说妈妈的父母“听说女儿在以色列地的所作所为便远走他乡，再也不想见她”。

见我执意追根问底，牛贩子说，一个人不应该追究母亲的过去。

“萨义德，在你出生前，朱迪斯两腿间发生的事情与你无关。你不必知道，就这么简单。”格洛伯曼的粗言粗语我到现在还没完全习惯，不过也不觉得那么刺耳了。

1.里雄莱锡安：以色列城市名，位于特拉维夫南部。

育鸟人雅各布·沙因菲尔德——我母亲的追求者和受害者——为我端上一道道美味，他只告诉我：“拉比诺维奇家的朱迪斯从天上来到我身边，之后又回去了。”

他说着，手指在桌上画着圆圈，前额的伤疤突然发红。每次他脸色发白时便会这样。

“我的孩子，你还太小。但你会长大，会懂得道理，会明白爱情中的规则。这些规则最好能从父亲那里学到，这样便不会因爱而受伤害。孩子为什么会有父亲？就是为了从他那里吸取教训，避免重蹈覆辙。为什么以色列的儿子都以雅各布为父亲？[1]就是为了理解和学习他的爱。人们会给你讲很多关于爱的道理。首先，他们会说爱是两个人的事情。萨义德，这不对。真正的仇恨需要两个人，而爱，有一个人就足够了。对它而言，只要一点点就足够，之前我跟你说过的。有朝一日，你因某个细节爱上一个女人——就说她的眼睛吧——会有人跟你说：你爱上了她的眼睛，但跟你过日子的是她的全部。萨义德，这也不对。爱上她的眼睛，陪伴你的也是她的眼睛，剩下的只是珍藏着华服的壁橱而已。”

他垂眼见我一脸惊讶，手便不再敲桌，可嘴却没停：“这些东西连上帝都不甚明白。犹太人的上帝对孤独了解透彻，但对爱却一无所知。上帝独自高高在上，没子女，没朋友，没敌人，最惨的是没女人，最终因孤独陷入疯狂。所以他让人类也跟着发疯，给了我们一大堆‘妓女’‘处女’之类的名头，让男人用在女人身上。女人才不是这些东西。归根结底，女人是血是肉。只可惜，我到现在才明白。

1.亚伯拉罕被认为是犹太人的始祖，他的孙子雅各布被认为是犹太人的祖先。参见《旧约·创世记》。

如果我能早点醒悟，早点明白爱来自脑，而不是心，爱有律法和规则，不是梦境和疯狂，也许我的生活会更幸福。但懂得是一回事，做到是另一回事。一个男人要得到他渴望的女人，必须有天时地利，因为任何事情都不是孤立的。以色列地有人溺水，可能使得某人在美国打牌赢钱；欧洲的乌云千里迢迢飘过来，就为了让一对男女在云雨之夜相会。一个人自寻短见，说明有人想置他于死地。乌鸦嘶鸣，一定会有人听到。当我看到直射的阳光下朱迪斯乘着马车缓缓到来——我一眼便看清：这就是我眼中被高高举起的女人。她被举着送到我身边。在印度就有这样的人。他们能够以眼神意念移动桌上的杯子。你听说过吗，萨义德？我在村倌儿帕比什家的儿童报纸上读到的。他家有好多旧报纸。在印度他们有——叫什么名字来着——哦！托钵僧。他们感觉不到疼痛，能控制呼吸和心跳，光用眼睛就能让桌上的茶杯左右移动。我不骗你，萨义德，只靠眼神，一会儿左，一会儿右。就这么挪动杯子。不过你要明白，挪动杯子可比挪动女人要难多了。”

14

是摩西的大哥——梅纳汉姆·拉比诺维奇——用故事和可口的长角豆说服摩西和托妮娅搬到以色列地。也是他先认识了朱迪斯，并建议摩西请她来家里和农场帮工。

直到我长大了，梅纳汉姆伯伯才告诉我那个大家讳莫如深的名字——我母亲的第一个丈夫。伯伯把名字和故事都告诉了我。

“当时他们好像住在姆拉贝斯，要么就是里雄。我不太确定。”

母亲的第一位丈夫在希伯来旅当兵。一战结束，他返回以色列地，却找不到生计。

每天他都在城里的大路边找工作。这个人天性骄傲，他不会低声下气央求地主，而是像在战场一样横眉冷对。他不明白，这种眼神在和平年代只是绊脚石而已。

“人，只能利用自己已有的东西，即使不能完全符合情势所需，”梅纳汉姆伯伯解释道，“他们该笑的时候哭，该扇嘴巴的时候拔枪，该讨爱人欢心的时候却嫉妒。”

那个男人总是闷闷地躺在床上。夫妻俩租了间房子，那里以前是养土耳其鸭子的鸭舍。零碎的鸭毛刺得他两眼发红，鸭屎的臭味挥之不去，仿佛刻骨铭心的屈辱。

朱迪斯建议他种些蔬菜拿到集市去卖，他于是起身，在屋后的几块园圃撒了种子。然而，即使嫩芽出土，他还是无法安宁。午后，成群的乌鸦会飞上院里的大树，它们上蹿下跳，叽叽喳喳，仿佛恶浪汹涌一般。叫声和翅膀拍打声让他绝望地冲进屋内。有时，他强打精神坐在雅孔河边，双手抱膝闭着眼，仿佛在身体里寻找安慰。

要不是朱迪斯一直照料菜地，在院子里养了几只母鸡，把地主家橘树上掉下的果子制成果酱，东缝西补勉强度日，夫妻俩和女儿早就因骄傲饿死了。

终于，男人说他要去美国，到特拉华州的威尔明顿铸造厂干一年，厂子是他在希伯来旅认识的一个美国朋友的爸爸开的。

“我挣了钱就回来，”他说，“朱迪斯，你等我一年，最多两年。”

当时，朱迪斯坐在桌边给做汤用的豆子去壳，假装没听见丈夫的话。他抓住她的肩膀大叫，逼迫她听。

“即使在美国也没什么工作，”她又怒又惊，“好多人都跳楼了。”

她面前堆着两堆东西，棕色大堆的是豆子，灰色小堆的是砂石、豆皮和干虫。她的两腿间站着两岁的女儿，两眼盯着妈妈的巧手。

“别走，”朱迪斯央求，“别走。咱们过得下去。一切都会好起来。”

她摸摸蓝色头巾在头上打的结，把它紧了紧。她的语气里充满悲观与恐惧。然而那个男人——那个名字我必须忘却的男人，却无动于衷。他骨子里已经打定了主意。

短小的身材，模糊的身形，他的形象留在我的眼里：他在小木箱子里装了几件衣服，拿了穷小子路上吃的硬奶酪、橘子、面包和橄榄，然后告别妻女前往雅法。我母亲倚着门框，腿旁靠着女儿——我同母异父的姐姐，脸上像她父亲一样面无表情。

男人在雅法买了张便宜的甲板票，乘着满载撒马蒂橙和甜柠檬的小货船驶向英国。

那是个阴天，然而船舱里橙子散发出的阳光味道，始终萦绕着乘客，加重了他们心中的懊悔。

到了利物浦，男人换船奔赴纽约。又怕又慌的他从哈德森码头走到中央车站。身处异国他乡，他的骄傲早就化为乌有，只是徒劳地在硕大的迷宫中无助地大喊："威尔明顿！威尔明顿！"直到有好心人为他指点卖票的窗口和站台。

列车在地下行驶了一阵，接着眼前豁然开朗。它隆隆地驶过大河，经过一片芦苇与沼泽——男人没想到在美国还有这样的地方。他坐在窗边，数着电线杆，仿佛一路撒着面包屑，以便找到回家的路。他小声念叨着经过城市的名称：纽瓦克、新不伦瑞克、特伦顿、费城……三小时后，检票员一喊"威尔明顿"，他立即冲下火车。

他一路跋涉，经过一根又一根烟囱，就是找不到朋友的铸造厂。不过，他还是边摸边问找到了哥伦布大街——朋友告诉他，自己就住在那里。他按熟记的门牌号找到了房子。

那是一座华丽的住宅，门前有修剪整齐的灌木丛。其实这里住的是一位荷兰的服装商人，但男人还是觉得，犹太铸造厂主的家就应该是这样。他举手敲门。

命运让荷兰商人在那天赚了一大笔。商人心情大好，见到门口的陌生人，居然善心大发请他进屋，以黄油和豆蔻烹调的美味蒸鱼和土豆款待他。

我时常好奇，梅纳汉姆伯伯和奥代德·拉比诺维奇当时并未在场，居然会知道这么多细节。难道年幼时奥代德对我母亲如此怀恨在心，以至于将她的生活刻画得如此声情并茂？难道雅各布将故事在脑子里反复回放，以至于编造出新的版本？难道母亲死后，梅纳汉姆伯伯会那样悔恨？如果烹调土豆的佐料是酸奶油、粗盐和切莳萝，而非黄油和豆蔻，我母亲的生活会因此而不同吗？我呢？我还会来到这个世界吗？

不管怎么说，荷兰商人和我母亲的丈夫就着月桂浆果喝白兰地，饭后还一起抽雪茄下棋。商人解释说，他的曾祖父建了那座房子，他祖父、父亲和他自己都在那里出生。“就在这张床上，我的朋友。”美国的各个城市都能找到一条哥伦布大街。“还有，我的巴勒斯坦朋友，犹太人往往不会沾手金属铸造业。”总之，商人友好而礼貌地暗示他，那个所谓希伯来旅的朋友只不过是胡说八道。

的确，这位战友只是想往自己脸上贴金。他不过是芝加哥一个缝纫铺小贩的儿子，威尔明顿他也只在地图上见过。和多数谎话精一样，他也不做功课以把谎撒圆。后来，梅纳汉姆伯伯嘲讽地说，他搬到了以色列地，自称“在约旦河谷血战中给泽夫·雅勃廷斯基[1]当过副官”。他在特拉维夫租了间房子，靠在美国修正主义报刊发表“加利利的拓荒者来信”为生。

荷兰商人借着酒兴，给了男人几件旧衣服和一条沉甸甸香喷喷的杂谷面包，又塞给他几处地址和几封推荐信。奔走苦求一番后，我母亲的丈夫变成了出售廉价商品百货商店的守卫。

从那以后，他青云直上，守卫变成信差，信差升成销售，没过多久又坐上了部门经理的位子。他买了棕色和白色的皮鞋，跟小酒贩

1.泽夫·雅勃廷斯基（1880—1940）：俄罗斯犹太人，修正犹太复国主义的创始人。

变成朋友，也抽上了雪茄。原本说好去美国的铸造厂干一两年，结果却是抽烟卖货干了三年。

不过，男人并未忘记与妻子的约定。他每月都给朱迪斯写信寄钱，即使她不再回信也没中断过。信中他并未提到威尔明顿的两个爱他的女人。他了解妻子，知道她已猜到几分。但在两个女人面前，男人却没有丝毫隐瞒。他时不时会提起以色列地的妻女，说以后要回到她们身边。

15

Shlaf meyn meydele, meyn kleyne

Shlaf meyn kind, un her tsikh tsu

Ot dos feygele dos kleyne

Iz keyn andere vie du.

这首歌谣妈妈常哼给娜奥米听。

奥代德会发脾气，娜奥米听得起劲，摩西一言不发。当时我还未出生。

想象中，早先她应该会唱给自己的女儿听，之后是她自己。那些词句在她心中沉淀，等待着一个新生的小女孩的出现。

母亲去世几年后，奥代德对我说："萨义德，那就意味着你在美国有个同母异父的姐姐。"

当时我们正在村里的运奶车上，那是我和他同行的夜间旅途的其中一次。

"我也想有个美国的姐姐。"奥代德说。

奥代德心心念念惦记着美国：美国卡车，美国公路，还有美国女人。他从兰德·麦奈利地图上剪下美国的公路图，罩上塑料膜，贴得家里满墙都是。他对着地图一看就是几个钟头，熟记路线，插旗钉钉，为想象中的奔驰之旅做准备。

“看见这条公路了吗，萨义德？那是10号公路。在美国，这种路叫州际公路。看到这一带了吗？洛杉矶，圣贝纳迪诺，一路直到亚利桑那州凤凰城。这里有全世界最大的卡车站。那里应有尽有：柴油、燃油、食品、啤酒。人们常说：车油加好，肚子吃饱。五百多辆重型卡车每天在那里停靠。”

“那你干吗不去美国？”

“那样我的梦想就实现了。”奥代德回答。

“车子有点右偏。”奥代德停车，下去检查轮胎。我们绕着车子，奥代德用大木槌挨个儿敲敲轮胎听动静。他在其中一个轮胎那儿徘徊了一阵儿，往手指上吐了口唾沫抹在气门芯上，小心察看着气泡。

“稍微有点漏气，”他说，“想梦想成真，何必费那么大周折？你以为我不知道？美国没有我想象中那么好。男孩都有想当卡车司机的时候，很多人成了年还想呢。只有我这种笨蛋才会真拿它当营生。记得一个小时后再提醒我停车检查。”

男人离开家时，女儿只有两岁。待他返回时，女儿已经五岁，长得眉清目秀，亭亭玉立。她手里抓着个破布娃娃，没认出眼前这个打扮时髦的小个子。男人笑着走进鸭舍，挥舞着大把钞票，叫道：“我来接你们去美国了！”

如果小姑娘没有长大，你会以为男人只离开了几个钟头。因为在他进屋时，孩子的母亲依然坐在同一张桌子旁，剥着跟丈夫离家时差不多的豆子。她依旧双眉紧锁，空气中还是那股鸭臭味，桌上还是灰棕两堆，一切都像时间静止了一般。

他想冲到她面前，但朱迪斯站起身，动作出奇地沉重。她让女儿挡在自己前面，像是防范，又像是躲避，同时不安地用手指抚着孩子的后背。男人注意到她圆滚滚的肚子。

“你怀孕了。”他欣喜地叫道，可马上又被自己的话吓住——明明自己已离家三年。最初通信中妻子的迫切恳求，后来的麻木淡漠，以及最终失去音信，房东见到他时垂下的目光，从树上飞下来、嘲弄般对着他聒噪的乌鸦…… 一切他都明白了。

男人膝盖发紧，但又迅速镇定。他揣起钞票，一把抓住女儿道：“走，爸爸带你去美国。”

“我要带着娃娃。”孩子的平静和淡漠让父母吃惊。

“不用，”男人说，“我给你买新的，什么都不用拿。走吧！”

他转身离开，女孩丢下玩偶，跟在身后。

朱迪斯没有抬眼，抚摸的手还停在空中。惊吓把她钉在那里，动弹不得。她缩了缩脖子，即将到来的打击令她脊背冰凉。

临走关门前，妈妈的丈夫转过脸，带着美国销售员的职业微笑在地上啐了一口：“贱屄！”那是恶毒到连从小说意第绪语的人都难以启齿的脏话。甚至连张口闭口都是脏话的格洛伯曼，在给我解释时都要清清嗓子。

男人合上院门，穿过邻居家的菜地，不去理会正跪在红泥浆里，假装在专心侍弄洋葱和胡萝卜的邻居，和女儿一起消失在柏树林外。路上，他拦下一辆来自拉斯艾因[1]的小卡车，往惊愕的司机手里塞了一元美钞，命令他直接开到雅法港。

1.拉斯艾因：叙利亚城镇名。

夜晚，朱迪斯的情人来访，见她脸色煞白，一个人呆若木鸡，豆子撒得到处都是。

“他回来了？”他问。

他在朱迪斯耳聋的一侧讲话，她没回答。

“孩子也带走了？”他大喊道。

“他回来把孩子带走了。”朱迪斯呜咽道。

“我去追他，把孩子给你带回来。”情人越说越气。

朱迪斯望着他，那温暖的身体、似火的热情曾在孤寂的岁月里俘获她，扶持她，如今却如残株般令她可悲。

“别追，也别去找孩子。这不是你们男人间的比赛。”

她紧闭双眼，面前出现未来生活的情景。“孩子没认出他，”她终于开口，“可二话不说就跟着走了，连句再见都没说。”

情人坐到她身边，伸出手臂搂住她，把她的头揽在自己肩头，另一只手搭在她肚脐上。

“朱迪斯，还有我们呢，”他低语着，“你，我，很快还有我们的女儿。”

“是啊，我还会有个女儿。”

她顿觉一阵清爽席卷全身。一个半月后，朱迪斯诞下一个漂亮的男婴。没有呻吟，没有意外，孩子生下时就已死去。

“我们去美国，去找她，”情人在孩子的坟前再次大吼，“我们闹上法庭。哪有这样把孩子从母亲身边夺走的。美国可是有王法的地方。”

“不去。这场官司已经宣判执行。”朱迪斯说。她的情人望着她，惊恐万分。他看到冷酷在朱迪斯身上积聚，它顺着毛孔渗透，在肌肤的缝隙中凝固。他知道，只能任由她去了。

16

那个希伯来旅修正派的谎话精就这样改变了一切。如果你对“如果”和“要是”这种问题同我一样感兴趣，得到的回应只是命运与机遇的转变。如果他真在威尔明顿有铸造厂，我母亲的丈夫会按时回家，我就不会出生。即使生下来，也只会有一个父亲。他们会给我起其他名字，而死亡天使也早把我带走了。

梅纳汉姆伯伯见我对命运的讽刺如此执着，便给我讲了三兄弟的故事。从前有三个兄弟：“如果”“要是”和“要是不”。“沉睡天使让人们进入梦乡，三兄弟却把他们唤醒，围着他们问一大串问题，让他们再也睡不着。”

牛贩子格洛伯曼睡得酣畅，任何心事、阴谋、悔恨都惊扰不了。格洛伯曼对我重复他的格言：“人算不如天算。”就是说：总会有人问，总会有人答，三兄弟总会让你不得安宁。对于朱迪斯也是一样。她再也没见过自己的女儿，直到去世。

所以说，我在美利坚有个同母异父的姐姐，而母亲连她的名字也没提过。我一追问，母亲便用同一句话搪塞：“知道又怎样。”

父女二人坐船从雅法到达热那亚，在一处廉价旅馆住了几天。

那里充斥着鱼腥味、茴香味和大蒜味，阳台的天竺葵盆箱上还卧着几只大肥猫。

他们坐船从热那亚到里斯本，然后经鹿特丹到美国。其他客人大多成天躺在铺位上，操着天南海北的语言说笑打牌。船舱里尽是汗味、烟味和呕吐的味道，父女俩多数时间都在甲板散步。

不出所料，此时，小女孩已经从战利品变成了累赘，而男人的愤怒和复仇的欲望还未得到满足，它们撩拨着他，连呼啸的海浪都难以匹敌。他狠狠扇了女儿几个耳光，动作短促，几乎没人留意，也没人听到伴随而来的恶言："小贱人，跟你那婊子妈一个德行。"如果可以再次说说我生命里和幻想中的主要人物，我要说，如果让我选择，我们再也不要遇到那个卑鄙的男人。如果他留在母女身边，兴许会变成这个故事的主角，叙述者也会变成另一个儿子。但基于他的所作所为，他已从我的故事中被驱逐，我也不必为他浪费笔墨。

至于我母亲那个被遗忘的情人，我既不知道他的姓名，也不知他从哪儿来。有三位父亲我已知足，所以甚至没去找他。可就在母亲去世约十五年后，一次我到耶路撒冷看望娜奥米。她指着一个身体伛偻成拐棍的老者让我看。他拄着两根拐杖，就在神学院不远处，沿贝特凯雷姆大街蹒跚而行。

"看见那个人了吧？他就是你母亲的情人。"

让我震惊的不光是那句话。那是我第一次，也是唯一一次知道，原来娜奥米对我母亲的过去也有所了解。

她怎么知道就是那个人？我无从知晓。

为什么决定要告诉我？这我也不知道。

我应该生气吗？娜奥米察觉到我的尴尬，说："萨义德，咱们回去吧，做一大盘以前家里吃的那种沙拉。”

每次来看娜奥米，我都从村里给她带蔬菜和鸡蛋，还有一大罐酸奶油和很多奶酪。每次来都是晚上，都是奥代德开运奶车载我。

我已经长大，奥代德也老了，但我依然喜欢坐他的夜车，听他抱怨，听他讲故事和梦想。他总是大声吵吵，以盖过引擎的轰鸣。

路变宽了，我们身边不时有卡车经过。但夜晚还是一样的凉快，奥代德还是一如既往，不说妹夫半句好话——谁让他让妹妹远嫁他乡。他还是会问我：“萨义德，要不要按喇叭？”我再次拉住笛绳，声音一响便吓得赶紧放开，任凭尖锐的巨响渐渐被夜晚吞噬。

两个孩子围着蹒跚的老人左蹦右跳，他的肩头仿佛无形中承担着巨大的重量。谁能保证那重量不是我母亲？谁又能免于承受那份沉重？除了几个爱过她的男人，整个世界对她一无所知。所有人都和那老人一样蹒跚街头，都会像他一样身体佝偻，在灵魂的重压下低头。

17

“托妮娅的死实在是个悲剧，”雅各布道，“巨大的悲剧。我们身边发生过其他不幸，不过像这样在河床溺水的可真没有。河床哪是该溺死人的地方？科德马河有人淹死，黑海有人淹死，可咱们这儿的河床才多深？也就二三十厘米。像这样的悲剧可不是偶然。吃啊，萨义德，你可以边听边吃嘛！我甚至一度认为，他们俩如此相像，当时又是雨又是雾，也许死亡天使错将托妮娅认成了摩西。然而，托妮娅死了，留下徒劳悔恨的摩西。那种日子可不轻松，每天都在缅怀亡妻中度过。这跟想念活人不一样。我对这两种情绪体会深刻。你母亲生前和死后我都在思念她。萨义德，你现在多大？整十二岁，而且你也是没妈的孩子，兴许不用我说你也能理解？我只能说，那就像乌云笼罩村庄。年轻的鳏夫，拖着两个没妈的娃儿……犹太人的上帝才不理会呢。托妮娅在冬末去世，一个月后，春天便飘然而至。蓓蕾绽放，云雀欢唱，鹤群引颈。咕噜—咕噜……咕噜—咕噜……田间鹤群的叫声你听过吧？那叫声并不响亮，但传得很远。二战的时候，有一次我见到战俘营里的一个意大利战俘在田间与三只鹤共舞。它们立即察觉到意大利人与众不同。远处看去，我还以为是四个人，那么高，就像是头顶皇冠一样。等走近了，那战俘拔腿往回跑，而三只鹤则张开九英尺的长翼飞向空中。那个战俘营，你还记得吗？那时你还小。营房的围墙上有个小洞，那些犯人有时会跑出来，四下在田里转转，就像我开着笼门养的小鸟。没人看着那些犯人，因为他们根本不想逃跑。再来点，萨义德。来，张嘴，孩子。我还记得养舅家小儿子吃饭的样子。从他出生那天起，他的嘴总是张着，说的第一个词就是‘还要’——不是‘妈妈’，不是‘爸爸’，是‘还要’。六个月大时，他就指着一盆食物说：‘还要！’会说这个词的人，估计不需要懂得太多也能过得很好。很多人一辈子会两个词就够活了：‘那个’和‘还要’。那小子就像个无底洞，简直能吞掉一头牛。他妈妈见他这副吃相，乐得合不拢嘴，一个劲儿让他多吃点。他长啊长啊，快得让母亲生怕他被邪恶之眼盯上。每次，等其他人都吃完了，她才叫他上桌，然后站在他面前，双手撑开一张大床单挡住他。怕他被人看见，更怕他被邪恶之眼发现。吃吧，萨义德，敞开了吃。我给你唱支歌，帮你增进食欲：

快看今天真新鲜，
一只鸟儿立窗边。
娃娃忙往窗边跑，
小鸟已经飞不见。
娃娃呜呜哭不停，
小鸟已经飞不见……”

18

一开始，全村人都跟摩西·拉比诺维奇一起承受哀痛。服丧周内，朋友们都动员起来，轮流帮他挤奶，进果园摘剩下的果子。接下来的几周，在他腿伤痊愈之前，他们纷纷来帮忙，借给他骡子和马，直到他找到新的牲口。村里的妇女纷纷叫两个孩子到家里吃饭，村倌儿帕比什的妻子阿丽莎还来帮忙擦地、洗衣和打扫卫生。

然而时间一点点过去，来帮忙的人越来越少，直到完全消失。邻居家的男人告诉摩西，家里多出两张嘴吃饭已经有点吃不消了。

拉比诺维奇的胸口以下依然打着石膏，他怒不可遏。本来从一开始他就答应给邻居钱，让两个孩子吃饭。如今，他再次问邻居要多少，对方开的价简直可以养活整支军队。摩西把邻居轰出家门，跟村里货栈老板的妻子商量好，以公道价钱让奥代德和娜奥米在那里吃饭——直到朱迪斯到来。偶尔也会有几个英军士兵到那里就餐，再就是那个太阳下山后才出没于雅克比家老院子的白化病会计。

摩西从河岸边拔了水仙栽在托妮奇卡坟上，很快它便开了花。新生的小乌鸦在桉树顶的巢穴中咿咿呀呀。世界照常运转，如满载着生老病死的船只，寻觅停靠的港湾。

太阳升起，空气变暖。每天下午，摩西就像小牛犊一般在荒地里转悠，嚼着草根，伤口暴露在春日的空气里。

田凫支棱着长腿在他身边咕咕叫，炫耀着绚丽整洁的外衣。逃过寒冬幸存的田鼠兴奋地在草丛叽叽喳喳。一阵花开的香气扑面而来，让血流加速，让孱弱的鸟儿无法飞翔。

摩西习惯了裸身躺在田间，吸收春天的阳光，现在依旧如此。多年后，我依然见他来到田间，赤身躺在草地上。一次，我把暗箱搬到田边，观察飞舞的云雀。而摩西也在地里，他脱了衣服，就躺在暗箱边上。

那短粗的身体横在那里，缓慢地呼吸，一只手抚摸着胸前的毛发和肚皮。气温上升时，他还会伸手抓抓私处。

两只大苍蝇在他脸前嗡嗡，但他并不理会。

如此坦然，如此纯粹。我们离得那么近，他丝毫没有察觉到。有杂草枝丛的掩护，连鸟儿都发现不了我的暗箱。阳光直射下，我热得几乎被烤焦，但仍然不敢动弹。摩西突然自说自话起来："我的摩西，我的摩西。"他稍稍侧身，一股类似梅纳汉姆伯伯体味的味道弥散空中。当时我还太小，不明白怎么回事，还以为因为他们是亲兄弟，所以体味相近。

拉比诺维奇的伤腿恢复迅速。然而，当他要求医生拆下石膏时，医生却说还不到时候。摩西没争辩。他返回家中，躺在饮牛的水槽里，直到石膏融化，槽子里的水变成乳白色才起来。几天后，他套上马车，带孩子们到邻村和哥哥嫂子一起过逾越节[1]。

1.逾越节：犹太人的主要节日之一，犹太教历以此节为一年的开始，在尼散月（公历3月至4月间）14日举行。

梅纳汉姆伯伯跟摩西截然不同。梅纳汉姆又高又瘦，尽管年长于摩西，但更显年轻。他手指修长，即使一直田间劳作也不改细嫩；他有一头浓密的棕发，声音柔和悦耳，修剪整齐的胡髭被家人称作“美利坚小胡子”，没人在意那究竟是什么意思。

他坐拥当地最大的塞浦路斯长角豆农场，产出的豆子最为饱满多汁。我依稀记得他骄傲地把豆子捏开，任其浓汁四溢的样子。

“如果巴尔·约哈伊[1]也有这么一棵树，每个安息日有一颗豆子他就知足了。”

一说起自家的长角豆，梅纳汉姆伯伯更像是谈论自家牲口的奶农。他有一大群“牲口”，几株“公牛”，还有几株优质“奶牛”。他说如果有可能的话，把他的树苗赶到农场，让他跟在后面吹笛子他也乐意。

“萨义德，总有一天，会有人发明不扎根的树。我们出门散步或者下田干活儿，吹一声口哨，树就会跟过来。人走到哪里都有树荫乘凉。”

有一个故事他津津乐道，我也很喜欢。说的是一个外族农民，马车上载着一棵开花的大苹果树在乌克兰游荡。马车由四头牛拉着，后面总是有蜜蜂追逐。

梅纳汉姆伯伯从不依赖风给长角豆授粉，而是自己亲自上阵。盛夏过后，他爬上雄株，把花粉摇到纸袋里，然后迅速洒在雌株上。如此一来，浓重的雄性气味便沾在了他身上，让邻居家的妇女尴尬不已，也逗乐了男人们。这可气坏了拔示巴伯母。

伯母爱丈夫爱得发疯。她觉得全世界的女人都跟自己一样。那

1.巴尔·约哈伊：《犹太法典》中的圣人。

股雄性精华的味道让她很是担忧，生怕丈夫会拈花惹草。那味道沾在他身上，即使伯母把他推进浴室，用刷子一通狠刷，直蹭得他全身通红，叫苦连天，她还是不放心。但凡出现在梅纳汉姆伯伯视野范围内的女人，都会被伯母骂作"野女人"。村子太小，人心善妒。"野女人"越来越多，拔示巴伯母的火气也越来越大。

"像梅纳汉姆这样的丈夫春天最好悄悄待着，"伯母说，"他最好全年都消消停停的。不过春天他尤其得闭嘴，不能四处招摇——说故事，扯大话，示爱什么的……周围发春的女人太多，这么做太危险。"

就这样，结婚第三年时，梅纳汉姆伯伯突然染上了奇怪的过敏症，一到春天就发作。不同于一般的过敏，他不打喷嚏，不发痒，也不流泪，只是声带发不了声。

托妮娅曾说拔示巴给梅纳汉姆下了咒，但伯母死不承认："当妻子的不能做这种事。有上帝看着呢。"说得好像事不关己一样理直气壮。

总之，每年在普林节[1]和逾越节之间的某天早上，梅纳汉姆伯伯起身便说不出话。一开始他还以为自己耳朵聋了，后来才发现是干张嘴出不了声。

起先，这强加于他的沉默令他十分暴躁，拔示巴倒是心满意足，没有一丝抱怨。可过了几年，梅纳汉姆伯伯没了脾气，也习惯了用纸条与周围人交流。拔示巴伯母再次妒火中烧。如今，她反怕春天一到，丈夫一不出声就会变着法儿招惹村里的坏女人。

1.普林节：犹太教传统节日，以色列的狂欢节，纪念和庆祝犹太人在波斯帝国统治的年代里，以斯帖皇后拯救他们逃离灭族危难。

她总说："毕竟他还算只好鸟儿。"

六七岁时，我告诉梅纳汉姆伯伯在我眼中他与雅各布·沙因菲尔德的分别。

梅纳汉姆伯伯写下："说说看，萨义德，什么区别？"

"你们都是鸟，"我说，"你是好鸟儿，沙因菲尔德是怪鸟儿。"

母亲微微一笑，娜奥米合不拢嘴，梅纳汉姆乐得浑身乱抖，还不忘在纸上写下："哈哈哈！"

"男人开不了口，就会上蹿下跳，像猴子一样在林子里张牙舞爪。"拔示巴伯母生怕自己的嫉妒会招致可怕的后果。

梅纳汉姆伯伯既不上蹿下跳，也没张牙舞爪。他变得安静而内向，就像那些瘦削的男人经历夏末，感叹白日变短一般。

变了哑巴的他还多了几分挑衅与幽默。逾越节家宴上，他举着一张大纸在所有人面前晃来晃去："省得我背诵无聊的《哈加达》[1]。"

奥代德、娜奥米和梅纳汉姆夫妇的三个孩子哈哈大笑。摩西也没忍住。那年进门时，摩西搂住哥哥，哭着说："这还是第一个没有妈妈和妻子的逾越节。"这会儿他笑了。

"梅纳汉姆觉得你应该赶紧再婚。"拔示巴道，梅纳汉姆也在一旁点头。

可摩西根本不想谈这个，更何况是当着孩子的面。

摩西和拔示巴给孩子们哼唱记忆中那些古老的歌谣，梅纳汉姆在桌上敲着节拍。奥代德找到了被藏起的无酵饼[2]，许愿"让妈妈赶

1.《哈加达》：记载逾越节传统的犹太文本，大量引用了希伯来文《圣经》经文，记载了众多传说、典故。

2.按照犹太逾越节晚宴流程，吃过头盘后，会有人掰开一块无酵饼，将一半藏起，稍后由众人寻找。

快回来”。

摩西听了脸色发白，而梅纳汉姆只是拍拍奥代德的后脑勺，写道：“奥代德的愿望真好。不但如此，你还会得到一把小折刀呢。”

19

有时，摩西也想悲痛，也想懦弱。承载哀痛灵魂的不该是一副日渐强壮的身体。

他想垮下去，但不能。相反，托妮娅死后，摩西反而一天比一天强壮，仿佛当初无力拯救托妮娅的那些肌肉在摩西身上得到了补足；又仿佛一丛丛生命的绿苗从悲痛的灰烬中破土而出，甚至掺杂着些许安慰，理直气壮地充实着鳏夫的躯干。没有人明说，但心里都一清二楚。

他的语气从低沉转为流利，步子变得轻快，连光头上也生出薄薄一层新发——不似年轻人的浓密，更像婴儿的幼毛。

至此，他的身体已完全恢复，强壮得跟没事儿人一样下地干活。他收割、拾穗、锄地、犁田。夜晚挤完奶后，他用粗粗的管子做成的扁担把四个奶罐挑到奶厂。

出了奶厂，他去接吃过晚饭的儿女。肩头的空奶罐偶尔撞出咚咚闷响，呼应着摩西的思绪。

走进货栈老板家，那个白化病跟他打招呼，他愤愤应了一声。摩西憎恶世上一切反常之物。那个白化病成天昼伏夜出，他奇怪的发色、肤色和眼睛都让摩西不自在。

白化病也没想讨好摩西或其他人。他只顾着养鸟干活，从不招惹任何人。每周一次，出纳用推车将各种收据和文件送到雅克比家旧宅。敲门声一响，粉眼黑衣的会计便将窗子拉开条缝儿，低声道："进来时请小声点，别惊了那些鸟。"

出纳一走，白化病便埋头于文件，清算账户，打磨铅笔，权衡着外界的得失。那是一个充斥着刺眼光亮的世界。

鸟儿的歌唱和紧闭的百叶窗保护他免受阳光的侵害。只有在黄昏，当他的敌人偃旗息鼓，疲惫暗淡地扒住地平线，缓最后一口气时，他才会出来舒展筋骨，呼吸些新鲜空气。

门打开后，首先伸出一条穿长袖衫的胳膊，怯生生、颤巍巍，如同鼹鼠的鼻口，试探着光线和空气。那条胳膊微微扭动，估算着夕阳的威力和大地的温度。胳膊满意了，其余部分的躯体才从门后出来。他头戴墨镜，步子迟疑。他又冲进屋里，把鸟笼子拎出来，一副遛鸟的架势。

一条皮卡的牵引链从房子的一角牵到附近的柏树树干上。白化病把鸟笼挂上链子，在躺椅上坐下，端着一盘削皮竖切的黄瓜，就着白奶酪、鲱鱼和啤酒吃起来。身旁还有一本磨损的旧书，引得他时而血泪泉涌，时而轻声哼笑。

而与此同时，失去母亲的打击在拉比诺维奇家两个孩子身上渐渐凸显。奥代德每晚尿床，而娜奥米形容消瘦。

"娜敏卡都不怎么吃东西。"货栈老板的妻子告诉摩西。

回家的路上，娜奥米说："她家的东西不好吃。"

沉默许久后，摩西问："那说说你想吃什么，我告诉她给你做。"

"我们想吃妈妈做的饭。"奥代德说。

"我跟你们一样想。"摩西道。

夏日依旧炎热芬芳。村庄四下静谧，他们被夜色环绕。和去年一样，谷仓里偶尔飞出小片的稻草，蹭着摩西的脖子。那时，托妮奇卡还在世，陪着他一起打谷。

三个月过后，渐觉柔软的身体告诉摩西，秋天来了。鹳鸟划过天际，凉风自山边吹拂，海葱也会从田边拔起。

鹳鸟横空划出的曲线，海葱对土壤的依恋、对生长的渴望，都让摩西着迷。他不善言辞，鹳鸟和海葱为他诠释了无以言表的永恒与变迁——一个用翅膀，一个用根茎。

最后一波大黄蜂聚集在葡萄园的幼苗附近，气势汹汹；小斗士知更鸟也从北方返回，势要重新占领石榴树。树丛中可以听到它凶猛的鸣叫，昭示着它的领界和耐力。

潮湿的冷风吹动柏树林，偶尔有小颗的果实从树上掉下，弹在小屋的屋顶。河床再次涨水。日复一日，摩西像一头渴望疗伤的野兽，寻找着那根辫子，那个亡妻藏起的木盒。

村子上空椋鸟成群，时而聚集，时而散开，仿佛刷子在天空留下的笔触。清晨，鸟群向东飞过山谷，晚上返回，在水塔附近的加那利松上小憩。它们动作敏捷，仿佛被树丛吸入一般，枝叶间只留下微微的啁啾声，那是父母与子女睡前的低语。之后，一切归为沉寂。

家里仍留下几罐托妮娅夏天制作的果酱，但几乎没人记得它们还在。摩西执着地寻找辫子时，在角落里发现了它们。他把果酱拿到厨房。奥代德拿到手便一通猛吃。摩西当晚在牛舍发现他时，他脸上到处沾着果酱，像中了毒的胡狼般腻得一阵一哆嗦。

“太好吃了，”奥代德说着，舀起一勺果酱递给父亲，“爸爸张嘴，把眼睛闭上。”

像每一个曾经的孩童一样，摩西立马闭上眼睛张大嘴。香甜的果酱黏灼着喉咙，眼泪从紧闭的双眼中夺眶而出。

娜奥米悄悄尾随摩西到牛舍，看到两人，不禁一怔。

“你也要吗？”奥代德也伸给她一勺，“是妈妈的果酱，吃吧。”

然而，一股无声的莫名愤怒侵袭了娜奥米全身。父子俩来不及阻拦，娜奥米一把夺过罐子，把它在混凝土地面上摔得粉碎，然后冲进了院子。

20

“吃吧，我的孩子。”

他伸手又摆了一道菜，然后摸摸我的头。

雅各布从不叫我“儿子”，只用意第绪语称我为“孩子”，仿佛这样说他才更有底气。而我从不把三人中任意一个叫“爸爸”，无论用哪种语言。

格洛伯曼总是因此责备我，但雅各布不介意。他只要求一点，别像其他人那样用沙因菲尔德这个姓称呼他，只叫他雅各布。

“我给你讲另一个雅各布的故事，然后你就明白了。并不是我们那位先父，那个我们以之命名的雅各布，而是另一个雅各布·沙因菲尔德，我曾祖父的兄弟。在我家，每一代都会有一个叫雅各布·沙因菲尔德的人。同一家族，不同世代。要是我告诉你另一个雅各布·沙因菲尔德以什么为生，你一定会笑死。他是品尝肥皂的。萨义德，你看过制作肥皂吗？一只占满整个房间的大桶，把各种残渣废灰倒进去，再混入死动物的油脂，在火上一通乱煮，臭气熏天，一锅糊糊里咕嘟着西瓜那么大的气泡。看过那么恶心的东西，你这辈子都再也不想用肥皂了。老沙因菲尔德就要品尝这种东西。看，你又笑了吧？我小的时候，如果一个男孩说脏话，人们就用肥皂给他漱口，以示惩罚。在肥皂工厂里，得用嘴巴品尝，才知道那糊糊够不够火候，不然就做不出好肥皂。他们是怎么判断的？那是个秘密，任何一本书里都没写。它只记录在行家的舌尖和记忆里。他又闻又咂，挤眉弄眼，一张口就能说出缺什么东西。等他一声令下'现在'，伙计们立即关火。接下来要从中心品尝，而不是从边缘。老沙因菲尔德就这样像猴子一样吊在绳子上，身下是沸腾的大桶。他用勺子舀起一点放在舌尖，然后吐掉，下令再等等或者完全熄火。这门营生通常是父传子，而老沙因菲尔德无儿无女。眼看他岁数越来越大，老板找到他，说是时候找个弟子把手艺传下去了。万一你有个三长两短的，以后谁来掐点儿下令啊？老沙因菲尔德一句话也没说。第二天，他照常上工，吊在大桶上方尝肥皂，吐完后他说，还得来点老尸的油脂。还没等众人反应过来，他松开绳子掉进了沸腾的浆桶。萨义德，要不要来点甜食？现在我有点后悔给你讲这个故事。也许应该再等几年，等下次一起吃饭时再讲。我去给你做些甜点，这还是我跟个意大利人学来的呢。"

他迅速起身，仿佛想顺便拽走整个故事的记忆。

"做法很简单。我们只需蛋黄、葡萄酒和糖。到水槽边来，我做给你看。"

他把鸡蛋打在手上，让蛋清从指间流走，蛋黄轻轻在凹陷的掌心弹动。

"看到了吧？它既不会破也不会流。新鲜的好鸡蛋才会这样。"

他又分离出两个蛋黄，然后放进碗里，加了些糖和酒。

"还有什么能胜过这种组合？蛋黄是来自母亲的食物，积聚着生命的记忆；葡萄酒是未来和灵魂；而糖蕴藏着欲望和力量。"

他飞速搅拌，模糊中我只看到一个银色的圆圈。雅各布把碗架在一锅开水上，同时继续搅拌。“这可比肥皂好闻好吃多了。将来我会教你怎么做。你懂我的意思吗，萨义德？”他把碗取下，用手指蘸了蘸，让我也学着做。

“意大利人就这样。”他满足地舔了舔手指，“好吃吧？我也喜欢。拉比诺维奇在家给你吃甜的吗？”

“很少。”我答道。

那个时候，人们很少吃甜食。在拉比诺维奇家，我们用果酱给面包加点甜味，喝茶时还会咬块方糖。如今我依旧这样喝茶，苦味和甜味并存，同时又不混淆。

摩西将对蛋糕和巧克力的渴望视作堕落，还告诉过我，他小时候家里很穷，全家人喝茶时，只能将一块方糖吊在桌子正中间。

“然后把它蘸进茶杯里？”

摩西一脸过来人的骄傲：“哪能啊！我们只能望着它喝茶。”

“萨义德，你可别信他的话，”娜奥米告诉我，“他们在俄国那会儿可有钱了。家里又有林子又建仓库，还有工厂和生意。我爸小时候吃的糖比他所有的孩子加起来还多，连你也包括在内。”

21

细雨绵绵不断。摩西用麻布给自己和孩子做了头罩，又做了个浅槽一样的木板车，底面镶上锡边。每天晚上，他拉着一车奶罐穿过泥地到奶厂。跟其他农夫聊过几句后，再去货栈接孩子。

两个孩子跟奶罐一起坐在车上，被摩西拉着回家。一开始他们都很兴奋，又笑又叫，“驾！驾！”喊个不停。然而他们很快就没了兴致，摩西也渐渐失去了耐性。拉车的带子在他肩头豁出一道深沟，粗壮的短腿卡在泥里，举步艰难。白天他得在田间劳作，到了晚上已经没力气回应孩子们玩耍的请求，只能筋疲力尽地趴着呻吟，直到娜奥米用小脚帮他踩踩后背，用脚跟帮他舒缓筋骨。

孩子们上床睡觉后，摩西会煮几个鸡蛋，再弄几个带皮的土豆。他把肥皂弄成小块，在院子里生堆火，把奥代德尿湿的床单放在火上煮。他一边打扫一边寻找辫子，过了午夜，才拖着疲惫不堪的身躯爬上床。

那一年总算太平，只是农场除外。拉比诺维奇的牛舍里发生了两次小产：一只貂钻进鸡舍的缝隙，弄死了十几只鸡仔；果园排水道堵塞，雨水泡烂了几株果树。

白天，摩西在地里忙碌；夜晚，他梦回妻子坟寝。他梦见自己触碰她的骸骨，打开木盒，轻抚着金色的辫子，从中获取力量。

梦境终止，摩西从睡梦中醒来。奥代德来到他床边，紧挨着他躺下。等孩子睡着，摩西才起身把他抱回他跟娜奥米一起睡的床上。然而奥代德再次惊醒，摩西再次听到床铺的吱呀声，勺子磕碰着果酱瓶，一阵细碎的脚步声来到他床边，有人爬上床，躺在他身边。

一早醒来，身下是失去母亲的孩子失禁弄湿的床单，摩西的心中在呼喊：托妮娅在哪里？他的妻子，他的双生子现在人在何方？他那些绣花裙在哪儿？被剪的辫子在哪儿？儿时的女红和力量又在哪儿？

22

1930年，耶斯列谷的大卫村里住着个鳏夫，不得不忙碌于农耕，挤奶，做饭，缝缝补补，照顾孩子，给他们讲故事。晚上给他们盖被，早上送他们上学。他每日洗洗涮涮，埋头于亡妻的衣物，沉湎于过去的记忆。虽然身强力壮，他却总觉得支持不住。

在佩塔提克瓦，要么就是里雄莱锡安，住着一位被人遗弃的穷苦女人。她因女儿被夺走而心力交瘁，成日以泪洗面。

“所以有什么奇怪的？”雅各布·沙因菲尔德一边说，一边收拾起桌上的盘子，“一切都合情合理，都是命运的摆布。”

的确，从那以后，母亲的出现，只是机遇的问题。

“萨义德，我只想问：就为这个，把女儿从母亲身边夺走？就为这个，让一个女人丧命浅滩？”

每说到这些事，他便义愤填膺。命运并不掌握在机遇或好运手中，而是交给了梅纳汉姆伯伯。

聪明而体贴的梅纳汉姆伯伯听说了朱迪斯的遭遇，好心去找摩西商量，该说的说，该省的省；后来又不辞辛苦找到了朱迪斯。本想暗中进行，无奈被拔示巴伯母发现，在村里大闹一场，非说丈夫要去“勾引野女人”。

梅纳汉姆建议朱迪斯来大卫村为他弟弟工作，这样可以有饭吃，有衣穿，有房住，还能帮忙养孩子、挤奶、洗锅洗碗，还有个男人可以一起喝茶对看。

“这对你们俩都有好处。”梅纳汉姆如是说。

只是摩西和朱迪斯对此都不怎么热心。两人各自沉浸在内心的悲痛之中，用“也许”“何必”“再说吧”这类借口搪塞，仿佛内心一边孕育希望，一边却大叫“且慢”。

托妮娅故去一年多，普林节又将到来。家家户户壁橱大开，人们准备了各色装饰。三个候选人入围普林节服饰竞赛的最终选拔。

首先是一身暧昧蓝色的“印度洋至尊”。

二号种子是白化病会计。他来参加就已经让全村大感意外，更别说还打扮成了“河畔洗衣的少女”上台。他一手提着洗衣篮，一手抱着搓衣板，膝盖上的点点红色斑驳十分显眼。一路走来，他从未把目光从雅各布·沙因菲尔德身上移开。

最后一个入围者当然是村倌儿帕比什。每年他都会以别出心裁的装束惊艳四座。那一年，他打扮成“暹罗双生”。帕比什双眼浓墨重彩，身上裹着五颜六色的碎布。他声称自己的双胞胎因为怯场躲在家中，逗得大家哈哈大笑。突然，喝彩声戛然而止，托妮娅·拉比诺维奇登上了舞台。

她穿着素日的衣服，挤到三个竞争者中间。她看起来栩栩如生，又没有装扮，司仪甚至想喝骂她离开舞台。观众们又惊又怒，个个唏嘘不已。大家都知道，托妮娅已不在人世，是摩西·拉比诺维奇装扮成妻子的模样，以此纪念她。他们如此相像，摩西只要套上女人的衣服，胸前稍加填充，再拿块手绢，便足以以假乱真。

有人高喊:“下去，拉比诺维奇，离开舞台!”

“你也不觉得害臊!”村倌儿帕比什气得咬牙切齿。

然而托妮娅直勾勾盯着他，毫无惧意。她一步步向前，直逼得帕比什连连后退。她的手在围裙上抹了抹，那动作是如此熟悉，时间与死亡都不能将其抹杀。托妮娅粗声高喊:“我这就把我的摩西叫来，他会把你们都剁成肉泥!”

“下去!你这畜生!”观众中有人高叫，有人吹口哨，还有人气愤地冲到舞台跟前。

托妮娅虎背熊腰地行了几个屈膝礼，这才离开舞台。她如利刃般分开人群，离开了会场。人们三五成群，也在窃窃私语中悻悻离去。

回到家中，摩西并没有马上脱掉妻子的裙子。他在衣橱里摸索着，边边角角都不放过。他抱头对着木壁大喊。两个孩子战战兢兢地看着他，一句话都不敢说。

他来到门前的巨石旁，双臂紧扣将石头抱起，紧贴在酥软的胸口。摩西抱着石头，咆哮着就地转了个圈，这才把它放回原处。

“怎么说呢?托妮娅之死实在是巨大的不幸。除了悲伤与悔恨，他还要面对他人的同情。而同情与残酷间往往仅有一步之隔。人们开始在背地里议论摩西有多可怜，进而又说他小时候就发了疯。所有人都把他当疯子看。所以你瞧，当年的拉比诺维奇就像个疯子，而现在的我更像个傻子。现在就看你将来会怎样了。”

一天夜里，拉比诺维奇跑到村倌儿帕比什家的院子里，掐脖子抓走了一只鹅。他拧断了鹅脖子，将血洒在地上，然后拔了鹅毛，扒了鹅皮，用桉树下堆着的树皮和树枝生了火，把托妮娅那口大黑锅架在火上。锅一热，摩西把一块块鹅皮扔进锅里，反复翻烤，并时不时将溶解的油脂倒入火边的小碗，最后将干煸变黑的碎鹅皮撒在冷却的油脂上。

天一亮，他跑到面包房买了条面包，撕成小块，蘸着油糊糊，连皮带渣狼吞虎咽。

不为充饥，不为报复，更不为悔过。摩西这样做是出于悲痛——无法抑制的悲痛；同时也是为了那副躯体，那身无论如何都得不到安慰的血与肉。

眼泪仿佛灼烧着他的咽喉，油脂与酵母掺杂着满腔悔恨在肠道内涌动，摩西哀号着呕吐出来。声音吵醒了娜奥米，她站在父亲身边，也吓得直哭。

当奥代德跑过来，下身湿漉漉地告诉他“爸爸，我又尿床了”时，摩西暴跳如雷：“为什么？为什么？你的屎尿究竟要我洗到什么时候？”说着，他抡起大手，冲着儿子的脸就是一巴掌。

油脂的香味四溢，引来众多村民到拉比诺维奇家的院里一探究竟。他们围着大黑锅，这才知道从梦里醒来时闻到的香味源于何处。不幸的是，他们也目睹了摩西的那一巴掌。

大伙儿目瞪口呆。拉比诺维奇从来没动过谁一个手指头。只有那么一回，他放倒了牛贩子格洛伯曼的朋友——一个卖肉的大老粗。那个屠夫很出名，能一斧子劈开牛腿骨。他来村里挑战，想搬起拉比诺维奇家门前的那块大石头。挑战不成，气急败坏的他没有像其他人一样猛踢石头，而是想拉着摩西比摔跤。结果一下子便被撂倒在地。

奥代德摔倒在树下，浑身瘫软翻着白眼。摩西吓坏了，冲过去把孩子揽在怀里。只听娜奥米一声大叫：“别碰他！别碰他！”奥代德回过神，扭动着从父亲臂弯里挣扎出来，死死抓住妹妹和树干。

篱笆外，人们窃窃私语。拉比诺维奇只想逃离他们，逃离孩子惊恐的目光。他冲向干草堆，对着草垛拳打脚踢。众目睽睽下，他撕扯着干草，扬撒着草碎，直到筋疲力尽而躺倒在地。

“出来！现在就出来！”刺耳的叫声传遍整个村子，之前没闻到香味的人也被吸引过来。

仿佛邻居家跑进了疯狗，或者未阉的公牛挣脱了牛圈，看热闹的人远远站着保持距离。虽然站得远，偶尔还是有人喊话安慰几句，劝他赶紧起来进屋休息。

平复过来的奥代德跑到草垛跟前，抓着爸爸的手把他拉到身边。此时的摩西轻如羽毛，轻轻一带就跟着走。

他任由儿子牵着进了屋，然后一头栽倒在床，呼呼大睡。第二天清早，奶牛急切的叫声将他叫醒。摩西起身挤奶，送孩子上学，然后骑马赶赴邻村。

他在马背上径直对梅纳汉姆道：“告诉你提过的那个女人，让她来吧。”

“摩西，你等等。喂喂马，坐下来喝口水，咱们好好聊聊。”

“今天不了，梅纳汉姆，”摩西让马调了头，“赶紧写信让她来。”

“可都快开春了，”梅纳汉姆笑道，“今天不好好聊聊，下一次又得等到逾越节之后了。”

“我这就回家等着。今天就写信给她，让她来。”

他脚跟一踹马肚子，绝尘而去。

23

“再来点甜品？”

“好啊。”我答道。

他烧了水，打了蛋，加了酒，尝了味。流程再次重复。

“每次做出的味道都略微不同，”雅各布微笑着，“也许还欠点老尸的油脂，是不是？”

雅各布取出一只闪亮的高脚杯放在桌上，杯体通透宛如蜻蜓的羽翼。他在杯里放了勺子，然后推到我面前。

不用他说，我自觉闭上眼睛，张大嘴巴。他将勺子伸进我嘴里，我耳边响起他喘息的声音。

那甜蜜的味道无法用言语表达，时至今日，我仍形容不出。那顿晚餐已过去多年，然而关于甜品的记忆依然摩挲着我的味蕾。它如此强烈而清晰，有时用牙签剔牙，感觉还会从牙缝里剔出那时留下的谷渣。

“知道你吃的是什么吗？”雅各布问。

我摇摇头。

“是一道意大利甜品。”

我生怕一张嘴，那美味便会趁机逃走。

“以前我有很多金丝雀。”

我点点头，再次闭上眼睛。雅各布再将一勺令人眩晕的美味送入我口中。

他盯着我，仿佛想弄清我还知道些什么。我以为他会问：“萨义德，你为什么那么对我？”然而他丝毫没有怀疑。他一无所知，也没想问，那餐没提，之后也没说。只是问我：“好吃吗？”

我恋恋不舍地把美味咽下。“太好吃了，”我答道，“从没吃过这样的美味。”

“要不要来点音乐？”他把两根手指伸进碗里，满足地舔了舔，“浓浓的蛋黄味，尽是活力。”

此时天色已晚。墙上照片中，村里最美的女人目光犀利地盯着我。口中的美味令我眩晕。

“好啊。”我说。

他在留声机上放了一张唱片，转过探针。舞曲夹杂着刮擦声在房间里飘荡。

“这叫探戈。村里没人跳这种舞。探戈是男人和女人跳的爱之舞，婚礼之舞。探戈就是感受触摸。知道什么意思吗，萨义德？”

雅各布没有起身，两根手指代替双腿在桌面飞旋，留下一道道黄色的甜蜜足迹。

“如果你想学，我可以教你跳。”

“以后再学吧。”

“探戈不同于其他舞蹈，”雅各布告诉我，“两个人可以跳，一个人也可以独舞。坐着能跳，躺着能跳，甚至梦中也可以跳。村倌儿帕比什以前曾说过，他那美丽的言辞我至今难忘：探戈没有领舞，探戈象征着压抑的激情和膨胀的欲望。帕比什有时说话特别好听，让人忍不住想听下去。”

那时的我刚满十二岁。听到这里，我有些害怕，急着想回家。

“现在我还不想学跳舞。”说着我站起身。

“当然不是现在，”雅各布笑了，“你还只是个孩子。有朝一日，你结婚了，我再教你。男人在自己的婚礼上得会跳探戈才行。你结婚前，我保证把你该学的都教会你。”

“我不结婚，我不能结婚！”我斩钉截铁地说，朝门口迈步。

我俩来到花园。大朵的罂粟已经凋谢，泛黄的高草随风舞动，时不时让我的双腿感到瘙痒。雅各布·沙因菲尔德一手搭在我肩头，俯身用脸颊贴我的脸颊。他的嘴唇轻贴我的太阳穴，仿佛寻找着答案和栖所。他感受到我的躲闪，于是尴尬地直起身，手也从我肩膀拿开。

“你不必刻意来看我，萨义德，”他说，“甚至不必在街上同我打招呼。我已经习惯了。自从丽贝卡离开，朱迪斯去世，我就孤身一人。但再过几年，我会再次邀请你，那时你一定要来。”

他眉上原本扎眼的白色疤痕在夜色中忽然变得不那么显眼，我知道，他脸红了。

“好。”我答应道。

回家的路上，被初夏之夜的温暖包围着，我惬意得仿佛畅游水中一般。嘴里仍回味着葡萄酒、糖和蛋黄调出的甜美，我知道那味道将永远停驻，即使失去记忆，它也不会离我而去。

一阵灼烧的烟味飘来，不远处，篝火闪耀，黑色与红色的身影围绕在周围。

我朝火光跑去。那边有我的同学，他们一边跳舞，一边焚烧蝗虫的幼虫。

雅各布在我身后大喊："你会来吧？"

"会的。"我高声回应。

我用舌头润润牙齿，从右到左，从左到右，前前后后，反反复复。我开始跑动，舌头抵着上颚，吞咽着因甘甜而溢出的口水。

第二餐

24

过了大约十年，在我退役之后，雅各布第二次向我发出邀请。

我在军队里没立下什么丰功伟业。每一次训练，我都因名字而惹祸上身。对于死亡的免疫并没将我打造成英勇的斗士，反倒让我变成个慵懒好斗、藐视权威的家伙。

入伍的前一夜，雅各布躺在乌鸦聚集的大树旁苦等，想跟我一起去母亲的坟上。

“别烦我，沙因菲尔德。”我说。

那时的我已经长大，能分辨出痛苦与受伤的神情。然而我还不够成熟，不懂得退让和道歉。

雅各布不由得向后一躲，仿佛脸上挨了我一巴掌。他继而道：“萨义德，一定要小心，千万别告诉那些军官你名字的意义。他们要是知道了，一定会派你到境外去做各种危险的事。”

我笑着说他想得太多，但的确听了他的劝告。名字的意义我没对任何人说起过，甚至在那场令我毫发无伤的交通意外之后也没说。当时我睡在吉普车的后座上，车子翻了，我再次逃过一劫。开车的是个大肚子灰头发的预备役军官，出发前还把孙女的照片拿给我们看。他死于车祸，而我被抛进附近的水沟，有惊无险。

作为新兵，我展现出打靶射击的天赋。之前还真不知道我还有这种本领。我被送去接受狙击手的训练，结业后留下来做了教官。

训练基地的规模并不大，白色的营房整齐划一。四周桉林环绕，浓烈的香气勾起阵阵回忆，令人伤感。树冠上乌鸦的弃巢已经发黑。当我问起为什么鸟儿都离开这里，一个教官问我："如果你是一只鸟，会愿意留在狙击手基地附近吗？"

日复一日，我每天堵着耳朵，在麻木与孤寂中不断射杀着纸板做成的敌人，没有一个有血有肉的活人。一连几个小时，我不停瞄准，无休止地让子弹射穿同一个孔洞。我不停地写信，一些寄给身在耶路撒冷的娜奥米，一些我自己留着。我能正着写，还会镜像书写。因为这个特殊的本领，格洛伯曼曾说，也许我的父亲不是他们三人中的任何一个，而是另有其人。我最喜欢的还是娜奥米的丈夫梅尔说的"转行书写法"，又叫"牛耕书写法"：一行由左向右顺着写，下一行就由右向左反着来，每行交替，就像老牛耕地一样，延续着之前的脉络。我在这方面下了好大的工夫，直到娜奥米受够了站在镜子跟前读我的信，对着我大吐苦水。

她从耶路撒冷给我寄来包裹，有好笑的图画，有好吃的罂粟籽蛋糕，还会述说关于她丈夫和儿子的无聊琐事。

雅各布也给我写信——不是很经常，而且信都很短。他的字迹歪歪扭扭，还常有错别字，跟他讲话的风格差不多。格洛伯曼还是寄钱，每张汇款单上的银行经理签字旁，都有格洛伯曼的签名和一两句话。摩西没有寄过东西，但周六晚上要回营地时，他都会送我到奶厂。如今我的个头已经超过了他。分别时，他会拥抱我，用他粗壮的熊掌和我握手，随后我登上奥代德的卡车离开。

1961年，我将狙击用的毛瑟枪和瞄准镜交还军械库，退伍返回村子。我拒绝格洛伯曼的建议，没有跟着他学贩牛。

“萨义德，这可是个好营生，”他告诉我，“而且向来都是老子传儿子。我能把所有的本事都教给你，你会成为一个厉害的牛贩子，跟生在肉案上的没差别。”

我很喜欢格洛伯曼，不过生在牛舍的地上我已经知足，生在肉案上也算不得什么显赫家世。但格洛伯曼是位慷慨的父亲，而且十分健谈。他总有讲不完的故事和道理。偶尔有机会，我会陪上他一两天，帮帮工，听听故事。

我告诉他：“要是妈妈知道我跟你进了屠宰场，一定会气得从棺材里坐起来。”

当时我们坐着他的绿色皮卡，行驶在山谷的土路上。格洛伯曼正跟我分享人生的经验哲理。

“萨义德，快看，”他说，“这里曾经是关意大利战俘的战俘营，就在这小山附近。他们有自己的厨房，原来的烤炉烟囱如今就剩下那么几块红砖了。他们成天唱歌、跳舞、做好吃的，烟囱里飘出这世上最鲜美的味道。围栏上有个洞，大家都知道。那些战俘悄悄地钻进钻出，不让守卫察觉。”

“有机会你可以问沙因菲尔德。他比我更了解那些意大利人。”

他的语气里带着狡猾。我明白他的意思，知道他在试探我，所以没有回应。

卡车打了个转，倚仗的只有那个行将报废的老减震器。可怜车上的奶牛被晃得东摇西撞。牛贩子开起车来真让人心惊肉跳，动不动就七拐八拐，撞石头撞树是家常便饭，路上避之不及的动物也常做了屈死鬼。奥代德前些年教过牛贩子开车，他曾不止一次告诉我："坐他的车可得小心。格洛伯曼纯粹是拿变速杆当搅油棍子使。"

牛贩子问我在军队是不是碰上"各式各样的小妞儿"。

"我对小妞儿没兴趣。"我说。

"每个人都会找到适合自己的女人。以前老家人怎么说的来着？鲁宾娶潮女，西蒙娶泼妇，李维家娶回个贤内助。也许是时候给你找个细皮嫩肉的厉害女人了。她用两腿把你勾住，一笑让你心肝儿乱颤。将来等你懂了，就知道我的意思了。现在就看你何时走运遇上这样的女人了。"

"如果不走运呢？"

"这世上歪瓜裂枣多的是，"格洛伯曼说，"我跟你说过，每个人都会找到合适的女人。"

格洛伯曼嗜血恋财，在某些问题上很自以为是——在吃饭跟调情上更是如此。

"他们都错了！美丽的女人要么聪明绝顶，要么愚蠢到家。漂亮的女人都感性，漂亮的男人都没脑子。"

他笑着看看我，我也对他笑笑，而老皮卡就在此时冲进了附近的果园，撞烂了一棵苹果树。

格洛伯曼悠悠地咒骂了几句，熄了火。四周归于沉寂，他开口道："还有，每个女人都有秘密，只有懂肉的行家才有识别的眼力和手艺。萨义德，你现在二十二岁，也该学学了。要是你早听话，跟着我贩肉而不是弄什么牛奶，这些东西你老早就会了。外行看女人都看不出门道，尽看些嘴啊眼啊，胆子大点的会看女人走路时怎么扭屁股，或者干活时奶子怎么晃。生在肉案上的行家，则会看女人背后的尾骨，每个女人那里都有一小撮肉。只要你一有机会——跟她跳舞什么的，记得拍拍那儿，啪—啪—，像这样。”

他伸出一只巧手，在我身后拍拍示范。

“就这儿。男人那里什么都没有，女人的那块小包会让你知道她身上其他的凸起，比如胸前的那道安乐窝。那里一定酥软挺拔，是让人流连忘返的温柔乡。如果那里没肉，整个身体肯定也干巴晦气，一准儿的。”

他起身检查车子有没有撞坏。

“这车的保险杠结实得跟牛头一样。”牛贩子一脸骄傲。

格洛伯曼的世界黑白分明，一切都有板有眼，界限清晰，绝不拖泥带水。

“萨义德，我再教你一样：如果女人上唇有些细毛，又不至于黑乎乎地跟小胡子似的，就说明这是个贴心的女人，双峰上一定有块浓密的树荫。”

他从口袋里掏出张钞票，钉在撞烂的苹果树干上。

“这样就行了。省得人家说格洛伯曼耍无赖，砸了东西不给钱。我跟你说的都懂了吗？这样她还没脱衣服，该知道的你就已经都知道了，她自己的妈都不一定知道哩。”

卡车重新回到土路上，车身不时剐蹭着两侧的枝条。我们驾车驶入桉树林。这条小径上曾经留下牛贩子和他牲口的足印。原本只能走一头牲口的小径，如今已经拓宽，可以跑皮卡，路上只留下轮胎的印记。

“贼已经守在那儿了。”牛贩子道。我们的卡车驶出林子，屠夫已在屠宰场的门口等候。“萨义德，你别吭声，好好学着点。那家伙狡诈得很，你以为他那点本事跟谁学的？和其他人一样，都是跟他老子学的。我也是从我爸那里学会了以后应该提防什么人。在那种人的肉铺，一旦来个循规蹈矩的呆子，想买符合犹太教规的洁净肉食，那家伙的爹就把手从身后伸进裤子里摸屁股，就这样。顾客问：‘这肉洁净吗？’他爹就摇头晃屁股地说：‘当然洁净啦。’要是你过后质问他为什么撒谎，他立马脱下裤子对着你转圈儿，没有半点儿不好意思，还说：‘这够不够洁净？你自己摸摸看。’”

格洛伯曼十分满意地见到我笑得前仰后合，随即停下皮卡把牲口赶下车。

“一会儿你会听到一模一样的话，”他咬牙切齿地低声道，“这家伙用鼻孔说话。这也算是个标志，萨义德，你记住：凡是用鼻孔说话的家伙都不是什么好人，肯定的。但我们老老实实做生意，对吧？记住，别跟他们交心，尤其别泄露我们的进价。”

那个屠户说起话来鼻子嗡嗡直响，他看了看奶牛，让她走了几步，然后拍拍脊柱，摸了摸牛屁股和脖子上的结节。格洛伯曼在我们村买牛时也这样。

“这坨烂肉你要价多少？”说着，两个人勾起腕子，议价开始。

“七十镑[1]？”格洛伯曼大叫着，狠狠拍了一下屠户的手。

“三十五！”屠户哼了一声，也与格洛伯曼击掌。

“六十八！”格洛伯曼又是一击。

“四十！”屠夫狠抽。

“六十五！”牛贩子猛地一掴。

拍掌声十分响亮，双方你来我往，都疼得一脸苦相。

“四十三个半！”

1.镑：英国、埃及等国的本位货币。

“六十四！”

“四十六！”

突然，两个人都不说话。他们死盯着彼此，手拍得通红，恨不得赶紧了事。

“Benemones Parnussa？”格洛伯曼问。

“Benemones Parnussa。”屠户赞同。

两人松开手，摩挲着自己红肿的掌面。

“好吧，”屠户道，“就让你赚七镑吧，你这个小偷！”

“五十九。”格洛伯曼道。

屠户给了钱，格洛伯曼卸下牛绳，照老样子挂在肩上，对我说：“他一叫‘个半’，我就知道这笔买卖会Benemones Parnussa。”说着我们动身离开。

“你看懂怎么回事了吗？”他边走边问，“知道Benemones Parnussa是什么意思吗？”

“不知道。”

牛贩子朝我点点头：“记住。Benemones Parnussa的意思是好营生。如果我们谈不拢价钱，他会说我应该在这头牛身上赚多少钱。如果我说进价五十二，然后他说Benemones Parnussa，七镑，那么他就得付我五十九。”

“那为什么不说你花了五十五？”

“不行，撒谎是忌讳。”

“撒谎是忌讳？你要这样教我吗？你爸也是这么教你的？”

“卖肉、卖鱼、卖马，干这些营生算不得大本事，但都是由老子传给儿子，一代代延续。你要想干这行，就要知道，我们做事是有规矩的。平时什么都可以扯谎：重量、肉质，甚至年龄。我们给牲口注水、喂盐、断粮、增肥，让牲口拉肚子，往他们腿上扎钉子，用摸过屁股的手割肉。但Benemones Parnussa一出口，就必须实话实说，就这么简单。”

25

我喜欢听格洛伯曼讲故事、说道理，跟他一起去卖牛。但我不想当牛贩子。

我读书，跟着摩西·拉比诺维奇在农场干活，回到家观察乌鸦，还和附近农校的一个姑娘互有好感。姑娘帮村倌儿帕比什家喂鹅。她是那么的性感撩人，我都不敢让她碰我腰以下的地方。

就在那段时间，我开始失眠。究竟是身体原因还是外界因素，我不清楚。记得妈妈曾说过，死亡天使细心而有章法，而沉睡天使则健忘而狡诈，他的承诺绝对不能轻信。

我利用睡不着的时间为大学备考。无数个夜里，我躺在床上看书、背诵。床头依然挂着那只黄色的木雀，另外还有盏小灯。

清晨，睡意终于来袭，打开的书本掉在我脸上。拉比诺维奇走进我房间，摸着黑四处翻找，而我也会醒来。

他并不理会，继续翻箱倒柜，拧瓶开罐。

尽管我知道答案，可还是没忍住问他："摩西，你在找什么？"

"辫子。"他回答。

强压在身体的强韧纤维之中的力量与随年龄增长而衰退的心智共同作用，才打磨出那样的声音。即使在当时，这两股力量便如命运的预言般交织着。

“辫子，”那声音比那具躯体苍老了许多，“妈妈给我剪下的辫子放哪了？我的托妮奇卡没说过吗？”

我不由得一惊。当然，我明白生者思念故人，渴望与逝者交心，哭诉悲痛。然而我并不明白，逝者对未亡人也是如此。

即使到今天，辫子已经找到，摩西还会在夜里进我房间，所说的话还是让我心生恐惧。一切都没改变：我依旧挑灯夜读，沉睡天使依旧迟迟不来，拉比诺维奇依旧嘟嘟囔囔地进屋，“辫子……辫子……”地四处翻找。

听这样一个老头叫“妈妈”感觉很别扭。这一点我没告诉摩西，也没提醒他其实我并不认识他妈妈，还有，我出生时，托妮奇卡已经去世多年。他年纪一大把了，我何苦用无聊的细枝末节给他增添烦恼？那么大的岁数，我都懒得再将辫子藏起来。先是他母亲藏，后来是妻子藏，如今它就堂而皇之地摆在那儿，是他自己健忘，总也看不到。

如今雅各布走了，格洛伯曼走了，母亲也走了，只有摩西还在世。他的记忆越来越模糊，腿脚也渐渐不好使，唯有一对胳膊依然如铁钳般结实。

每天，他都会跑去查看院里被他砍剩的那个桉树桩，围着它走来走去，仔细检查，一发现桩子上长出新苗就立马拔掉，仿佛每日回访死狮的猎人。

“这就是对你的惩罚，你这个杀人犯，”他对着树桩嘟囔道，“让你求死不得，求生不能！”

然后，他在桩子上坐下，在膝头放一块木板，在上面堆满从院里和街上捡来的生锈的歪钉子。尽管已司空见惯，有时我还真不敢相信自己的眼睛：老拉比诺维奇用两根粗壮的手指将钉子一个个掰直，然后扔到另一堆里。掰完了，他用沙土打磨钉子，用机油把它们擦得油光锃亮，仿佛全新一般。

我下了床，从熟悉的架子上取下珍珠母木盒打开。

“辫子在这儿呢。”

金色的辫子在阴暗中泛着光泽，拉比诺维奇伸出颤抖的粗手：“多漂亮的小姑娘，对吧，萨义德？”说着，他摸摸自己的辫子。

“把盒子盖上吧，萨义德，以后别藏起来让我找不着。”

萨义德照做，拉比诺维奇离去，一切恢复平静。

26

雅各布的出租车司机送来了他的第二封邀请信。以前，就是他开车载雅各布出行。司机来到拉比诺维奇的农场，敲敲牛舍的门，把信交给我。

那时候，雅各布住在村外，就在提翁附近橡树街的一幢大房子里。如今，这幢房子已归我所有。他的出租车经常在公路边的木麻黄树下等着，而雅各布则坐在村公交车站，对着过往的行人和车辆说“请进，请进”。他再也不进村子了。

我决定步行去他家。早上我挤完奶，吃过早餐便离开村子，这样就可以边走边逛，不必太着急，日落前就能到达雅各布家。

时值初秋，路旁的电线杆上线条紧绷。电线上落着上百只燕子，仿佛一张乐谱。路上的土早已被夏日无数的车辆压实，偶尔刮起一阵微粒。

初雨未至，河床的水位还没高涨，河岸上的干泥里裸露出鱼骨。仅剩的几条幸存者聚在几个小塘窟中，俨然成了鸟儿的囊中之物。连乌鸦和燕八哥这些笨鸟，抓起鱼来都麻利得像翠鸟一样。附近生长着许多覆盆子，锃黑油亮，透熟欲落。我一激动，不小心在钩刺上挂破了衬衣。

我沿河床到达村子附近的实验农场。当时，农学家们正忙于培植新品种，诱人的香味时常从那里飘来。

穿过农场外的小山谷，我攀北径而上，道路两旁有几棵高大的橡树。过去，橡树林曾覆盖了山丘。我躺在一棵橡树下，喝口水休息。

我对这里并不陌生。有两片树林伴随着我的童年。一片是我家和屠宰厂之间的那片桉树林。那里栖息着几对乌鸦，偶尔能听到柳莺鸣唱。我渐渐学会追随柳莺锈红色尾巴的踪迹，继而发现他在一个老树桩上安了家。切面上已经长出了新的枝杈，交错搭出了一个隐秘的绿窝，为鸟儿提供了绝佳的躲藏地。林子上方偶尔有秃鹫和大鸨飞过，猎寻着牲畜的死尸。有几次，我在那里碰到梅纳汉姆伯伯，他正把写下的话拿给痴笑的女人看，有的我认识，有的不熟。估计这些就是所谓的野女人。但娜奥米有话在先，不准对拔示巴伯母吐露半个字。

还有一片较远的橡树林，就是我去雅各布家经过的这片。小时候我也常来，但这儿离得太远，不方便把暗箱拖过来。我喜欢躺在干树叶上仰望天空。

那些拒食人类残羹的雀鸟栖息于此。它们勇敢，好奇，同那些迁徙到村庄的兄弟姐妹一样。只是它们个头更小，羽翼上的蓝色稍逊光彩，生下的小鸟也精瘦狂野。它们贮藏橡子，很少飞行，隐秘地在枝杈间跳跃。我常见到，雄鸟依然保持着村里同类已经丧失的习性，筑建若干巢穴，供雌鸟选择居住。

我的老朋友乌鸦并不栖息于此，不过偶尔还是能见到黑色的鸟儿，听到它们的叫声。雄鸟黑衣橙喙，雌鸟则是一身灰棕。

“那小子又跑林子里去了？！”拉比诺维奇大喊。

“那里有野兽！”雅各布·沙因菲尔德责备道。童年的大河仍在他记忆中奔流，嚎叫的恶狼和恐怖的北方森林仍未完全消失。

“快！开上卡车找他去。”格洛伯曼催促奥代德。

妈妈则笑着提醒三个心急如焚的父亲：“要是死亡天使来了，遇到叫萨义德的小男孩，肯定立马知道是自己搞错了，然后就会去别的地方。”

林子里传来一阵忙碌的窸窣声。枝叶沙沙，鸟儿低语，小动物跑过，风儿吹过树林。但等我来到林边，一阵啄木鸟警觉的叫声过后，四下归于沉寂。

我坐在地上伸展腰身。橡叶悄然落下，盖在我身上。

蛛网微动，甲虫漫步，树叶层下的地表腾起一股湿暖的气息，酝酿着发酵的温床。我的耳朵习惯了寂静，渐渐能够辨析其间微动的层次：干橡叶的婆娑声，蠕虫蚕食树干的咯吱声，斑鸠嗉子里种粒的刮擦声——这个季节，它们会尽可能把肚子塞满，积蓄力量，准备冬日飞往非洲。

几分钟的惊慌和观察过后，林中的居民已习惯我的存在，渐渐恢复了淡定。啄木鸟的嗡嗡声持续划破寂静。山雀也亮出金属质地的厉声，其他的成员纷纷响应。千万个纤薄的音层叠加在一起，一发不可收拾。

仿佛置身于自然的钟表店，周围万千音乐同时奏响。鸣蝉奏出最后的乐章，犁过的土壤散发出干暖的气息，鹧鸪振翅，它们的颜色、脾性和身形彰显出发育的阶段……一切昭示着季节的短针已指向夏末。长针随西沉的太阳标记出时间，微风在轻唤：“已经午后四点，我很快将变得强劲有力。”燕子嘶鸣着寻求庇护之所，预示着夜晚的临近。

我还记得母亲第一次教我读这些钟表的情形。当时我六岁，缠着母亲给我买手表。

“妈妈没那么多钱。”

“那我去找格洛伯曼，让他给我买，”我说，“他是我爸爸，他有的是钱。”

小小年纪的我已经清楚，这三个照顾我、陪我玩、给我买礼物的男人扮演的是什么角色。

“谁也不许找，”母亲严厉、平静地说，“萨义德，你没有爸爸，只有我这个妈。我能挣什么，就给你买什么，让你有的吃，有的穿，走路也不用打赤脚。”

她牵着我的手来到外面，口气温柔了许多：“萨义德，你不需要手表。大自然已经提供了许多时钟。”

她告诉我桉树的树影大小、方向和凉意指示现在是早上九点，石榴树小而红的叶子代表了现在是三月中。我口中摇摇欲掉的牙齿说明我已六岁，而她眼角的细纹见证着她已年过四十。

“萨义德，你看，这样一来，你也存在于时间之中。如果他们给你买了手表，你就只能在时间之外了。”

突然间，我耳边沙沙作响，体内仿佛有一种力量把我的眼皮撬开。一只家猫从身边经过，好像已经离开俗世独处了一段日子，想看看自己在荒郊野林里能否生存。这只公猫个头可不小，毛色黑白相间。他虎着背，丛林重新激发起他的凶狠斗志，但身上依旧残留着千百年家养驯化出的那份优雅、慵懒和敦实。

平时见乌鸦巢都躲着走的我这次没有避开。那只猫根本没注意到我，直到我故意发出“嘘—嘘—”的声音。

他待在原地，绿色的眼睛盯着我，差点忍不住跑过来享受抚摸。

“来—来—来—”我小声逗他。一听是我的声音，人类的声音，猫犹豫了一下，跳起来，消失在林中。

我也赶紧起身离开。

27

“你变壮实了。”雅各布一开门就说。

我在军队时同雅各布通过几次信，但距离我们上次见面已经过去了三年。

“雅各布，你也是。”我说。

“我变老了。”他笑着纠正道，接着便是那句操练已久的“请进，请进”。

他的新房十分宽敞，前有草坪，后有花园。我最喜欢的是厨房：中央放着一张大餐桌，各式的锅具挂在架上，没有放进橱柜。我在桌边坐下来。我喜欢坐在厨房——在我家如此，在别人家也如此。

“你在军队时我很担心，因为你都不怎么回我的信。”

“不必担心。你忘了吗，雅各布？我的名字可叫萨义德。”

他看了看我被覆盆子钩刺挂烂的衬衣。

“赶快脱了，我给你补补。穿成这样走在街上可不行。”

不管我怎样推辞，雅各布直到我脱下衬衣才肯罢休。他穿针引线，几分钟就把口子缝好了。他的针脚均匀细密，令我大开眼界。

“你从哪里学的缝纫手艺啊？”

“需要的时候，你就会学。”

第一次共进晚餐时所用的白色盘子已经摆出，在灯光下反射出圆形的绿色光晕，仿佛扑克玩家头上的阴影。

雅各布很坚决："萨义德，食物只用白色盘子盛，饮品——水、茶、果汁和葡萄酒——全部都只用无色玻璃杯。吃饭是讲规矩的。见到点蜡烛的餐厅，千万别进去。点蜡烛不是为了浪漫，而是说明主厨藏了见不得人的东西。对送到嘴里的东西一定得小心。人会看，会闻，会流口水。嘴巴里的六处唾液腺会立马开始工作。口水可是个好东西，萨义德，比眼泪和其他体液都强。它伴随美食创造欲望，伴随亲吻见证爱情，啐出来就成了憎恨。"

我吃着他准备的美食，雅各布则站在水槽边，边说话边做下一道菜，要么就吃两口自己的食物：煎蛋饼和加了许多柠檬、黑橄榄和白干酪的蔬菜沙拉。尽管我盘里放着精致美食，他吃的东西还真让我有些嫉妒。

"还记得我们的上一顿晚餐吗？都快过去十年了。"

"记得，但我不知道上次吃了些什么。"

"厨师真可怜，是吧？"雅各布道，"菜肴不能拿来吹口哨，肉不能拿来背诵，汤也不能拿来跳舞。"

"书也不能拿来吹口哨，音乐也不能吃。"我试着安慰他。

"不对，你可以。"

他又接着说："每次奏出的小调在这个世上都是独一无二的。小提琴和长笛制造出的声音有些连鸟儿都发不出；画家就像上帝，能够画出世上本没有的东西。而食物呢？没有烹饪的人，食物依然存在。厨子即便是整日忙碌，做出的烤肉也不及逾越节后初收的黄瓜美味，调出的酱汁也不及一颗爆皮的圣罗莎红李爽口，甚至薄薄一片生肉也可以将他的菜肴比下去。"

丽贝卡的相片挂在墙上。我时不时回头看她，什么也不说。

我出生前，丽贝卡·沙因菲尔德曾是村里最美丽的女人。她的美甚至一直为之后才出生的人所称道。她面部的曲线、头发或是眼睛的颜色都已没人记得，只有那美丽本身依然流传着。

她小时候拒绝拍照，因为长得美；多年后重返村子，她依然拒绝拍照，因为衰老。如今只留下这一张照片，挂在提翁这座房子的厨房里。时间的爪牙也无情地伸向了那里，照片中的丽贝卡已经不及那些传说、回忆和梦境里所描述的那样美了。

“厨师，”雅各布总结道，“说到底只是个媒人。”

“肉和香料的媒人？”

“不。是菜肴和食客的媒人。”他在围裙上擦擦手，在我对面坐下。

“好吃吗，萨义德？”他沉默了片刻问我。

“非常好吃。”

“那就是配上了。多吃点，我的孩子。”

28

基布兹[1]供销社一个来买过长角豆的男人把朱迪斯的回信带给了梅纳汉姆伯伯。

他拆开信封，看完信立马找到弟弟："她下周就来。"

摩西一时慌了神："有啥需要特别准备的吗？"

"永远别为不认识的女人特别准备。肯定讨好不成，还闹得两个人都不痛快。她只要求有一方自己的空间，偶尔能放一天假。把孩子们叫来，我有话跟他们说。"

梅纳汉姆把娜奥米和奥代德抱到腿上，告诉他们，家里很快要来个"女工"，还补充道：

"我认识她，她人很好。她不会成为你们的妈妈，只是住在你家，在这儿干活。她会给你们做饭、洗衣，帮忙收拾院子和牛舍。这样你爸爸、你们俩和那个女人都能好过些。她很快就来，到时候我们一起去火车站接她。"

1.基布兹：以色列的一种集体社区，类似"人民公社"，其宗旨是在生产、消费和教育等一切领域实行自己动手、平等与合作。曾经主攻农业生产，现今也从事工业和高科技产业。

那天夜里，拉比诺维奇被敲打和拖拉的声音吵醒。到院里一看，奥代德正在桉树最低的枝杈上搭木板。

“你这是干什么？”拉比诺维奇问。

“在妈妈的树上给我自己筑巢。”

“干吗非得大半夜干？”

“必须得抓紧，”奥代德郑重其事，“那女人来之前，我必须盖好自己的房子。”

日历一页页翻过，时间来到朱迪斯到来前的最后一晚。还有几个钟头人就到了，摩西从壁橱拿出几件干净衣服，生火烧了洗澡水。

“大家都好好洗洗。”说着，他用大手给孩子们搓澡。

“不能让那个女工觉得住在这里的是脏小孩。”娜奥米道。

奥代德闷闷不乐，泡在澡盆里硬是不肯就范。娜奥米倒是很享受洗澡的感觉和爸爸的爱抚。温暖的蒸汽、香皂的味道和贴在后背肌肤上的毛巾让她充满期待。

第二天清早，摩西没有送孩子们上学。挤完奶，他站在牛舍雨棚下的板条箱上，用一根橡胶管淋着洗了洗，同样的习惯他一直保持至今。站在箱子上的摩西像是趴在河心石头上的狗熊，头上淋着水，手里握着丝瓜络，脚边放着满是泡沫的肥皂。然后他坐在桉树树荫下挤奶的板凳上，娜奥米用剪子除去他脖子后疯长的卷毛，再把头顶的头发梳顺。

“现在大家都精神了，”摩西从板凳上站起来，“好了，出发！”

他往马车上扔了一捆稻草。娜奥米折了几个麻袋，垫着坐在摩西身边。奥代德听话地从树上下来跟他们同去，不过有个条件：一路上骡子的缰绳由他来牵。

摩西答应了：“但河床那段除外。”

奥代德十分迷恋车子和驾驶。三岁时，他就已经抓着个铁圈当方向盘，在村里四处开。五岁时，他坐着带轮儿的平板车学“开车”，风风火火地从供销仓库的斜坡上一路溜到村口。

“到今天也一样，所谓的半拖车不过是一车一马！”他笑着说，“稍微大了一点，但我当时学会了倒着开。那可是真格的带轴马车和牲口啊！”

多年来我经常陪着奥代德开夜车，但依旧为他倒开车的技术所折服。“比想象的容易，比看起来要难。人们根本不知道驾着这么个大家伙是什么滋味。你瞅瞅，这位该死的司机小王子，把我挡在十字路口前，像只趴在我镜子上的蟑螂。他知道我刹车要提前多少距离吗？在美国，他早就为这个被一枪崩了。人家那儿驾车可不是儿戏。”

车子来到河床，大家照例默不作声。河流平缓，水浅而清澈。流水带走气味和印记，也带走回忆。

摩西从儿子手中接过缰绳，告诉自己，溺死托妮娅的水早已奔向大海，蒸发，化云成雨，汇成河流，淹死另一个女人，夺走她孩子的母亲。

娜奥米和奥代德一脸愁云，仿佛受到父亲的感染。车轮颠簸着驶过河床，带起河底的泥沙，搅浑了河水。

道路在这里转向，沿着另一边的堤岸延续了约一英里[1]，之后进入大道。泥水中蝌蚪攒动，奇怪的小虫叉开长脚飞在河面上，河湾远处汽笛呼啸，惊了苍鹭，几柱浓烟四散开去。

1.英里：英美制长度单位，1英里约为1.6093公里。

朱迪斯下了火车。她身着灰色棉裙，头戴蓝巾，光亮加上怕生，让她的眼睛眯成一条缝。

她直直站着，看上去又怕又紧张。摩西的心凉了一大截，他既同情又担忧：兴许她不但帮不上忙，反而会成为一个累赘。

“一看就知道，她身无分文。她的鞋子破旧，袜子也早已洗不出原来的颜色。我第一眼就喜欢上她了。”娜奥米如是说。

她拎着个硕大的破皮包，梅纳汉姆伯伯赶紧上前接过。

“欢迎你，朱迪斯，”他道，“这位是我弟弟，摩西·拉比诺维奇，这是他的两个孩子，奥代德和娜奥米。奥代德，你也来打个招呼，说‘欢迎你，朱迪斯’。”

朱迪斯爬上为她准备的草堆。她把脚放在车轴的连接处，膝盖在裙下微微鼓起，布面轻快地跳动着。两个孩子望着她，摩西目不斜视地盯着骡子的后身，仿佛能从那里看到未来似的。

等他们再次经过河床，踏上归途，朱迪斯突然发觉，娜奥米的小手悄悄握住了她的手。

摩西驾车从田里直接回家，避开了公路和村道。然而村里人都已知晓，大家都在好奇地等着。马车在金色与绿色的波浪间徐徐驶过，野菊和芥菜花沿路绽放。一脸疲惫的女人坐在稻草堆成的宝座上，被田间地头、牛舍窗内和帘子缝里期待的眼睛看了个真切。

回到院中，奥代德嚷嚷着要回“妈妈树上自己的新家”，摩西、朱迪斯和娜奥米进了屋。当时家里有两间屋，外加厨房。摩西告诉朱迪斯，晚上可以睡在孩子们的房间，或者在厨房搭张床，那样也很宽敞。

“如果你留下来，兴许我们可以再盖间房。”朱迪斯没吭声，也不知将这当作承诺还是威胁。她告诉摩西，自己左边的耳朵不好使。

摩西有些难为情，正想换到朱迪斯右边，她自己先一步转身进了院子。刚才的话还萦绕在她周围，寻找着入口。朱迪斯走进牛舍，瞅瞅空荡荡的东北角仅有的几个麻袋和几件工具。她把破皮包往地上一撂，说："我就住这儿。"

"跟牛住？"摩西一脸惊诧。

"能行。"朱迪斯道。

"村里人会怎么议论呢？"

"我把地方腾出来，清理干净。你把床和放衣服的箱子搬过来。"

突然，她壮着胆子说："能不能在这儿和这儿帮我钉两个钉子？我想拉张帘子。女人需要自己的空间，不被别人指指点点。"

29

每两个礼拜，白化病会计就会开着皮卡出村，神秘地消失一整晚。

他每次都在日出前返回。村里人都说他跑出去“喝花酒”。所以，他一回来就带着股酒味和女人的香味，惹得金丝雀嘶鸣，农夫眼红，田里的流浪狗都寻味来此。村公所里，大家都认为第二天最好由他去，等酒劲儿过了再给他派活儿。

那天夜里，沉睡天使经过雅各布的床榻，黎明前的寂静中，他突然听到皮卡载着主人返回的动静，于是立马起身冲到窗边。车灯闪着暗黄色的亮光，在墙上照出两个光晕，雅各布心中一阵激动。

“这个点儿你在那看什么呢？”丽贝卡在床上嘟囔。

“那是1930年春天，”他说，“那晚我彻夜难眠，而第二天朱迪斯就来了。那一天我记忆犹新。丽贝卡和我当时有个小型的煤油灯孵化器，可以同时孵三百个鸡仔。这在当时已经很了不得了。我们还有几只抱窝鸡，三头奶牛，一个橘园，里面种着一排柚子跟核桃——当时还不时兴吃山核桃。此外还有一排苹果树，一排梨树和一小片葡萄。我记得清清楚楚。我们在橘园除杂草，修剪冬天坏死的枝杈。突然间，拉比诺维奇的马车从田里驶来，我一抬头就看到

她。你也许会问，我是怎么爱上她的。来，萨义德，问吧，别怕。我是怎么爱上你妈妈的？无论你能明白多少，我都一五一十地告诉你。当时的我恰巧在擦眉毛，就这样用手……看到了吗？还没擦完，我碰巧一抬头，仿佛我的手推开了一扇窗，而她就在那。马车像小船一样驶过，没有停留。就在那时，一瞬间云开日现。我总说偶然偶然，可如果这么多偶然接连发生，就说明一定是命运的安排，仿佛事先为鸟儿设下的陷阱。萨义德，这种陷阱并不复杂，可如果'碰巧'有篓子，有绳子，有棍子，有盖子，还有人在下面撒谷子，一切就不再是巧合，鸟儿也不是偶然落网的。"

果树上鲜花绽放，雅各布半遮半掩地躲在花丛后，观察着驶近的马车。从他的角度看去，朱迪斯仿佛行驶在宽广的黄绿色河流上，两边看不到堤岸。

他还不知道自己的心意。那如瓷器般明亮、易碎的光线在田间描绘出开花的树影，照亮了脆弱的象牙一般的后颈，凸显着手背上凸起的青筋，暗示着灵魂的力量与精神的烦扰，也撩拨着微微下滑的袜子和纤细、有力的脚踝。

朱迪斯身体微微前倾，如我想象中的情景一般，春风摆弄着她的裙角，贴在腿上又松开。就像一个人陷入恋爱时经常会发生的那样，一幅过去的图景涌入雅各布的脑海，并且找到了契合的画面。

他说得没错。这些陷阱并不复杂。但它足以让一片乌云遮住红日，让转瞬即逝的味道重现，让微光闪耀，令她的身影在记忆显现。绳子一拉，线一紧，门闸落下，陷阱奏效。命运就是这样一步步将雀跃的猎物引入兽穴，最终成功收网。

"沙因菲尔德，怎么了？"丽贝卡问。

那时很多女人都以姓氏称呼丈夫。如果丽贝卡叫他的名，兴许她会更懂得丈夫的心思，他们的命运也会截然不同。然而，正如村倌儿帕比什所说："那会儿的人谁琢磨这么多啊？"

雅各布回过神来。

"没，没什么。"

他用发抖的手再次擦拭眉毛，下意识地在头上划出一条汗水印子，仿佛在为不久后的那道伤疤做标记。

"我那时没说谎，只是不明白。发生的一切都让我糊里糊涂。我不懂丽贝卡为什么离开，也没想到因为朱迪斯，我会活得这么艰难。"

丽贝卡也看到了拉比诺维奇的马车。

"沙因菲尔德，你这个蠢货！"丽贝卡一脸阴沉地拾起锄头，再也不说一句话。

30

“你别见怪，萨义德。有时候我甚至想，托妮娅会那样死去，就是为了让我遇到朱迪斯。这么说是不是很过分？想想都觉得不厚道。但爱情就是会让你产生各种奇怪的想法，你根本无法控制。再残忍的君王也明白这一点。思想囚禁在大脑的牢笼中，没人能逃出去。然而在牢笼内，思想却可以任意飞驰，随心所欲。以前我一这么想，就赶紧像粉碎种子一样，立马断了这念头，不留丝毫残余。因为拉比诺维奇家实在太惨了，孩子们不停地哭，有时还传出打骂的声音。他从不对娜奥米动手；而每次一扇奥代德耳光，那孩子都紧咬牙关，一声不吭，一旁的小娜奥米却哇哇大哭。萨义德，你也知道，拉比诺维奇不是个动手打孩子的人，但在那种环境中人会发疯，会失去耐性，每个人都有极限嘛。他要顾家，顾院子，顾厨房，顾牛舍，顾地里，顾果园，顾牲口，还得顾孩子。有一次我在街上碰见他，他抓住我的肩膀，仿佛想说点什么，可他只是掉泪，他在我肩头抓的印子一个月后才消退。那应该是我唯一一次见‘公牛’掉眼泪。托妮娅的葬礼上，他都没哭。拉比诺维奇和我爱着同一个女人，我们之间有很多分歧，但在你母亲进村前后的那段日子，他与我对彼此也有几分同情。我对他那样的汉子本身就有好感。以前在科德马河畔的村里，就有个这样的人。他不是犹太人，像个箱子似的又矮又结实。他骟牛的时候，先在公牛的额头上狠狠一敲，砰！然后又一下，再一下。有时牛倒下又站起，有时人摔倒又站起，直到最后牛翻了白眼，膝盖打着哆嗦。等他反应过来是怎么回事的时候，那小子已经窜到他身后，一刀疼得他昏死过去。等他的蛋蛋混着土豆、生蒜和洋葱进了油锅，他自己也拉着耕犁，在地里埋头来回，目不斜视。当你的睾丸变成人家的食物，你也就没什么好旁顾的，一门心思只想着向前。我猜因为那时拉比诺维奇打了奥代德，他把自己也吓住了，把朱迪斯请来也是怕有朝一日自己会犯下大错。像他这样的人并不了解自己的力量。牲口挨他一下不要紧，可别说孩子，大人受这么一下说不定都会没命。相信我，托妮娅去世后，拉比诺维奇比以前力气更大了。有时候就是这样：老婆死了，男人会变得更加强壮，仿佛受到悲痛的滋养。那时我们村里有棵树，我不知道外族人管它叫什么，我们称之为'der blumendiker olman'。你懂意第绪语吗，萨义德？你妈妈一句也没教你？真好笑，名字叫萨义德，却一句意第绪语都不会说。不要紧，'der blumendiker olman'的意思是绽放的鳏夫。每年冬天，那棵树就会因下雪而挨冻，半点生气都没有。可一到春天就会生出新叶，树干上也绽出新蕾。拉比诺维奇就是这样，突然间身体愈发强健，牙也白了，走路步子也大了，鼻子也变灵了。而且我不骗你，经历了悲伤的寒冬，连他的光头都开始生出新发呢。怎么说呢？有时悲痛是最好的肥料。总会有自以为是的人对着你指指点点，说什么悲痛中的人不该这么容光焕发。要我说，萨义德，人也许就是这样疗伤的。灵魂与身体有时相互治愈。如果连它俩都不彼此扶持，又还能指望谁？有一次半夜十二点半前后，我站在黑暗中，期待着朱迪斯的身影能从牛舍的窗前掠过。突然，拉比诺维奇来到院子里，我以为他会去找她，可他却钻到马车下，抡圆双臂大叫一声，把马车一侧抬起三英尺高。一个人身上能积聚多少力量，多少愤怒，身体会变得多么有力，有时真无法想象。所有的痛苦、记忆和悔恨，女人怀孕时子宫内包含的一切，男人都用骨头和肌肉承受。男人不会怀孕，也不会生产，他会日益强壮，仿佛体内充满一块块顽石，由于所有这些我们不可能生出的孩子，男人渐渐变成了一片采石场。以前我听说过一个外族女人，怀孕四十五年，一直没生下来。有时我自己也不信，但故事是我爸爸讲的，父亲的记性我深信不疑。如果你不相信自己的父亲，你自己的血肉，那还能相信谁呢？那个女人十七岁时被伐木场的一个家伙强奸。他抓住她的手，把她压在一袋锯屑上。她擦干眼泪，抹干净身下的血迹和污浊，将自己的遭遇告诉了她父亲。那个父亲二话不说，劈头盖脸就是一顿耳光，甚至打瞎了她一只眼睛。她的兄弟抓住强奸她的畜生，用谷仓的干草叉把他叉了个透心凉。没过几个星期，她已腆着大肚像个水桶。她父亲说，这倒好，不会再有哪个男人想要你这个荡妇，至少给我把孩子生下来，让他跟他的穷爹一样好好干活，给我下地帮忙。时间一天天、一月月过去，孩子就是生不下来。九个月，十个月，一年，两年……转眼四年过去，她还是腆着谷堆一样的肚子，挺着两个大奶子，每天早上像醉酒一样呕吐。走路时，她总这样用手撑着疼痛的后腰。一开始，人们以为她像牛一样，吃了苜蓿犯胀气，想像扎牛一样给她来一针好放放气。可她不是胀气。摸摸她的肚子，你能感受到里面的踢动。他们想尽了办法：带她去教堂，看巫师，还找来个女人用草药熏她下身，他们甚至找到我们的拉比——萨义德，这里你要听仔细——拉比说：让她躺在桌子上，两腿之间夹一瓶烈酒。

外族小孩，即使还未出生，一闻到烈酒的气味，也自然会爬出来。然而，十年，二十年后，她依然大着肚子。父亲死了，母亲死了，六十岁的她依然是老样子，肚子里的胎儿都四十好几了，可就是不出来。萨义德，现在你明白为什么我会爱上你母亲了吧？”

“没明白。”我有些迫不及待。

“为什么我会爱上她？”雅各布饶有兴致地玩味着。

他用手中的面包在盘上擦抹，眼睛却注视着我，寻找着特征与依据。

“萨义德，从这边看，你长得像我，另一边看像牛贩子，而从这里看，你又像拉比诺维奇。东西好吃吗？”

“很好吃。”我的嘴唇发干。

“你想知道为什么我会爱上你母亲？”他的声音与我的如此相似，仿佛反复发问的人是我——尽管我从未开口。

他郑重地站起身：“是命运的安排。”

雅各布把盘子放进水槽，弓着身子背对着我。

“因为每个人都有等待着自己的命运，有时命运从天而降，有时命运从一侧出击，有时命运从背后偷袭，有时他人的命运也会波及你。而我的命运最致命，它从灵魂深处决定了我的一生。就好像从《摩西五经》[1]中读到十诫，于是学会如何作恶；刚买个急救药箱回家，意外便接踵而至；把金丝雀带回家，却陷入了爱情。这就好像一个人的名字。你母亲相信给孩子取名叫萨义德，他就会平安无事。我告诉你，叫雅各布的人永远不会有顺风顺水的爱情，自始至终都是这样。从先父雅各布，到品尝肥皂的老雅各布，再到我——

1.《摩西五经》：指《圣经》最初的五部经典——《创世记》《出埃及记》《利未记》《民数记》和《申命记》，是公元前6世纪以前唯一的一部希伯来法律汇编。

这个十年给你做一餐饭，让你跟他聊聊天的父亲。我们这些雅各布因为爱而饱受困苦。我们的先父雅各布甚至改名为以色列，可是有用吗？他外在的名字改变了，但内心的困苦依然没有改变。萨义德，把盘子里的东西吃干净，不然就没蛋黄甜品吃，那可是你的最爱哦。有一点你要记住：我根本无法抗拒对你母亲的爱。太阳照到这里，马车经过这里，目光从这里投射，你立马就能分辨出哪些是真实，哪些是记忆：女人顺着黄绿色的河流乘船而来，微风戏弄着她的裙摆，拍打着她的肌肤，阴影投射在她脖子上……不爱上她，怎么可能？我就像一片枯叶被流水带到她身边。是偶然吗，萨义德？这种事会是偶然吗？”

31

朱迪斯进村的第一晚，拉比诺维奇也没睡着。

他和所有失眠的人一样，清楚地知道等待他的将是什么。读书只是徒劳，他只是机械地翻着页，一个字都看不进去。他一边翻，一边回想过去，在想象中点数着村倌儿帕比什圈里跳出的鹅。

当然，他还惦记着那条辫子，托妮奇卡还没来得及告诉他藏在哪里，就匆匆撒手人寰。如果她没死，会不会把辫子给他？如果她拿出辫子，还会不会死？恐惧的潮水再次令他窒息。午夜前后，当牛舍里传出哭号声，“如果”“要是”和“要是不”三兄弟依然纠缠不休，他看到娜奥米从床上跳起来，于是也起身了。

那哭号声太过意外，乍听像是噩梦后的狼嚎，或梦见死期已到的小牛，很难想象那是女人的声音。

摩西裹着床单来到院里。他没敢进牛舍，摸黑在墙根徘徊，一两分钟后，再次进屋上床。直到娜奥米问：“爸爸，你为什么发抖？”他这才注意到自己在发抖，然而并没有回答。

“是谁在尖叫？”娜奥米问。

“没谁。没人尖叫。快睡吧。”

黎明时，哭声停止。牛舍上方的空气再次凝结，仿佛星辰陨落，留在天空的伤口刚刚愈合。

灰鸦在桉树枝头开叫，夜莺与游隼也前来响应，厨房里叮当作响。摩西挤奶归来，看到两个孩子坐在整洁的餐桌旁。柠檬皮香气四溢，盘里摆着帕比什的妻子阿丽莎送来的奶酪——她这么做一是出于好心，二是想先人一步瞅瞅拉比诺维奇的帮工长什么样。

桌上还有切好的萝卜片，上面撒着盐，红白相间地装点着盘子。腌橄榄和煎蛋的香味扑鼻而来。清早，朱迪斯收拾了托妮娅的烤炉，烧树皮的浓烟飘散院中，出炉的面包鼓鼓的，像一座快乐的小山耸在餐桌正中。

“妈妈做的果酱你不吃，”奥代德对娜奥米嘟囔，“现在倒吃起她之前做的橄榄了？”

“一闻见朱迪斯做的饭，你不也立马从树上下来了？”娜奥米反击道。

他们吃过饭去了学校，摩西按朱迪斯说的，在牛舍墙上钉了两个钉子。她问在哪能找到窗帘挂圈，摩西跑到院子里，躬身寻找着生锈的铁钉，然后跑回来问朱迪斯要多少。

朱迪斯诧异地看着拉比诺维奇用手指将铁钉一个个掰弯，不一会儿就串齐了十几个。帘子挂了起来，在牛舍角落里隔出一方空间，里面飘出柠檬的香气，与浓重的粪肥味相遇混合。

她在床上铺了一张床单。中午，娜奥米放学回来，采回了粉紫色的苜蓿和牻牛儿苗。她把花插在小罐头里，摆在牛舍的箱子上，旁边还附了一张纸条：“送给朱迪斯。”

“让你住在牛舍里，村里人该怎么说啊？”摩西晚饭后抱怨道。

“要是我跟你一屋住，他们又会怎么说？”

娜奥米收集着桌上的面包屑，奥代德并不躲闪。拉比诺维奇不出声，纳闷着朱迪斯是否知道，自己能听到她夜晚的哭声。

“你想怎么解释随便你，拉比诺维奇，”她接着道，“我没什么好说的。”

洗过盘子，她依然甩甩手，在围裙上擦了擦。那是只有那个年代的女人才有的动作。如今连围裙也渐渐消失，那姿态也被人们遗忘。

“教教我怎么解牛绳。”说着，朱迪斯来到外面。

拉比诺维奇一脸为难地跟在她身后，嘴里依然在抗议：“人家会误会的。”朱迪斯转身道：“拉比诺维奇，你是个好人，别人我信不过。不过这里我是住定了。”

他们松开牛轭，摩西拍拍牛屁股吆喝道：“走！走！”牛被赶进院里。

朱迪斯学着照做。然后，她解下头上的蓝巾，迅速拉开帘子，在果断的沙沙声中，发丝和铁环都摩擦出了静电，大功告成。

摩西再次吆喝：“出去，你这废物，出去！”即使这时已经没有这个必要了。

他在帘子外又站了一分钟，然后回屋躺下，等待着。

32

丽贝卡·沙因菲尔德是济赫龙雅各布[1]施瓦茨家的千金里最美的一个。

近在当地和加利利的多个村庄，远到犹地亚、海法和特拉维夫，她的追求者络绎不绝，“仿佛干渴的流浪者奔赴绿洲”。其中既有骑兵，也有种葡萄的，还有年轻的教师和农家子弟。夜里，这些人靠谷仓里的烤粮食充饥，喝着从酒庄偷来的葡萄酒，奏起陶笛和曼陀林。

许多女人也来到这里，以便邂逅黎明归来的男子。那正是他们最沮丧、最脆弱的时候，渴望与疲惫令他们两腿发软，阳光下他们脸上的失望一览无余。定居点的很多人都说，有好几对就是因为丽贝卡才成了夫妻。

每天晚上，她父亲都把她锁在屋里，拎一罐水上房顶坐着。棕榈树叶在他耳边摩挲，他手里握着上了盐粒的猎枪。

丽贝卡透过窗子看着那些追求者，心中无限同情——既同情他们，又可怜自己。但是，一天下午，她到肉铺买肉，在村里那排华

1.济赫龙雅各布：以色列城镇名，在海法以南35公里处，是最早的犹太移民定居点之一。

盛顿扇叶葵下邂逅了雅各布·沙因菲尔德。他是个劳工，一周前来到以色列的济赫龙雅各布，全然不知眼前的这位就是当地最美丽的姑娘。

“听老人劝，还是住在城里吧，”当丽贝卡宣布要嫁给雅各布，并随他搬到大卫村时，她母亲这样告诉她，“漂亮女人住在小地方，命肯定不好。”

我问村倌儿帕比什那话是什么意思，他解释说，一个地方能容纳和消化的美丽是有限的，取决于地方大小，居民多少。

“耶路撒冷大概能容下十几个美女，莫斯科能容七十五个，村里能容下一个就不错了。”帕比什补充说，这就好像动物中和蛇毒的能力，身型和体重是决定要素。“中了蛇毒的马能活，狗却会死。”

村倌儿帕比什嘴巴从不饶人，一把年纪了还争强好胜。活过了命运配给的时间，却依然渴望而幽默地面对生活的人往往就是这样。他还说美丽最好还是分摊在多个女人身上好，不过，幸亏夏娃的女儿们并不是个个生来都一个样儿。

丽贝卡嫁给雅各布，并随他来到大卫村。没过几天，母亲的预言就应验了。无论是与新婚的丈夫相处，还是在新家里，她都没办法安心。她一进村，村里的男人们便寝食难安。他们总是会梦见她，这比失眠还让人疲惫不堪；他们清醒时，看她的眼神也让她感到害怕。

日里吵，夜里叫

男人嚷嚷媳妇闹

缝缝补补多哀怨

满腹苦水心里咽

花心老头贪无厌

色眼咪咪把花看

丽贝卡也知道，自己的美貌远胜过村里的其他女人。她谨记母亲的话，尽量少出门。她强迫自己做最脏最累的活，不梳头不打扮。如果非到村中心不可，她会换上丈夫劳动的粗衣。然而这反倒令她更加楚楚动人。村倌儿帕比什说，那是因为抹杀美丽不同于抹杀真相。丽贝卡行走时摇曳生姿，眉目间顾盼生辉，开口说话时，触碰的嘴唇和跃动的舌尖都有着令人渴望的美女的风情。

她走在路上，粗糙宽大的灰衣轻拍着身体，仿佛一只村里从未见过的珍稀鸟儿拍打着双翼。微风吹拂下，衣料贴上她的翘臀、酥胸和下体，勾勒出只有绝色佳人才有的曲线。

但丽贝卡对这些简单的事实都不予理睬。然而，当看到自己的丈夫注视着拉比诺维奇的马车时，她俯下疲倦的身体，任清风抖动她的衣衫，任阳光勾勒出血管的脉络。她在心中问自己：是不是她谨慎过了头，反倒亲手毁掉了自己的魅力？

渐渐地，她开始理清事情的脉络。提示接连出现，她连点成线。托妮娅河床溺死，白化病和他的鸟，火光，罂粟，花海中驶过的女人……丽贝卡知道，这都只是冰山一角，就好像刚刚出头的蓓蕾，大势还在后头。然而那时她会怎样？她扪心自问，到时还会有谁眼中有她？

她是个睿智的女人，事先便有所预料。在焦虑与好奇中，她静静观望着。

33

一个优雅的英国军官有时会到村里来。他身穿白色军装，开一辆咔嗒作响的木框小莫里斯。他经常找白化病会计买鸟。

某天，另一位客人出现：一位住在东山外伊鲁特阿拉伯村、双目失明的金翅雀捕手。他迈步自信坚定，一路直奔雅克比家的宅院，人们甚至没看出他眼睛看不见。

那个阿拉伯人敲敲门，白化病立马开门相迎，这在平时可不多见。

“您怎么找到这儿的？”白化病问。

“逆流可以溯源，我寻鸟也是一样。”盲人回答。他还笑着补充说：“而且我这一路都没摔跤呢。”

他细品着金丝雀的叫声，告诉白化病，阿拉伯的农夫给他们的鸟和bandook喂umbuz。

“就是大麻籽，”他解释道，“bandook把大麻籽放进嘴里，全然忘却自己身在笼中。他飘飘欲仙，像快乐的新郎一样尽情高唱，全然不理会外面的世界。”

之后，捕鸟人再次来访，这次他带来了几只bandook——野生金翅雀和金丝雀的杂交雀——还带来些大麻籽，好让它们兴奋。

和骡子一样，这种杂交雀无法繁衍后代，它们狂野的秉性也不会因世代家养和囚禁而变得温顺。血统和遗传无法成为这种鸟的卖点。然而，它们的毛色依旧鲜艳，嗓音依然嘹亮，白化病越看越喜欢，决定找些比大麻籽更刺激的东西喂养它们。

他在院里种起了罂粟，开始从茎秆中提取精华液。很快，顶端的花朵变红了，院中好像一片火海，燃烧着罪恶的绚丽，劲风袭来都不为所动。

雅各布看着罂粟丛，听着杂交雀和金丝雀的高唱，脑海中摩西家农场的女人依旧挥之不去。

罂粟有着神奇的特质：它们不会从注视者眼中轻易消逝，即便对方早已将视线移开。即使闭上眼睛，它们黑红的身姿依然清晰可见。雅各布注视着罂粟花，时不时眨眨眼，全然不知他所做的尝试是多么危险。

朱迪斯进村已有几个月。一天夜里，绿色的皮卡驾轻就熟地返回村里，精力充沛的白化病下了车，卸下车上的水泥、石膏、砖块、木板以及车后面的铁脚手架。

围栏外的雅各布听到动静，好奇地在黑暗中观察。那颗浅色的头颅在黑暗中如浮标一般显眼，有条不紊的工作节奏让雅各布确信，这个会计是个经验丰富的泥瓦匠，还像猫一样可以在黑暗中视物。

连续几日，雅各布密切关注着施工进度，而白化病似乎也在留意和关注他。一天傍晚，白化病坐在院里休息，翻着他的书，边喝酒边喘口气。突然，他摘下墨镜，发红的眼睛意味深长地盯着雅各布，然后咧嘴一笑。

雅各布浑身打了个激灵，僵在原地动弹不得。

"你整天在篱笆跟前做什么？"丽贝卡问。

她的语气中没有愤怒，甚至没有好奇，只有恐惧和担忧。

"没什么。"雅各布道。

夜晚，她真切地听到丈夫的心跳声，和他脑子里毒蛇的窃窃私语。日间的鸟鸣声也向她昭示着悲惨的命运。她孤身一人，被自己的美丽和恐惧罩住。现在，丽贝卡明白了母亲多年前对她说过的话：漂亮女人不会有真正的女性朋友。

村倌儿帕比什告诉我，丽贝卡刚进村时，村里的女人曾试图跟她交朋友。有些人远远看着，胆子大点的凑上前去碰碰胳膊跟她说几句话，下意识地呼吸着她呼出的空气。

"等她们意识到美丽并不传染，便开始同她保持距离。"

不过，即便是村倌儿帕比什，也没预料到爱情的力量如此之大，居然俘获了雅各布的心，还生出那么多枝节。

阿比盖尔和撒拉

还有利亚和耶尔[1]

伊人幽香传阵阵

四下人人心迷醉

这首歌谣村倌儿帕比什曾唱给丽贝卡听。他的手指在我膝头打着拍子，越唱越起劲。

1.阿比盖尔、撒拉、利亚、耶尔，都是希伯来语中的常见人名。

34

谁也不知道拉比诺维奇家的帮工心里想的是什么，也不知道她袖子里藏着什么花招。

大家都细心观察着，寻找着通常会泄露天机的线索：新菜肴的味道，味道奇特的香水，晒衣绳上怪异又裸露的衣服。

然而，夜里从牛舍传出的只有哭号，什么都解释不了。

女人们相互会意警觉起来，如同春天胡狼惊动草丛时田鼠们发出压抑的哨声。

然而朱迪斯并不是什么威胁。她有几分神秘，但并非出于本意；举手投足间、照顾孩子时也显现出几分魅力。她处事生硬倔强，有时像石膏一般让人捉摸不清，有时像葡萄皮一样纤薄透亮。

显然，无论是拿草叉，握缰绳，做针线，还是颠大勺，她都驾轻就熟，学挤奶也很快就能上手。她起先挤奶的架势还跟个新手一样，光知道用两根指头捏。渐渐地，奶牛习惯了她的手指，她也习惯了奶牛的体温。摩西教会她如何用四根指头逐一挤压奶头，从食指用到小指。她挤奶挤得双臂酸痛，手指发抖，但没过多久，肌肉就结实起来。听着奶浆流入铁桶的声音便可知，她已经练成老手了。

仿佛书页一篇篇翻过，朱迪斯对于牛舍的秘密也渐渐掌握。还没等牛抬蹄，朱迪斯就能判断出他要尥蹶子。她熟知了两头老奶牛变化无常的脾性，学会了从口鼻和后臀观察小牛是否生病，也懂得了识别牛舍中的权威与阶级。

几个月后，拉比诺维奇让她带一头发情的奶牛到邻村萨姆森·布洛赫家配种，那里离梅纳汉姆家不远。

萨姆森·布洛赫可是个饲养高手。运用亚麻汤混合橄榄油和炒蛋的神奇良方，他一次次将小牛从痢疾的垂死边缘拯救回来。所有人都知道他的配方，但只有他知道如何配料、控温和配比。

布洛赫曾经挑战格洛伯曼，看谁能更准地目测牲畜的重量。他骟牛骟马比兽医还利索，有传言说他把割下来的睾丸卖到海法的餐厅。白化病经常光顾那里，他消费的可远非食物那么简单。

他有头种牛，名叫戈登。“年纪是大了点，但干起活来一点不输给崽子们。”布洛赫一说起来就满脸骄傲。

“她路上闹腾了？”布洛赫问朱迪斯。

“就是有点紧张。”

“等她跟戈登幽会完，肯定会像个小宝宝一样乖乖回家，跟新娘子一样安静而又开心。”

下午，朱迪斯牵着牛回到牛舍，顿觉其他奶牛都对她另眼相看，这让她不禁会心微笑。她喜欢奶牛，对方不会满腹狐疑地看待她，不会在她耳聋的一侧喋喋不休，不问她的身世背景，见她从干草堆拿出酒瓶偷喝，也不会妄加评判。

夜晚，当我母亲撕扯着声带，撕心裂肺彻夜难眠时，那些奶牛徐徐转过头，平静地看看她，然后再次返回梦乡。

35

村子的另一头，白化病依然继续着他的夜间工程。

没过几周，雅克比夫妇旧舍的隔壁便建起一栋新屋，地面水泥光滑，双层木质墙面，屋顶的石板粉刷得雪白，还装了洒水器好在热天降温。这栋新屋用以繁育金丝雀。窗上的纱网足够密实，可以防止野猫或毒蛇进入屋内；百叶窗的格条上还加了特殊装置，既有利于通风，又不影响主人避光。

房屋竣工时，白化病来敲雅各布的门。

丽贝卡出来应门，一见来客就脸色大变。白化病看到了她身后的雅各布，问他要不要来“鸟儿的新家”看看。

闷热的新屋里已然有一股粉尘味，那种锯屑和羽毛混合的味道是养育禽鸟的人再熟悉不过的。新建的鸟舍内没有笼子，金丝雀在开放的空间内任意飞翔。白化病告诉雅各布，他想把筑巢的材料也放进来，让它们自己配对。当然，特殊出售的品种除外，它们有另外的隔间。

雅各布进屋时，鸟儿们受了惊吓，一个个上蹿下跳。

“它们很快就会熟悉你并安静下来。”白化病说。

随后的几天，雅各布时不时会来“小心翼翼”地敲门。进到屋里，他仔细地观察、研究、学习。他像学徒一样尽心尽力，帮白化病记录产卵数和孵化数，打扫配种和孵化的笼子，还帮忙清理格槽。

“你不管家里的孵化器，倒去帮着外人养鸟。”丽贝卡有一天这么抱怨，雅各布看着她没有吱声。

白化病教会他识别不同的种子，教会他给金丝雀配饲料：芜菁和萝卜的种子，大麻和谷物，加上切碎的熟鸡蛋、萝卜和马铃薯；还要把浸过罂粟的牛奶拿去喂鸟儿，“因为它们消化不稳定”。

他教雅各布识别雄性求偶的叫声。有经验的育鸟人才能听出这不是情歌，而是求偶的信号，知道要给他提供黄麻和羊毛了，好让鸟儿筑巢繁衍。

白化病让正在长身体的幼鸟和雄鸟住在一起，怕雌鸟拔掉幼鸟的嫩毛来铺垫新居。

“你看，这些好爸爸多尽职啊！”他感叹道。

的确，鸟巢一交给雄鸟照料，他们便立刻化身慈父与严师，不辞辛苦喂养雏鸟，教它们如何发声。雅各布说不是所有的鸟都会这样，白化病很意外。除了自己养育的金丝雀，他没接触过其他飞禽。“他连乌鸦跟鹅都分不清。”

雅各布告诉他，鹳、鹅和鹤都是一夫一妻制，还特别赞扬了乌鸦对伴侣的忠贞。他甚至将梅纳汉姆传授他的知识拿来与白化病分享：古埃及人将乌鸦刻画成婚姻的象征。

白化病最喜欢听那些关于鸟类习性的描述，听它们如何在冬日与伴侣分离：雌鸟向南迁徙，雄鸟留守欧洲，在寒冬与孤寂中渴望着。有些不久后就会与爱侣团聚，有些只能等待春天。

“雄鸟独守苦夏算不了什么，”雅各布道，“可如果是严冬，那就是另一回事了。这时他才深切体会到孤独的滋味。等雌鸟拖着美丽而疲惫的身躯，满怀着阳光、爱意和新鲜的经历返回窝巢，雄鸟才知道为爱而感恩。”

白化病听得入迷，脸上泛起敦厚的笑容。

“它们春天再次相会，”他重复道，“春天才相会，那样多好，多明智。”

雅各布说，金丝雀对伴侣也很忠诚，引得白化病粉脸上堆起坏笑：“那是因为你把它们关在同一个笼子里。”

当花液从茎秆渗出、聚集、凝结、变黑，红色的花瓣便会枯萎，最终凋谢，花苞便会膨胀变黑，最终变硬。夜里，白化病带着修枝镰到院里剪下硬硬的花苞，并用手捻烂。他将变黑的罂粟籽同凝结的花液一起弄熟，将菜饼拿去喂鸟。

每过几周，驾驶小莫里斯的海军军官便从海法赶来，买走几对金丝雀。

“可怜的小家伙，”军官走后，白化病意味深长地说道，“它们肯定要死在埃及了。”

他用温土清理一个滚筒后面的粪便：“雅各布，这只有点痢疾。今天别用胡萝卜或者马铃薯喂他，只喂水煮蛋白，再加少许罂粟籽。”

他鼓励雅各布放弃务农，全心全意育鸟。

“做好了会是个不错的买卖。”他道。

“不过村里人可看不上。”雅各布说。

“鸡也好，雀也好，都是禽类。”

“这不是一回事。”

“胡说，”白化病反驳，“我把知道的全都教你，等我走了，你就在这儿干。”

“你去哪？”雅各布担心地问。

白化病不耐烦地笑笑，告诉雅各布到村中心的货栈给他找个半英寸[1]的水龙头。

“赶紧去吧，”他催促道，“很快那儿就关门了。”

雅各布来到村子中心，拉比诺维奇家的朱迪斯迎面而来。她戴着蓝头巾，身穿花裙，那样貌、那姿态跟他想象的一般不二。街道几乎空无一人，她就这样迎面走来，这样的偶遇还是第一次。他试图估算出相遇的具体位置，然而却做不到。他的双脚在数着自己的步子，眼睛在跟着朱迪斯的步伐，他的脑子在把步数相加，心里却在把两者相除。

还剩一米的距离，他鼓足勇气问候她，甚至还自报家门：“我叫雅各布。”

“我知道。”拉比诺维奇家的帮工边走边说。

她的脸离他那么近，她的惊鸿一瞥、翩翩身姿，她那白皙的脖颈、脚踝，都让他眩晕。裙子拍打着她的双腿，她后背笔挺，就这样渐渐走远了。

1.英寸：英美制长度单位，1英寸为2.54厘米。

36

雅各布用木勺不停地搅拌，然后把脸贴近盆口闻了闻。

“萨义德，你说美味的秘诀是什么？新鲜，精致。简单的接触和叠加。把食材引荐给调料：你好，我是马铃薯；你好，我是豆蔻。这位是汤先生，幸会，欧芹夫人。调味料不是拍在脸上的巴掌，而更应该像轻触肌肤的蝶翼。即便是一道简单的乌克兰罗宋汤，蒜味不能重得让人咧嘴，但蒜香要给人以喜悦。以前我讲故事是为了让你吃东西，如今给你做吃的是为了让你听故事。也就是说，你已经不是个小孩子了，萨义德，多想想你的名字，自己要多加谨慎。”

时间，它亲切、冷漠而强大，匆匆流逝中蚕食着最初的好奇。流言与猜测甚至令其始作俑者都渐渐厌烦。危机感还在延续。

如今大家都知道，别在摩西家朱迪斯的左边跟她说话，也不要打听她的身世背景。

奥代德和娜奥米干净整洁地去上学，摩西再次变得沉稳而自信。那份眷顾——只有女人的一双巧手能带来的眷顾——重新降临他的农场。

后来成为我父亲的三个男人当时还都在各忙各的。

雅各布·沙因菲尔德，给了我一对小溜肩，让我继承房子、餐具和妻子肖像的男人，当时正恋慕着朱迪斯，也在学习如何繁育金丝雀。

摩西·拉比诺维奇，给了我一头金发，还赠予我农场的男人，正聆听着母亲的哭声，寻找着自己的辫子。

牛贩子格洛伯曼，赠予我一双大脚和一笔金钱的第三位父亲，那时正开始偷偷往牛舍塞礼物：小瓶的香水、崭新的蓝头巾，还有珍珠母梳子。

“送给朱迪斯小姐。”他总这么说。

牛贩子又高又瘦，双手精干有力，而且喜怒不形于色。无论冬夏，他都穿着一件褪色的大皮衣，戴着老旧的贝雷帽——好像偶尔还用它擦个鼻子。那时候的他还没有绿色皮卡，经常到处走，有时还哼个奇怪的歌谣自娱自乐。虽然他是用希伯来语唱的，但听起来颇具异国风味。其中的一些歌词让我记忆犹新：

快马一对奔向北
瞎子搭档长短腿
一只猫咪马上骑
秃尾蔫胡惹狐疑
一只耗子后面追
西装革履步如飞

牛贩子的双脚丈量了许许多多的路，口袋里装满了沉甸甸的钞票和钱币，免得他被夏末的劲风吹走；兜里揣着的笔记本写满了交易奶牛的名字，免得他忘掉任何一桩生意；一双巨大的脚塞进两只足够大的靴子里，免得他陷入泥淖。

他有时独来独往，有时牵着奶牛同行。牛的犄角上拴着绳子，她心中惊恐万分，一路哞哞叫个不停。村东头的老桉树林颜色转青，一条牛蹄和靴子踩出的小路贯穿其间。出了树林便到了目的地，屠夫正在那磨刀霍霍。娜奥米指着脚印给我看：所有的蹄印都只朝向一个方向，靴子印则有来有往。这条小径是所有牲口的不归路，唯一的例外是母牛蕾切尔。一天晚上，她走上这条路，后来居然又回来了。因为那个夜晚，因为蕾切尔，我才来到这个世上。详情我稍后会讲。

牛贩子的肩上总是扛着一捆脏绳，手里总是拄着一根头上包了铁皮的粗“拐棍儿”。在院子里溜达时他也常倚靠着那根棍子，有时还拿它当赶牛棍，当食指，当对付毒蛇和野狗的武器。鲜血和恐惧的味道已浸透他的衣服，甚至沾染在他肌肤上，田野里的动物一嗅到那味道，便疯了一样追在他身后。

母牛也能闻出那股味道——那股昭示着死亡的味道。它如同来自地狱的热气，从牛贩子身上溢出。当他头戴帽子，肩挎绳子，怀揣笔记本，拄着拐杖出现在院子里，一种厄运当头的沉寂凝结在空气中。母牛们紧紧依靠着彼此，一个个吓得脊背僵硬，牛角低低地抵着。

和所有牛贩子一样，格洛伯曼一眼就能估算出一头牛的重量。不过他很精明，从不轻易跟农夫交底。

“首先，”他将交易的秘密传授给我，“这样一来他会觉得有愧于你；其次，农夫报的数总是低于实际的重量。卖牛就像演戏，农夫想当圣人，而对牛贩子来说，即使对方是江洋大盗也无所谓。这样一来，即使那头牛重一千磅，农夫也只会报九百，撑死报九百五。所以，萨义德，如果人家乐得赔钱，我们何苦拦着？”

他一直希望能引我入行，直到他去世。

“秘密，萨义德，”他俯身对我说，“我只告诉你一个人，因为你是我儿子。所有贩牛的人都懂得验牛，可只有我们格洛伯曼家这种生在肉案上的内行，才知道更重要的是要验人——要观察奶农。要了解他在牛身上花的心思，更要知道牛对他的态度。”

“爱情与做买卖类似，但又截然相反。爱情不光靠心，主要还得凭感觉；做买卖不光靠感觉，主要还得走心，”格洛伯曼解释道，“农夫卖头公牛给我，交易的只是没有灵魂的肉体，定价看的是重量和健康程度。可如果卖的是奶牛，那就是另一回事了。卖她就像是卖亲妈啊。哎呀呀，跟她分离多难受啊，萨义德，看看他们眼神的交流。哎，我亲爱的孩子，你怎么忍心让我走。啊，她看他的眼神多么凄惨。”

“你怎么忍心卖掉这么好的奶牛？”格洛伯曼会刻薄地质问农夫。

他根本不在乎答案，而是想听听对方的语气，看看他满脸羞愧的窘迫样。

“遛遛她，让我看看，她是不是吞了钉子。”

按道理说，这样做是为检查奶牛是否有内伤，如果有，宰杀后的肉食就无法做洁净认证。但事实上，牛贩子关心的是农夫如何接近他的奶牛，而她又会对他的出现和触碰作何反应。

“如果他真心爱惜自己的牲口，因为心中有愧，所以不会过分讨价还价。就这些。你可千万别向任何人透露。若问牛贩子怎么赚钱，只会有一个答案：买头活着的奶牛，把牛蹄卖了，你还剩下一头牛。[1]就这么简单。”

“我给朱迪斯小姐带了点小玩意儿。”牛贩子说。

“朱迪斯小姐”是我母亲，“小玩意儿”泛指牛贩子送给母亲的那些礼物。一开始，他只是随便放在牛舍水槽的台子上。朱迪斯告诉他：“格洛伯曼，你忘了这个。”而格洛伯曼会回答：“那不是忘了的。”

“是什么？”她问。

“送给朱迪斯小姐的小玩意儿。”说着，格洛伯曼鞠躬倒退三步，然后转身离开。他知道，朱迪斯小姐当着他的面不会碰他的礼物。

有时他会多说几句：“朱迪斯小姐一个人住在牛舍，偶尔也该有点做女人的乐趣才是。”有时他意兴风发，还会说：“你需要一个男人把你当女王一样宠着，像宝贝一样抱在怀里，就这么简单。”

但是，爱惜奶牛的朱迪斯小姐对格洛伯曼厌恶至极，他的态度、礼物、味道和“就这么简单”都让她避之不及。

1.原文为：you buy a cow on the hoof, you sell the hoof and you're left with the cow. 此处为格洛伯曼的文字游戏，“hoof”意为马、牛等动物的蹄子，“on the hoof”意为牲畜活着、未屠宰。

37

“慢慢吃，别太快，比我讲话的速度再慢些。不然我们俩都会呛着。你吃着，我给你讲讲娜奥米，你会吃得更津津有味。好多次，我看到她跟我一样站在会计家的篱笆外，一天我问她：‘要不要跟我进去？’白化病不喜欢让孩子靠近鸟舍，总说小鸟不喜欢我们村里的孩子。可当我准备带娜奥米进屋时，他问：‘你是拉比诺维奇家的小姑娘吧？请进，快请进。’娜奥米于是随我进屋，她不说话，只是看。娜奥米左顾右盼，鸟舍里金丝雀四处飞舞歌唱，相互呼应着。每一只都有自己独特的嗓音和旋律，它们也是这样学习的。每一只鸟儿都是从父亲那里学会了唱歌，也有一些鸟通过模仿听到的音乐和屋外的鸟鸣学习歌唱，就像我以前的帮工，他什么都能模仿：鸟鸣、猫叫，人的声音和动作都学得来。萨义德，你还记得他吗？他刚来时你还是个孩子。有一回，娜奥米问会计，能不能给她一只金丝雀，她想送给朱迪斯。他的回答你可听仔细：‘朱迪斯会得到一只金丝雀，只不过不是你送的。’娜奥米哭着跑出去，又返回来。失去母亲的小姑娘的日子不好过，让她突然接受另一个女人更是难为她了。我已经很多年没见过拉比诺维奇家的女儿。她曾对我说：‘雅各布，你妻子真美。’我和她都有罪，她背叛了自己的母亲，我背叛了丽贝卡。娜奥米是个聪明的小姑娘，嫁给那个城里来的梅尔实在是可惜了。他不适合她，耶路撒冷也不适合她，可我听说他们都有孩子了。奥代德还开车带你去耶路撒冷看她吗？他可是个好小伙，虽然不如他妹妹聪明，但他配得上更好的姑娘、更好的日子。长话短说，娜奥米小时候总是跟在朱迪斯屁股后面，就像我和牛贩子。朱迪斯会远远地看着她，还会给她买礼物。她不像牛贩子，买得起衣服、香水和白兰地；她也不像我，能置办一场盛大的婚礼。但她给予的爱抚，是我们给不了朱迪斯的，而那个最重要的道理她明白得比我早得多：爱不是任何人都可以给的，爱有规则，有约束。多年后，我的帮工将这道理解释给我听，我才明白。总之，娜奥米会抱住朱迪斯，抓住她的手抚摸，还会从田野里采花送给她。也许她担心我和格洛伯曼会把朱迪斯带走，抢占她父亲的机会。谁知道呢。有时候，你母亲会带娜奥米到托妮娅坟上。娜奥米一个人不去——小孩子不会独自给父母上坟。朱迪斯不光会在忌日带娜奥米去看托妮娅，因为忌日同去的还有其他人：拉比诺维奇、奥代德、梅纳汉姆伯伯、拔示巴伯母，还有村里其他一些人也会去。有时她们两个会单独前往，我会远远地站着偷看她们。之所以告诉你，是因为我知道你也偷看过。你待在我给你做的暗箱里观察飞鸟，也偷窥人类。你也偷看过我。你在看着我，这让我有种奇怪的满足感，因为在公交站，我就是只被别人看的怪鸟儿。你妈妈为什么要去托妮奇卡坟上？我一直没弄明白。但她确实曾带着小姑娘过去。我看到她们站在坟前，仙客来在四周绽放。就像银莲花喜欢废墟，仙客来喜欢墓地。见到银莲花，那里一定曾经有人居住；见到墓碑，周围一定长着仙客来。这就如同燕子在牛舍筑巢，麻雀在百叶窗躲避。只有乌鸦固守着上帝在创世之日留下的树窝，不肯另辟新居。他不怕人，栖息处离人不远；然而他也拒绝像鸽子一样与人同栖。我最讨厌的就是鸽子。你看它们衔着橄榄枝，貌似是和平的象征，可关起门来却互相残杀。你自己也见过屋顶的鸽子如何相互争斗。太残忍了：如果一只鸽子半死不活，躺在那里动弹不得，另一只鸽子一定会不依不饶。连豺狼都懂得见好就收，鸽子却不懂这道理。他会追着伤者猛击，直到对方彻底断气。有时乌鸦也会这样，但乌鸦不会伪装自己是和平的使者。话又说远了。朱迪斯和娜奥米默默站在那里，朱迪斯的手在娜奥米后背摩挲，而娜奥米像小猫咪一样，一动不动地享受爱抚。之后两人从田间的小径回到大路上，小姑娘像逾越节的牛犊一样活蹦乱跳，而你母亲则笔直地站在一旁注视，她的前额光亮平坦，眉心处劈出一道深沟，如刀子一样切割着空气，隐藏着她的秘密与痛苦。萨义德，我不骗你，寒冬里朱迪斯走路的时候，我甚至能看到她前额的那道深沟劈开空气的痕迹。天热时那痕迹很快会消失，但在寒冷的空气中，你可以看到一缕气体颤巍巍地飘散空中，久久不散。好了，如今她已去跟仙客来和水仙做伴，就在离托妮娅不远的地方长眠。她的眼睛和那条深沟肯定早已被蠕虫啃噬。这里躺着拉比诺维奇的两位故人——朱迪斯和托妮奇卡。然而，他已不再有力气来坟前探望，只能坐在院子里的树桩上掰钉子，一边掰一边懊悔。一个人的悔恨有很多种：一种是为了离去但可能回来的人；一种是为了已经回来，却已回不到从前的人；还有一种是为死而不能复生的人而懊悔，这种最痛苦。萨义德，我对你母亲的懊悔就是最后一种。这样的悔恨甚至不是为了重生。它们源于自我，回归自我，像恶性肿瘤一样生长在灵魂的纤维上。三种悔恨只有一个相似之处：没有食粮能令其满足，没有美酒能令其遗忘，没有解药能终止其蔓延。它们毫无来由，因为它们不需要理由。也许有一天你会明白，也许不会。可是即使不明白，你也要记住一点：悔恨不需要理由。我那可怜的妈妈曾说：‘后悔不用找借口。’知道这一点很重要。这就像国王不需要找借口，警察局长不需要，军队的将军不需要，将我奴役在工场的养舅也不需要。他只需挥舞大棒，大声打骂就行了。力量与悔恨一样多的人根本不需要理由。”

38

那时的我还年轻，以为自己还有着大把的时间，对雅各布的痛苦，对他的餐桌，对他喋喋不休的回忆都不以为然。我以为自己像一只猎鹰，尽情翱翔在和暖的春风中。

如今的我因欲望而栽了跟头，因悔恨而渺如尘埃，这才终于明白了雅各布说过的话，同时也理解了那颗执着于回忆的心，体会到了那些悔恨带来的种种挣扎。

那些故事说的是他自己，预言的却是我的人生。还有那个男人——我母亲的情人，娜奥米在耶路撒冷街头指给我看的那个佝偻的老人——那些故事也关于他。

雅各布还说起摩西，说到他被侧翻的马车压在河床；还说起奥代德——失去母亲的孩子，永远被离弃，散发着奶香，渴望着新世界的愤怒的辛巴达[1]。

他还提到我母亲，提到她被夺走的女儿，她的一身盔甲。她对别人的坏话总是置若罔闻。每次村里来了陌生人，她都把自己关在牛舍里，让娜奥米代她打探："去吧，诺米尔，去看看来的是什

1.辛巴达：《一千零一夜》中记载的一位著名的英雄、航海家。

么人。”

她谨小慎微，然而还是不足以让自己免受伤害。她小心地避开所有玩布娃娃的孩子，再也没筛过扁豆，也不用扁豆做汤，直到去世。然而，她女儿似乎一直都在暗中等待时机，跳出来给她一记重击。往小牛的饮桶里掺奶粉时，闻到豆花的香味时，她都会看到女儿。乌云逼近，鲜花开放，乌鸦对谈，日升月落时，她都会想到女儿。夜晚，她睁着眼睛，在黑暗中思念着她，哭得撕心裂肺，因为黑暗中有空间。小时候她曾告诉过我，只是我天真健忘，没能领会。黑暗中有空间，萨义德，足以容纳圆睁的双眼，所有的悔恨和哀号。

“任何东西都可以藏起来，管它是藏在盒子、笼子、柜子，还是屋子里。甚至连爱情也可以藏起来，萨义德，藏得密不透风。”雅各布告诉我，“但回忆有所有锁头的钥匙，而悔恨甚至可以穿墙而过。它们就像魔术师胡迪尼，懂得如何逃脱；也像是鬼魂，知道如何渗入，时间、地点都能随心所欲。”

母亲的悔恨并没有令我苦恼。在美国，我有个同母异父的姐姐，一个从未亲眼见过，想象中也未曾谋面的姐姐。母亲甚至连她一张照片都没留下，我甚至都不知道她的名字。我也没试过找她或见她。当然，有时我会问自己：她在哪儿生活？和我长得像吗？有朝一日会回来吗？我们会见面吗？但我并未因为她彻夜难眠，我的悔恨也与她无关。

39

转眼间，朱迪斯进村已有三年。有时她也会笑笑，也会多说两句话。午后，她会从牛舍里搬出箱子当板凳，坐在锡顶雨棚下乘凉。她用纱布袋子做奶酪，用勺子舀着送到嘴里，把腌好的咸辣小黄瓜从牛舍的窗户底下取出来嚼两口。沁人的西风阵阵袭来，时间已过四点半。从口感判断，黄瓜已经腌了四天。

我多次尝试模仿她腌菜的手法，一直没有成功，但我的鼻子仍然能回忆起那味道。我伸出舌头舔舔牙齿，从右到左，从左到右，从后到前，如同行走在车辙中，咸咸的，咸咸的……

然后我用舌尖抵住上颚，口水顺着舌尖回涌，带出那熟悉的味道。

母亲动动裸露的脚趾，满足地叹了口气，闭着眼一点点享受她的格拉巴酒。她起身给牛分饲料，挤奶，做饭，收拾，洗衣。午夜即将到来，牛舍再次传出哀号声，如同她到达的第一夜。

有时奥代德被吵醒，嘴里嘟囔着："她又开始哭了，装可怜！"娜奥米在那哭声的间隙才敢喘气，想象她停止了那哭声，因为它们威胁要扯断自己的喉咙。她觉得自己动弹不得，身体发凉。

“那哭声在她怀了你之后才平息。”多年后，娜奥米在耶路撒冷告诉我。

“那是她怀孕的第一个征兆。但是，她当初刚来的那几个晚上——那时我多大来着？六岁上下吧——我记得朱迪斯一哭，我这里就特别疼，就在肚脐下方，还有胸口这儿。感觉到了吗，萨义德？摸摸看。那是我有一天会成为女人的第一个征兆。”

当时我们正坐着火车，从耶路撒冷去往巴尔-吉奥拉的小火车站。娜奥米说那边有一处风景秀丽的小溪，我们该过去逛逛。

火车头冒着火花，沿铁路斜喷出一股蒸汽。我们吃着娜奥米做的三明治，里面夹了煎蛋、奶酪和欧芹，包在包装人造奶油的皱纸里。

她还记得用报纸包了些粗盐，我们用番茄蘸着，相视一笑。

“我爸也爱吃盐。”娜奥米说。

“我妈也是。”我说。

“我知道，我喜欢爱吃盐的人。”娜奥米说。

娜奥米比朱迪斯所有的情人年纪都小，但她对朱迪斯的爱却胜过他们所有人。她爱得坚决。

“她拎着那个滑稽的大箱子一下火车，我就已经决定，无论如何，我都会爱她。那不是对母亲，对朋友或是对阿姨的爱。那是对什么的爱？萨义德，这算是什么问题？它是个混合体—— 一只猫、一头牛和一个大姐姐的混合体。”

火车协管员说：“多加小心，这儿有恐怖分子。”

我们沿河道上方绿树成荫的小道散布。娜奥米面带微笑，我心静如水。那时的我十六岁半，娜奥米已经三十二岁。在时间的催化下，她变得美丽、沉稳，她的嗓音变得深沉，我对她的爱也是如此。

她的丈夫梅尔变得愈发富有，同时也更加老迈、孤僻。

短短两年后，我从军队休假去看他们。我忍不住问她："你丈夫最近怎么了？"娜奥米说："你一来我就高兴，萨义德。咱们不谈他。"

娜奥米的美貌的湖水已经开始从她的前额和下巴尖上退却，但她的嘴唇、眼角依旧甜美丰满，鼻梁两侧的一双润眉也依旧动人。

妈妈和奥代德都不待见梅尔，但我对他却颇有好感。他妻子是我深爱的姐姐，梅尔本人我也觉得不错，我只是尽量避开他们的儿子。每当我去见那位红发教授——娜奥米叫他"头号骗子"——给他送去我的观察笔记，接受称赞和新的功课时，我还是会找梅尔聊聊。他还是那么瘦，肩膀挺直，浓密的头发中分着。梅尔的步伐轻快，从内至外透着平和。

娜奥米突然歪歪脑袋，在那么一瞬间，将又甜又咸的嘴唇压在我嘴唇上。

她拍拍我的后脖子笑道："好香。"

"你越长越好看了。肩头和双手已经有点男子汉的味道。"她说。

我们坐在桑树的树荫下。娜奥米嘴里呼出的热气在我的颈窝聚集、飘荡，她的手在我的双肩流连。一只鹧鸪腾地一下飞向天空。

"以前她常唱歌给我听，听着，shlaf meyn feygele, meyn kleyne, lig nor shtil un her tsikh tsu。能听懂吗？之后她会翻译：'睡吧睡吧，我的小雀儿。乖乖听话，睡得饱饱。'"

她突然又说，桑树的红色枝条在天空的映衬下有点发黑。

"朱迪斯第一次在村里过普林节时，她对我说：'来吧，诺米尔，我给你做身特别的装扮。’我以为她会把我打扮成英国女王，结果她只给我缝了条普通的素色裙，梳了个跟平时不一样的发型，还往我手里塞了个布娃娃。我问她这算哪门子装扮，她说：‘你在扮演另一个小姑娘。’我在班里也是这么说的。所有的同学都经过精心打扮，有的扮国王，有的扮英雄。他们问我扮的是谁，我就按朱迪斯说的，说我在扮另一个小姑娘。我得意扬扬，一点也不觉得丢脸，怀着我对她所有的爱。爱的法则中最重要的一条：爱需要决心。我以前告诉过你，现在我再说一次：你要下定决心——有了决心，就有爱。就这么简单。现在，就是爱。一切所听，所闻，所见，所想……全部都是爱。你看着娜奥米，仔细去嗅，去触摸，去品尝，去聆听。正在发生的就是爱。没人聆听时，把它大声说出来：现在，就是爱。像深陷爱中那样去讲话、观察、行动。我们隔壁的送奶工是一位虔诚的老人，他曾告诉梅尔：克雷巴诺夫先生，如果你只是崇拜上帝，崇敬他的创世之举，那你就一直是个异端；可如果你每早都诅咒他，上帝原谅我，但同时整月坚持戴帽，恪守洁净，遵守安息日的规定，那你就会成为一个货真价实的犹太人。爱的戒律与信条，就这么简单。时时触摸她，给她三次拥抱，想着朱迪斯正做的事情。学校课间休息吃三明治时，想象她的双手摆弄碎菜的样子，想象她给黄瓜去皮，切片，在上面撒盐。在头上绑一条她那样的蓝头巾，从她的酒瓶里偷喝一口酒，再咳嗽两声。如果我能像当初爱朱迪斯那样坚决地爱梅尔，也许我的生活会好过些。有时我觉得她也爱我，那些拥抱和亲吻也出于真心，但她从来不抚摸我。她的抚摸都攥在手里。你还记得村里的老人们怎么说的吗？爱不需要金钱来买。我对这句话深恶痛绝。如果爱不需要用钱买，为什么人们对爱总是那么吝啬？”

“我可没有。”我说。

“萨义德，你不吝啬，你只是傻。真不知哪种更糟糕，”娜奥米道，“但你妈妈很吝啬——对爱吝啬。你有没有注意到，有时她会握紧拳头四处走？最初我以为她想打人，后来才明白，原来拳头里握着东西——也许就握着我盼望已久的抚慰，而她却把它留给另一个女孩。萨义德，你有没有想过你那同母异父的姐姐？也许我也是你同父异母的姐姐。你妈妈只在我母亲坟前爱抚过我。曾经她每个月都带我去坟前。爸爸只有在妈妈忌日才会和我们同去，这你也知道。可最开始的几年，她每个月都陪我去。只有在坟前，她的手才会放在我的后背，然后一下一下地抚摸。我最喜欢坐在爸爸为她砌的水泥道上，跟她一起吃石榴。你还记得那种感觉吗？”

40

每隔一周的周二，市政厅就会放场电影。奥代德会从海法带回扁圆的胶片盒子。有时他会凑到母亲跟前，两眼低垂道："是个美国片。"

母亲不常去市政厅，可一有美国电影，我们俩一准儿去看。我们并排注视着银幕上美国的街道、房舍、道路和树木，一起想象着她的小女儿置身画面中的样子。

女儿在母亲的记忆中不断成长。朱迪斯眼见她越长越高，越变越聪明，看她渐渐改变发型和外貌，胸前渐渐丰满坚挺。初潮来袭，朱迪斯跟她一起尖叫。一夜，她甚至梦到女儿和一个男人结婚，并生下一对双胞胎。可怕的是，孩子长得像极了那个该死的男人——那个男人的名字我当时不被允许提及，现在则不能记起。

从市政厅回家的路上，朱迪斯一言不发。回到家里，她抿了口酒，重重叹了口气——她自己根本没意识到那声音有多响亮，多尖利。她躺在床上，听到"如果""要是"和"要是不"三兄弟的舞步声，听到沉睡天使的笑声和摩西夜间的脚步声：从厨房橱柜到衣橱，一扇扇门被打开，再到床缝、地板，最后到小屋和土地接缝的墙根处。他随后来到院里，轻轻敲打仓库的墙面，挪动麻袋，拎起一捆捆干草。摩西没进牛舍，那样可能会失礼。他又往孵化场瞥了一眼，继而返回仓库。那时候，他相信辫子可以自己四下躲藏，甚至还有几分狡猾。

他反复四处寻找观察。从床架到儿时的裙子，再到冷水中死亡的气泡，他瞪着眼睛在黑暗中找了个遍。

在小屋和牛舍之间有一条水泥小路，那是在我出生前，摩西·拉比诺维奇为朱迪斯砌的。时光流逝，路面已是青苔斑驳，路缝中也生出螺丝豆苗。然而，我依然对那条小路记得一清二楚，即使现在我已不在那儿，因为曾经我每日都从路上走过。

娜奥米告诉我："那条小道是我爸爸为你妈妈修的，从屋子通到牛舍。不错的礼物，对吧？你真该看看竣工时她的表情。爸爸对她说：'朱迪斯，这是为你修的。'要换作格洛伯曼，这个时候肯定会深鞠一躬，并对她说：'朱迪斯小姐再也不会在泥里弄脏脚了，就这样！'如果是沙因菲尔德，肯定会二话不说躺在泥里，让朱迪斯踩着他经过。而我爸爸实实在在为她砌了一条小道，不要任何花样。"

朱迪斯进村第三年的夏末，一日，拉比诺维奇拉回水泥、沙土、碎石和模具，打了框，插了铁桩，一格一格浇灌水泥，在小屋和牛舍之间砌出一条水泥道。然后他抹平、洒水。水泥一干，他便邀请朱迪斯上路走走。

母亲一时间满心欢喜。她一只手将裙边微微提起，另一只手牵着娜奥米，两个人蹦蹦跳跳踏上新路。

"那年冬天，我们不再被小屋和牛舍间的大泥潭所困扰。你都不知道我们有多开心。"

"你都没有为妈妈修路。"奥代德对父亲说。

整整两年他都沿小道外侧而行，拒绝踏上一步。到后来放弃并停止这么做时，他已经踩出一条孤苦伶仃的窄路，它控诉着，至今依然清晰可见。

逾越节前，托妮娅·拉比诺维奇的石榴树生出许多幼叶，红得十分耀眼。六月的南风中，圆润的红色果实渐渐膨胀，装扮着树冠。

朱迪斯用报纸做了许多圆锥帽，跟娜奥米一起把它们罩在幼小的果实上。八月夏日将尽，两个人坐在新修的小路上吃着石榴。

第一批石榴在犹太新年前后可以吃了，粉红色的石榴粒又大又饱满。住棚节[1]过后，朱迪斯采摘了那些发黑发酸的果实，用过滤牛奶的白布榨滤出果汁，教娜奥米如何用果汁酿酒。

多年过去，我依然能够清晰地勾勒出娜奥米和朱迪斯坐在灰色水泥地上的画面，两个人都戴着蓝头巾，双膝赤裸着。朱迪斯已经故去，而当年的小女孩也已长大成人。桉树树顶飘下的细小枝叶依旧扎着她们结实的赤脚，那树桩现在还站在那儿，木麻黄树上掉下的小刺猬也时不时地来捣乱。

朱迪斯拿起一个石榴，用小刀的木柄轻轻敲打它，然后把顶端切去。她把周围的皮扒了扒，在表皮割了几圈，然后用手指把果实掰开。

“千万别用刀切石榴，诺米尔，”她嘱咐道，“接触了金属，石榴会变得难吃。”

朱迪斯用拇指的指肚把石榴粒弄松，然后拨到另一只手里，再

1.住棚节：犹太民族节日，又称收藏节，为纪念以色列人出走埃及进入迦南之前的四十年帐篷生活而设立。

送进口中。

“这是我妈妈的石榴树。”奥代德抗议道。

“那你也一起吃嘛。”娜奥米说。

“一粒也不能漏掉。”朱迪斯提醒她。几年后，当我来到这个世界，和她坐在同一条小道上吃石榴时，妈妈也是这么提醒我的。“一粒也别掉，掉了就算输。”

即使到现在，她的提醒依旧不绝于耳，虽然如今我已不再吃石榴。冬日里，石榴树被知更鸟盘踞，它们春天依旧开出红花，秋天依旧果实累累。出于某种说不清的责任感，我每年依旧用圆锥帽罩住果实，只是成熟后不再采摘。

夏天过去，鸟儿和风拨掉了圆锥帽，果蝇抵不住甜美的诱惑，嗡嗡徘徊在果皮爆开的果实上方，告诉我秋天到了。

接着，绽开的表皮下果实变得干硬，如同除去裹尸布的木乃伊。发黑的果皮是冬日到来的标志，里面果粒破碎，在冬风中如同尸首的烂牙。

41

Shlaf meyn Nomele, meyn kleyne,
Shlaf meyn kind, un her tsikh tsu,
Ot dos feygele dos kleyne,
Iz keyn andere vie du.
Ay li lu li lu li li.
Shlaf meyn Nomele, meyn kleyne,
Lig nor shtil un her tsikh tsu,
睡吧睡吧，我的小鸟。
乖乖听话，睡得饱饱。

“你能不能别老对着我妹妹唱歌。”奥代德又嘟囔。

那时的他还是个孩子，愤怒和恐惧过早地在他脸上刻出细纹，充实了他的身体，让他走路的架势看起来像个成年男人。

晚上，朱迪斯哄两个孩子上床，给他们讲故事。娜奥米乐此不疲，听得聚精会神，奥代德只是嘟嘟囔囔。

他冷冷地嘲讽道：“我妈妈讲的故事可有趣多了。”

“我不是你妈妈。”朱迪斯说着将毯子拉到奥代德的下巴。

她那时的表情奥代德至今难忘。轮到他为我讲述时，这个火爆又怯生生的小男孩依旧咀嚼着字里行间的味道。

“如果你想和我打架，就别躲在毯子下面。你已经不是小孩子了。要打出来好好打。”朱迪斯说。

看到奥代德一脸尴尬，怨气全消，朱迪斯摸摸他的小脸蛋：“晚安，孩子们。”说完转身回了牛舍，陪她的牛，睡她的床，继续哭泣。

一晚，娜奥米来到父亲的床前：“去看看她吧，爸爸！”

摩西摇摇头。

“我也跟你去。咱们问问她为什么哭得那么伤心。”

“不能去。”摩西道。

“你不去，我去。”

拉比诺维奇腾地坐起来：“不行，谁也不许去。大人哭的时候不想让人打扰。让她哭一哭就好了。”

一天夜里，娜奥米实在坐不住了。她偷偷溜到牛舍跟前，抓住水管，站到水槽上，往里偷窥。只见光亮中朱迪斯缩在墙角，口眼大张。

摩西的大手突然捂住娜奥米的嘴巴，一把把她抱下来，紧紧抱住她。

“不能让她发现。”他小声对娜奥米道，说着把她抱回屋。

他的手一拿开，娜奥米便像连珠炮一样发起反攻。

“爸爸，全村人都知道了，”她厉声道，“这朱迪斯也清楚。连学校里的小朋友都在议论。”

“别理他们。”他又将手放在她嘴上，“但你不能让她发现。”

“村里人会以为是你欺负她！”娜奥米的小嘴吧嗒吧嗒，话语如火球般直灼掌心。

“闭嘴，不然我拿毛巾给你堵上！你长大就明白了。”

哭声渐退，空气中被扯开的口子也开始愈合。伤疤还在，但瞬间便消失了。

雅各布告诉我：“就仿佛女人无瑕的下身。”

他倒了一杯白兰地：“只有生育会在那儿留下印迹，但爱情不会，失贞也不会。男人也不会。只有在母亲的身体上，我们会留下痕迹，而不是在妻子的身体上。萨义德，你有机会留意一下。你已经是大人了，可以自己去观察。生命的所有印记在脸上、手上，甚至是命根子上都可以找到。懂的人甚至可以像翻日记一样从那里看出门道。格洛伯曼曾告诉我，那印记就像树的年轮，完整地保存下来：哪年好，哪年坏，姓甚名谁，何年何月，都写得清清楚楚。就好像加利利湖的那块湖石记录着每年水量的大小。但女人的下身没有一点这样的痕迹。这也像是加利利湖，你何时在湖上看见昔日暴风的踪影？白天的空气中又何曾见到前夜呼啸的劲风？你看，找不到吧？”

42

宛如布谷鸟的幼雀被推出巢穴，朱迪斯挤占了雅各布脑海中所有的空间。他只想着她——她的人，她的哭声，她的身体，她坐的马车在花海中徐徐驶过……雅各布说，他不明白为什么朱迪斯会同时出现在两个地方："拉比诺维奇的院子里和我的脑海中。"

有时在街上或村中心碰到她，雅各布表面点头致意，实际上却在用天真的计划和幼稚的企盼折磨着自己的内心：换个时间，换个地点，让他用不同的方式与朱迪斯邂逅吧。

一天，拉比诺维奇来找雅各布，想让他帮忙孵两百只鸡蛋，问能不能迟几周再给钱。

雅各布欣喜若狂："钱不是大事，拉比诺维奇，不用担心钱。"

他把孵化器拆卸、清洗，给零件消毒，然后放在阳光下晒干。当小鸡孵出来，孵化器中传出阵阵唧唧声时，雅各布去告诉拉比诺维奇，要准备鸡舍了。

"我明天就送来。"雅各布说着，眼睛四下搜寻。

但是朱迪斯没有出现，雅各布悻悻离开。

第二天，他套了马车，用两只密封箱装了鸡仔。乳毛味和唧唧声让周围的野猫垂涎欲滴，上蹿下跳，有些跑进拉比诺维奇的院里，虎视眈眈围住鸡舍，寻找着入侵的缝隙。摩西用水泥筑起铜墙铁壁，一路把水泥抹到纱窗根儿。所有接合处都已用铁丝拧紧。他知道，饿猫的爪子格外灵活，为了吃到活鸡，它们可以像蛇一样蜿蜒从缝隙中挤入。

水泥地上已经铺好了锯屑。雅各布俯下身，慢慢将鸡仔从箱里放出来。一群黄澄澄的小家伙唧唧叫着，在地上散成几十团惊慌失措的小毛球，不一会儿又聚拢在一起，既害怕又兴奋。

门突然吱扭作响，鸡仔停止了吵闹，雅各布的后背又打了个冷战。他知道，那一定是朱迪斯，就站在他身后。

他的心怦怦直跳。慌乱让他的心脏收缩，与此同时，幸福也到达了极限。

“你知道吗，萨义德？心是会融化的。心一化，手脚也立刻瘫作一团，肌肉颤抖，骨头酥脆，血液因焦灼而沸腾。”

“我当时完全窒息，”雅各布回忆道，“根本喘不上气。这就说明一个人陷入了爱情。”

“拉比诺维奇跟她住在一个院子里，怎么可能不发疯？”雅各布纳闷，“你明白吧，萨义德？看着她干活，看着她的一举一动，看她拎着奶罐或者拖着桶子走向小牛，裙子之下的身体渐渐紧绷……他怎么能心平气和地躺在屋里？她就睡在牛舍，只隔着一层木墙、一层空气外加一层水泥，想想都觉得要发疯。”

那天晚上，朱迪斯在挤奶，摩西从车上卸苜蓿。突然，他问朱迪斯，有没有留意过雅各布的眼神。

“他喜欢你。”摩西道。

“那又怎样。”

“多有意思。村里人人都惦记着沙因菲尔德的妻子，而他却只知道看你。”

朱迪斯清洗并捏搓奶牛的乳头，一次又一次，奶水喷涌到桶里，最初尖利的触底声渐渐变得深沉、模糊。

奶牛回过头看着朱迪斯。她伸出宽大的舌头舔着鼻孔，发出湿木塞的闷响声。甜暖的气息弥散空中，渗透墙壁，朱迪斯看得出神。

她将满是汗水的前额抵在牛肚子上，奶牛因为不舒服轻轻抬起一只蹄子。朱迪斯安慰道：“好了……好了……”说着摸摸她的大腿，用手指压住一个地方，让她没法尥蹶子踢人。

多年后，我七岁时，妈妈告诉我：马奉献的是爱，换来的也是爱；狗奉献的是忠诚，换来的是权威；猫凭借的是美丽，换来的是食物；而奶牛能换来的只有责难和踢打。活着的时候，她奉献乳汁、力量和自己的孩子，死后又将肉、皮、角、骨全部献出。

“身上没一点东西被浪费。”她总结道。

而雅各布说：“伟大的爱情也是如此。真正的爱总是全心付出，一切任用，没有浪费。”

他躺在家里，头脑在休息，心却清醒着，两眼在黑暗中发亮。

乌鸦、燕子、麻雀和金丝雀都进入了梦乡，黑暗中的白面王者仓鸮静静扇动翅膀，从隐蔽处现身。

丽贝卡也醒着。失眠会传染。

“赶紧睡吧，沙因菲尔德，我实在没劲儿了。你晚上要是不睡，我第二天也不精神。”

雅各布没吭声。他的关节咯吱作响，肌肉发痛。

“谢天谢地，黑暗中睁着的眼睛不会将想法投射在墙上。想想看，萨义德，这样一来她会知道我的想法，我也知道了她的，仿佛进了电影院，或者打着魔灯。”

他清楚地感觉到自己的肋骨压迫前胸，如一副长牙啃食着心脏。

“你最近这是怎么了，沙因菲尔德？”村里最美丽的女人问。

他还是不吭声。陷入爱情，言语还有什么意义？

43

一天晚上，白化病家的门没有开。那双试探的手没有伸出，他本人也没出现。

金丝雀依旧在欢唱，雅各布却有些担心。他等了一会儿，从雅克比夫妇家的院子里退出来，把脸贴在鸟舍的窗格上，然后敲敲门。鸟儿停止了歌唱，屋里死一样的静寂。雅各布不敢进去，他告诉自己，会计一定还在睡觉，然后转身离开了。

第二天晚上，白化病也没有出现。出纳用推车送来的文件就放在门口，皮卡也停在原来的位置，引擎盖冰凉，雅各布害怕了。他找来村倌儿帕比什，后者毫不犹豫地踢开舍门，一时间雀鸣四起，金丝雀四下乱飞，羽毛飘散。白化病裸身躺在地上，肥胖的身体早已冰冷僵硬。

“他死了。”村倌儿帕比什在尸体前站起身。

帕比什出门找大夫，留下雅各布守着粉里透灰的白化病。那具雪白色尸身的毛发里，夹杂着锯屑、鸟屎和鸟粮的谷壳。

空气中弥散着死亡的味道。雅各布赶紧往瓷盆里倒了些水，把各种种子和面包屑撒进食槽，希望能从熟悉的工序中寻找慰藉。

料理后事的人来了，机械地将尸体搬走。

忙乱中受了惊吓的鸟儿此时已平静下来。凄厉的惨叫消失。空中的飞絮也逐渐落定。笼子里又传来令人鼓舞的鸣唱。起先只是只言片语，此起彼伏，然后渐渐嘹亮大胆。瘫坐在地许久的雅各布仿佛受到自古以来的所有育鸟人信念的感染，和国王、幼师、军队教官及唱诗班的指挥一样，深信歌声就是感恩与爱意的象征。

雅各布起身回家。丽贝卡做了晚饭，但他心不在焉，吃不出一点滋味。饭没吃几口，他起身离席："我得去看看那些可怜的鸟儿怎么样了。"他没发现自己的语气跟死去的白化病一模一样，这已是同一天的第二次。

雅各布没注意到妻子的眼泪，他挣脱她的怀抱，拉上折叠床跑去了鸟舍。躺在阴暗中，他惶恐地等待着白化病的某位亲属或后人突然出现，挑动白眉，摇晃着手中签了字的遗嘱，证明自己的血缘关系，要求接管这些鸟儿。

然而，白化病孤苦伶仃，没有一个人出现。村委会在报纸上登了讣告，还向海法的托管法庭报告。可就是那些往往死了人才冒出来的亲戚，那些连死者自己都不认识的远房亲戚，这次也一个没露面。

委员会派了两个代表"清点财产"。厨房柜里有几本捷克的官方年鉴，五副墨镜，几十管臭烘烘的护肤液，另外还有两双鞋。

他们翻找了逝者的衣橱，发现他那套万年不换的黑色破西装原来一式有五件，同样的裁剪，同样有磨损，十条袖子上都有同样抢眼的老羊皮补丁。

贮藏室里有各种锅具，个个都油腻腻重如石块。还有一件黄色的金丝雀木雕，雕刻得十分生动，雅各布慌忙将它藏起。

他想起那本旧书，白化病常在午后的院子里边读边掉泪。辛苦找寻一番后，他在鸟舍的柜子里找到了它。令他惊讶的是，这并不是什么私人日记、爱情小说或诗集，而是一本装订整齐的旧火车时刻簿，记录着从前布拉格与柏林、维也纳与布达佩斯之间的列车往返时间。

第二天，雅各布到邻村向梅纳汉姆·拉比诺维奇请教，为何会有人对从未驶经本地的列车的时刻表感兴趣。梅纳汉姆翻翻本子，笑着解释道，每个人都有自己弥补遗憾和强化记忆的方法，也都以自己的方式尝试过，失败过。

44

每天下午，乌鸦们都会聚集在一起。

它们想知道发生了什么新鲜事，我来也是为了相同的原因。在人类看来，所有的乌鸦都是一个样子，但我知道它们每一只的名字，清楚每一只的过往。有一些是通过头脸辨认出来的，就像是认人；有一些则是通过胸前黑灰交接的边线辨认出来的。我清楚地知道哪只死去，哪只失踪，哪只刚出生，哪只刚配对。

它们从四面八方聚集，一直要聊到天光渐暗，这才飞回自己的领地和巢穴。

它们也曾在我家的桉树上集会，直到我母亲去世。摩西把树砍断后的头两天，它们依然会徘徊在树桩上空，仿佛在悲鸣中哀悼自己世界的毁灭。第三日，它们将聚集地转移到河谷外的旧火车站，有时还会去银莲地。

在那里，青壮年乌鸦的个头已经与它们的父母差不多大，但翅膀还不够结实，时不时在空中炫耀着技艺的进步。老乌鸦婉转地叫了几声，侦察员和守卫提高了警惕，密切注视着附近的动静。

不时会有几只乌鸦扑向出村的猫咪，或者戏弄白昼出现的猫头鹰，有的飞起来去追秃鹰，还有的甚至找老鹰的茬儿。多有意思的一幅画面啊。六七只乌鸦一齐飞向老鹰，然而真正打起来时只有一只参战。乌鸦渴望刺激，无所畏惧，身体轻盈，行动敏捷，他冲向老鹰，从侧面进攻，又从下方出击；失去了耐性的老鹰不断猛攻，想将敌人击垮，然而只是徒劳。乌鸦闪躲转身，像磐石一样稳稳落下，继而又腾空反击。灵活而大胆的乌鸦，渴望着娱乐与荣耀。

白化病去世时，那棵桉树还长在院子里。葬礼过后的第七日，乌鸦居然打破了例会习惯，纷纷降落在牛舍院子里。显然，它们个个兴奋，强压斗志。乌鸦跳上围栏，发出诡异而沙哑的鸣叫，吓得栖息在屋顶的鸽子四下飞散。

现在，我怀疑它们来是为预报我的降生。暗地里，我甚至十分骄傲：帮我报信的是一群聒噪的黑乌鸦，而不是白鸽。不过在那时，根本没人会这么想，更没人会将乌鸦与白化病之死扯上关系。尤其是因为大家都知道，大批乌鸦聚集在院中只有一种情况：要生小牛了。

乌鸦最爱吃母牛的胎盘。它们感觉灵敏，热情高涨，总是第一个察觉临盆的征兆，有时甚至比怀孕的母牛还快一步。如今它们在围栏上跃跃欲试，在牛舍屋顶又叫又跳，吓坏了酷暑中的奶牛。

摩西听见动静来到院中，他注意到奶牛急促的呼吸和鼓胀的阴部。母牛尾巴下已经分泌出长长的黏液。

“孩子们，祈祷生下的是头小母牛吧。”

“是公是母有什么区别？”娜奥米问。

“母的生在牛舍，公的生在屋里，这都是农家的好事啊。”摩西答道。

他注意到朱迪斯脸上的不安，很想安慰她，可摩西对她的脾气和忍耐度一无所知。

“没事，朱迪斯，那只是庄稼人的说法。”摩西有些难为情，他套上胶靴，回到奶牛跟前。

这次分娩漫长而痛苦。拉比诺维奇用绳子绑在胎儿的腿上，用力拉了好一阵。

“你弄疼她了，爸爸！”娜奥米大哭，“你拉得太用力了！”

摩西没回答。奥代德道：“闭嘴，娜奥米，你什么都不懂。女人又不懂牛怎么生。”

奶牛呻吟着，她眼皮下垂。其他同伴一脸沉重地望着她。

“好了，出来了。”摩西道。他的手探进去，一直伸到胳膊肘，然后将胎儿转成一个相对舒服的姿势，拉出一头已胎死腹中的小肥牛。

“该死。”他将尸体甩在一旁，“奥代德，把马牵来，把这东西拖去桉树林。”

他进了牛舍，而朱迪斯还盯着母牛。只见那产妇因虚弱而双眼紧闭，四肢打战。朱迪斯道：“还有一头没生出来呢。”

“你怎么知道，”奥代德问，“难道你懂的比我爸还多？”

“我确定，”朱迪斯摸摸牛鼻子，“她冷得像冰一样。快，把你爸叫出来。她体内在大出血。”

突然，奶牛膝盖一弯跪在地上，接着又绝望地侧躺在地，一头小母牛从她肚子里蹦出，随后血流如注。母牛的四蹄和脖子伸着，又是发抖又是呻吟。

“爸爸！爸爸！”奥代德大喊，“还有头小母牛——”

摩西冲到院里，看到垂死的母牛和喷溅的血液，一下子就明白了。他跑回牛舍，拿出割玉米的镰刀。

“带孩子们离开，别让他们看见，”他告诉朱迪斯，“赶紧去把牛贩子找来。他今天应该就在村里溜达。”

他用宽大的身躯挡住自己的动作，然而很快，脚下又多了一大摊血。

一旁刚刚降生的小牛试图站起身，她看起来强壮又灵活。但她一起身便能看出，这个体型肯定产不了崽儿。她个高腿长，肩膀又宽又斜，还长了一副公牛的样貌。

“真操蛋！”摩西咒骂道，“牛犊没活，妈也死了，现在又多了这么个不公不母的。”

十五分钟后，妈妈和格洛伯曼赶来。

“及时宰杀了没？”牛贩子问。

“宰了。”

格洛伯曼看到了死去的小牛和他那怪异的双胞胎姐妹。

“坏事一来就三件，是吧，拉比诺维奇？”

摩西没吭声。

“瞅瞅这小丫头长得，双胞胎一公一母时，经常会发生这种情况。是她兄弟的血液让她变成了半公半母。她既不能产奶也不能生崽儿，我连她也要了。”

“那头不卖。”朱迪斯突然开口道。

“我在跟当家的谈，朱迪斯小姐，”格洛伯曼摘下脏兮兮的贝雷帽，“那母牛是个阴阳崽儿，拉比诺维奇，你把她卖了，那头老母牛我也给你个好价。我认识个阿拉伯人，他会出高价买死牛。”

小母牛已然开始走动。她浑身湿漉漉，摇摇晃晃地四处找奶喝。她来到朱迪斯跟前，朱迪斯随即拿起个口袋，替她擦拭身上的黏液和鲜血。

“拉比诺维奇，”朱迪斯突然道，“我从没求过你什么。请你别把这头小牛卖给他。”

“女人的请求，”格洛伯曼说，“那可是世界上最美的声音。”

“把这小母牛留下，我来照顾她。”

牛贩子说：“她不是母牛，就是个小牛犊。我现在就牵走他。他都能自己走了。”

“不行！”朱迪斯大声尖叫，声音有些刺耳、怪异。

摩西看看她，看看牛贩子，再看看小牛和自己的脚。

“格洛伯曼，”他终于开口，“你说她是个小牛犊？那我就按牛犊的卖法跟你做生意。我们先养着，让她增增重，半年后再卖给你。”

牛贩子拿出本子，从耳根后取下铅笔问：“你打算给她取啥名？”

“烤肉。”奥代德提议。

“奥代德，你闭嘴！”娜奥米道。

“我们不给她起名，”摩西道，“只有奶牛才有名字。”

院子里的乌鸦雀跃着，鸟喙上还沾着滴血的胎盘碎片。

“我需要个名字，”格洛伯曼依旧坚持，“没有名字，我没法记。”

“叫蕾切尔。”朱迪斯说。

“蕾切尔？”摩西一脸意外。

“蕾切尔。”朱迪斯重复道。

后来，我长大了，妈妈把她和蕾切尔的另一半故事告诉我。我这才明白，蕾切尔是我被带去美国的姐姐的名字。当我找妈妈确认时，她沉着脸说：“瞎说什么呢，萨义德？你真能胡猜。”

“那她叫什么？”我问，“您是不是也该告诉我了？”

“A nafka mina。”妈妈回答。

我以为那是意第绪语，后来才知道，那是一句阿拉米语，意为“管他呢”。

45

“朱迪斯小姐，你终究会成为我的人。”

“休想，即便这世上男人都死光了也不可能。”

“朱迪斯小姐，你需要一个有心有钱的男人。心地宽厚，出手大方。这里除了我还有谁能做到？”

狡猾的牛贩子慢慢接近主题，他的话越来越犀利，几乎将毕生对畜对人之所学所见全部用在摩西和朱迪斯身上。他开始当着拉比诺维奇的面送些小礼物给朱迪斯，以此观察二人的反应。

一次他来了，看到朱迪斯不在院里，便对摩西说：“老爷，我给朱迪斯小姐带了点小玩意儿，她回来后麻烦你转交给她，别忘了告诉她是谁送的。”

还有一次，他竟然对着摩西哈腰——摩西比他矮一头——还用嘲讽的口气问：“老爷，您跟那女人住在一个院里，居然忍得住？”

朱迪斯和娜奥米正从院里经过，提着铁桶正准备去饮小牛。牛贩子看到我母亲，说了一句连他自己都没想到的下流话：“那种奶子，就是大夫也挤不出个啥来。”

朱迪斯把蕾切尔放到最后喂。这个狂野健壮的小孤儿哞哞叫个不停。朱迪斯向她走去时，她迫不及待地把头伸进桶里，结果太心急反而差点打翻了桶。朱迪斯摸摸她的脖子，对她温柔低语。

“别给她喂太多，”娜奥米小声道，生怕爸爸和格洛伯曼听见，“喂多了她会长胖，胖了爸爸就要卖给牛贩子了。”

“他不会卖的，诺米尔。这头小牛是我的。”

白化病葬礼过后数日，村委会办了一次拍卖会，拍卖他生前的财产。

一个从海法来的男人——村倌儿帕比什叫他“怪家伙”——为了那五套西装不惜还价几个钟头。

家住伊鲁特，繁育杂交雀的阿拉伯盲人买下了墨镜和几只空鸟笼。

雅各布买下了那些脏兮兮的锅具——那些东西根本没人要，还说他会继续照顾那些金丝雀，因为没人知道该拿它们怎么办。

绿色的皮卡也在拍卖会成交出售。

他们特意从城里请来专门的拍卖师，全村人都跑来看热闹。买家只有两个：附近基布兹的出纳和牛贩子格洛伯曼。

在现场见到他的对手，出纳笑了：“格洛伯曼，你什么时候开始研究汽车了？你连开都不会开。”

牛贩子在皮卡周围转了转，摸了摸挡泥板和引擎盖，又按了按轮胎，看里面有没有问题。然后他找人开着车转了个圈。所有人都在窃笑，有人大喊：“格洛伯曼，卡车吞了个钉子！”牛贩子站在圆圈中心，郑重地挥舞着拐棍，倾听引擎声，观察飞转的轮胎。

“后面能载得了两头奶牛，前座还能坐下个女人？”他问。对方给出肯定的回答后，格洛伯曼心满意足。他从口袋里掏出一捆钞票——就像传闻中那样豪爽，没有人再窃笑。那么厚一沓钱给出去，拍卖会也就失去了继续下去的必要。

绿皮卡变成了牛贩子的财产，丢了面子的出纳回到他的基布兹。格洛伯曼给了拍卖师半个里拉[1]和一箱啤酒，作为这场“好营生”的酬谢，然后送他回城了。

1.里拉：土耳其、马耳他、塞浦路斯、意大利等国的旧本位货币单位。

46

自家孵出来的小鸡在拉比诺维奇的农场成长，雅各布觉得他也有了上门拜访的借口。盘算了一周之后，他来到拉比诺维奇家门前：“我来看看鸡仔儿长得怎么样。”

他问朱迪斯都用什么喂鸡，还给出各种推荐和建议。最终，他鼓起勇气问她要不要学折纸船，好跟摩西家的孩子打成一片。

还没等朱迪斯回答，雅各布便掏出几张纸坐下开始折。他的手法异常熟练，又折又翻又用指甲捋，不一会儿，四艘漂亮的纸船便出现在桌子上。

“要不要跟我到院子里，把船放进饮槽试试？”

小船在槽里的水面上颠簸，看上去又平又稳。

“这样的小船，放在河里也不会沉，”他保证道，接着，出乎两人意料，他壮着胆子抓住她的中指道：“朱迪斯，我不是什么伟大的人物，长得不好看，也没有什么钱。上帝在分配聪明和美丽时，我没排在前面，虽不是最后一个，但也很靠后。可当他分配耐性时，其他人不耐烦都走了，只有我一直站在队里等。我们这些雅各布就是这样。我不是格洛伯曼，也不是拉比诺维奇，我不是任何人。不过，七年的等待对我来讲不过是几天，我有的是耐心。”

突然间，他杯中的白兰地有些颤动，眼里也泛起了泪光。他低下头，几乎将脸贴在盘子上。

“你看，我等了七年多，一直等到她死去。之后我没有继续等。一个死去的女人等下去还有什么意义？死去的女人只能用来想念，等什么？她死了，从那以后，我想的全是问题：怎么回事？我怎么会失去她？如果我这样，如果我那样，最终会如何？每件事我都做得很好，都按部就班。萨义德啊，她是不是对你说过些什么？”

“没有。”我回答，害怕他会继续问下去。

雅各布眯起眼睛看着我。

“我该走了。”我说。

“有时候母亲会跟儿子分享秘密。”

“我妈可不会。你对她的了解比我多多了。”

“但你在她身边更久。”

“我该走了，沙因菲尔德。”

他笑着做了个苦相。

“沙因菲尔德，沙因菲尔德……”几分钟后他又问，“这会儿你怎么回去？大半夜的，公交也没了。这样，我在另一个屋给你铺张床吧。”

“我走路回去，”说话时我有些迫不及待，“我知道哪里可以抄近路。回去正好赶上早晨挤奶，给摩西帮忙。”

“从这里走路回村？夜里穿过林子？太危险了。”

“危险？”我乐了，“死亡天使可是很有章法的。见到叫萨义德的小男孩，肯定立马调头找别人去了。站在我旁边你可要小心啊，雅各布。死亡天使也许会因此找上你哦。”

“你已经不是小男孩了。”

“可还没到当祖父的岁数。”

“死亡天使就像是经营果园的果农，”雅各布对我说，“每天早上他都四处查看，寻找着成熟的果实。以前，我们家那边有个这样的外族人。他会在成熟的果子上绑彩带，提醒自己记得采摘。他还有另一个怪习惯——去哪里都带着吃的。即便只去个商店，也在小袋里装上面包、奶酪，再带些喝的，这样就不用求人。一次——”

“雅各布，”我站起身，“下次再讲吧，我真的得走了。”

“你不吃我做的意大利甜品了吗？有蛋黄，有酒，你最爱的那个？”

“不用了，雅各布，我该走了。”

“那就走吧，萨义德。省得说你爸爸强留你。”

“饭好吃吗？”他在我身后大喊。

“好吃，”我在黑暗中边跑边回应，“太好吃了。”

“我还会邀请你的，你会来吧？”黑暗中的声音问。

“来，来。”

我顺着东山坡滑下，跌跌撞撞，还绊在树丛和石头上。我沉浸在沟里的土木香的味道中，从鹅卵石上跳跃而过，然后爬上另一侧河岸，翻过前面的山脊。等走上大路时，远处传来卡车的引擎声，光晕徐徐向山上移动，橙色的车灯和发光的三角在村里运牛奶的大卡车的车顶闪烁。

爬坡结束，奥代德一次又一次换挡，同时开始加速。我穿出林子上了路，站在车头灯照得到的地方挥舞双臂。我知道他的刹车距离。

鸣笛声响起，大声表示确认，负重的牛奶车刚一减速，我就跳了上去，抓住梯子爬进车里。我既兴奋又焦虑。

“萨义德，你跑到这里干吗？”奥代德大喊，“你是从哪儿突然蹦出来的？在提翁有相好的？”

“我在哪都没相好的。”

“又去找你那个笨蛋了？”

“你要是这么说我爸，我以后也这么说你爸。”

“吃好吃的了没？”奥代德大声问，“有没有给我带点剩的？”

长时间与柴油引擎做伴，奥代德已习惯于大吼大叫，开不开卡车都是如此。

“有些搭顺风车的人被我的嚷嚷吓到，中途非闹着要下车，”他笑道，“在家也是一样。以前我们家黛娜就为这事生我的气：‘明明是说给我听的，为什么全村都听得见？’她以前常说：‘我就在你跟前，你说啥我都听得见。’可我能怎么办？一天，从米列克谷出来，我发现即使是跟我自己说话，我都一个字也听不见。从那以后我就开始喊。”

我就是通过这些人了解自己的身世：有钱人格洛伯曼，烹饪美食的雅各布，徒手掰钉子的拉比诺维奇，不能说话就写条儿的梅纳汉姆伯伯，喜欢被爱抚的娜奥米，还有大喊大叫的奥代德。

“有朝一日，你会把这一切记录下来，”奥代德曾经对我大喊，“不然我告诉你这些干吗——关于我爸爸、你妈妈、娜奥米、梅纳汉姆伯伯，还有格洛伯曼，还有这一切？你要把所有东西都写下来，好让每个人都知道。听到没，萨义德？写下来！”

第三餐

47

十二年后，雅各布第三次请我上门。在这十二年中，我在耶路撒冷读了两年大学，其余十年在拉比诺维奇的牛舍中度过。

摩西将农场留给了我，对此奥代德毫不介意。比起奶牛，他更喜欢卡车，之后还依旧时不时载着我去看娜奥米。

漫长的夜车旅途中，我不再打瞌睡，而是竖起耳朵，听奥代德嚷嚷着讲述那些回忆、希望和梦想，那份坦率出乎我意料。他总时不时问："萨义德，你会写下来，对吧？"我喜欢搭他的车，听他说话，所以才一直没告诉他：他所要求的，我不打算做。

摩西决定削减工作量。他把地租给村里的合作种植户，只给自己留下几头奶牛和一栏准备日后割肉的小牛。我戴上母亲的旧围裙，头系蓝巾，和她一样在牛舍、厨房、家中和院中忙碌。

我没有弃那些乌鸦于不顾。在耶路撒冷时，一位红发教授——就是娜奥米口中的"头号骗子"——看出了我对实验室的厌恶和对观鸟的热情，对我攀爬、冒险和观察的能力很是赏识。我退学返乡数月后，一日，他出现在我家门前，让我到山谷里替他完成些后续工作，主要研究乌鸦在人类社会中的栖息过程及其对当地小鸣禽造成的危害。

那时候，村里人已经对我无可奈何。眼看着我每日盯着乌鸦，想想我的名字，想想我如何不合群，再想想我的母亲，林林总总的印象搅在一起，咀嚼过后，他们对我的性格也就有了定论。在那样一个以生育与耕作为头等要务的社群中，我无疑是个异类。

总之，在1963年，我仍在耶路撒冷研究动物学。这只是一个既定事实，对我所要讲述的故事没有任何影响。特拉桑塔的实验室和“俄国大院”[1]都让我感到厌倦。窗外茂密的松林中，乌鸦在聚集、孵蛋。我多么渴望能爬到树上窥视它们的窝巢，而不是观察显微镜下的标本。

“我不喜欢那些显微镜，”我告诉娜奥米，“想知道的一切明明都可以用肉眼观察。”

“那你喜欢什么？”娜奥米问。

“我喜欢你，娜奥米，”我说，“从我出生那天起，我就喜欢上了你。我还记得我们初次见面的情景。那时我刚出生，而你已经十六岁，一睁眼我就看到你。我看着你，对你倾诉。”

“那你现在在等什么，萨义德？”

“等你到我名字的这个岁数。”

娜奥米笑了：“我知道你在等什么了，在等我老到生不了孩子。你一直都怕这个，怕你会有儿子，有孙子，怕死亡天使降临。真是个傻瓜！”

娜奥米和梅尔有一个儿子，他在我十岁那年出生。我已经说过，我不想提他：尤其是因为他的出生与母亲的死期离得太近；并

1.俄国大院（the Russian Compound）：耶路撒冷城区名，为城中心最古老的城区之一。

且，他与母亲的故事也没有任何联系。

在耶路撒冷待了几个月，我已将当地的鸦群了解得差不多。我时常去拜访“月林”和麻风病院的乌鸦群，也会去看看德国殖民公墓的那一大群和“以色列之家”[1]的一小撮儿。我从“回想摩西”[2]窥视，观察边界另一边亚美尼亚区的乌鸦集会。

第二年年末，我舍弃了这些趣味和那枯燥的研究，离开冰冷的耶路撒冷，回到村子。

1.以色列之家（Beth Israel）：耶路撒冷中部犹太社区名。

2.回想摩西（Yemin Moshe）：耶路撒冷老街区名。

48

第一次共进晚餐时，雅各布五十五岁，我十二岁，两个人都很尴尬。

第二次，我退役回家，饶有兴致地拿他打趣。雅各布比他的实际年龄更显苍老。

这一次，我已年过三十，雅各布也年过七旬。我手中握着第三餐的邀请函，心中一紧。那是一张打印的邀请函，装点得十分花哨。想到他不辞辛苦找铺子，就为印这么一张请柬，我心中既激动又怜惜。

“我在外面的车里等你。”来接我的司机说，上一次的邀请函也是他送来的。如今，他依旧开车载着雅各布，时不时到巴士站坐坐。

“进来喝一杯吧，我准备准备。”我提议道。

“不用了。经常等他，我已经习惯了。”

我告诉摩西当晚我不能在家挤奶，然后擦亮皮鞋，冲了澡，刮了胡子，换上白衬衣，随即出发。

这一次，雅各布穿着西装开门迎接我。这套衣服是丽贝卡的第二任丈夫穿剩下的。原本华丽名贵的套装，裹在雅各布身上却像是破布片。宽敞明亮、家什齐全的厨房里，他忙前忙后，看起来更像是误闯进慈善家房舍的乞丐。他两手颤抖，脑袋摇晃着，仿佛随时要脱臼，使得灶台边行云流水的好厨艺黯然失色。雅各布手腕轻轻一掂，就可以干净利落地给锅里的牛排翻面；他闭着眼睛就能判断烤肉熟了几分；和面准备包三角馄饨时，他撸起袖子，十指齐用，掌心、指肚，甚至连胳膊肘也没落下。

“几项任务要同时做。灶上一煎、两煮，三只锅子齐开火，这样才能充分利用时间。”

“不光在厨房，”随后他补充道，“人们都以为时间只跟着自己的步调走。可你在村里挤奶时，树上的柚子也正在成熟，晾衣绳上的衣服正在变干，某人的灵魂正缓慢地抽离肉体。在你熟睡时，蚯蚓正在泥土中做工，云朵正缓缓飘过天空，小宝宝正在母亲肚子里长大；而在美国，某人正乘火车奔向爱人。夏天，屋顶晾晒的果肉徐徐变干。你要知道，萨义德，在那颗杏子逐渐干瘪的过程中，鸟儿正繁育幼仔，或寻找新的伴侣。战时我曾在报上看到：盟军正全面发动进攻。我很喜欢这个说法。同时全面进攻，所有同盟一齐出动。想想看，如果大家一个接一个往前冲的话，这仗到现在也打不完。如果你是这样看待世界的话，你的小盒子里也一下子多出许多时间。这你想过吗，萨义德？”

锅里开始沸腾，蒸汽中弥散着调料的香气，细腻而柔缓。那香气从雅各布的手中飘出，沁入我的面庞。比起争夺与模仿，他更喜欢通过感受与探索成就美味。他没有因经验和技艺而变得不可一世，而是对绿色的黄瓜、新鲜的鸡蛋、肉类、水果这样的食材充满敬意。

“我跟你说过是谁教我厨艺的吧？就是那个喜欢跳舞和模仿人

畜声音的胖子帮工。知道吗？他可做得一手好菜。他告诉我，内心的感受可以相互掺拌，食物里的佐料则应逐一铺陈。萨义德，这就是为什么烹饪用盐要优于餐桌调味盐——后者溶得太快。而在灵魂深处，爱应与忧虑和憎恨相伴，恨则与渴望、恐惧和一点点喜悦随行。否则，你会感到身心俱裂。”

“而且别忘了，烹饪和美食都不是目的。它们只是达成目的的手段。烹饪其实很枯燥，比下地干活好不到哪去。”他补充道。

突然，雅各布将手指伸进沸腾的锅内，我吃惊得差点跳起来。

“就这么把手伸进去，不疼吗？”

“疼？”他嘬嘬手指品着味道，“还有什么能伤到我这副皮囊？如今我耳朵听不真，眼睛看不清，对疼痛已经麻木，记性也大不如前。疼痛和记忆就好像听觉和视觉，同样也是感官，对吧？今早我还在想，一个记性不好的人，会不会连死亡也忘记？就这样一日日蹒跚向前，直到没人记得我们的名字和过往。一个老头子，除了衰老还有什么？要力气没力气，要智慧没智慧，要女人没女人，只剩下些许记忆蚕食着身体。”

停顿了片刻，他又道：“即使上帝让你再多活几年，也无非是多些时间犯傻而已。”

“河边村子里有个上了年纪的外族人。百岁之时，他突然开始担惊受怕，担心他们再也不会把他带到另一个世界。因为即使在那里，也是年轻人更吃香。也许正因如此，死亡天使才对你母亲怀恨在心，谁让她给你取了这么个名字。本以为会来个唾手可得的嫩小伙儿，结果是个叫萨义德的小老头儿，真是倒了血霉！于是，一到星期天，那老人就跑去教堂，对着上帝嚷嚷，让上帝赶紧把他带走，说他已经受够了，等了这么长时间，一直都有人插在他前面，害得他上不了路。知道吗？衰老不用学习，不用努力，不需要智慧，也无所谓成功。只要你耐心等，它一准儿来。就说我吧，打几年前就开始不再对着镜子刮胡子了。快问我为什么，快问！”

“为什么？”

“我来告诉你：第一，长期习惯中，手已经对脸上的部位轻车熟路，根本用不着镜子；第二，到我这个岁数，你总会在镜子里看到另一个人。那就把镜子留给那个人吧，我用不着。衰老还有个好处：一上了年纪，周围各种各样的人一下子少了很多。一些人消失是因为我受够了他们，一些人则是被我遗忘——这可是个摆脱别人的绝佳办法，一些人因为见不着而淡出记忆，还有一些死掉的，索性不再惦记。这时你就知道，你被死亡天使盯上了。这就好像炮兵从远处发射：第一发炮弹落在目标附近，然后徐徐逼近目标，直到命中。与此同时，我就好像孤岛上的鲁滨逊，一天天这么熬。晚年的生活就是这样，孤岛一座。我走到哪里，孤岛就跟到哪里。正因如此，街上才没人去理会老者，那座岛的四周仿佛被水包围，与他人隔绝。偶尔看到远方有船只，你生起篝火，跳着脚呼喊：‘我在这儿！我还活着！’然而，搭理你的除了杂货铺跑腿的伙计和清洁工，就是十年来一次的萨义德。幸好村倌儿帕比什偶尔会来，从他的岛游到我的岛，就为跟我说说话，更为了看看丽贝卡的照片，冲着我大吼大叫。以前他坐公共汽车来，现在改成打电话，我派车像招待贵族一样把他接来。前些日子我还告诉他，我的脑袋已经成了糨糊，你猜他怎么说？‘沙因菲尔德，这没什么好怕的。你三十岁那会儿就已经是个糊涂蛋了。’直到现在，他依然嘲笑我的谈吐。有什么好笑的？他念宗教学校和法典学校那会儿，我却在养舅的铺子里做牛做马。不过，帕比什对我最大的不满是因为丽贝卡，到今天他都不能释怀。每次他来，一坐下就盯着她的照片叹气。一次他说：‘帮我个忙，给我讲讲她不穿衣服时有多美。’相信我，他图的就是这个——我描述的每个细节，每个点，每条曲线。这家伙还真好意思开口！”

很奇怪，我的嘴角有些微微发紧，仿佛被婴儿的手指扯住——即使从未有婴儿碰过我的嘴唇。我知道，自己在微笑。

“萨义德啊，如果你走运，这也许就是我们最后一次共进晚餐。以后你爸爸再也不会烦你了，好不好？”

他吃力地站起身，走到一直沙沙作响的大黑烤箱跟前。厚重的箱门一开，迷迭香、红酒、橄榄和大蒜的香气瞬间弥散，仿佛急不可待的燕子，一只只扇动翅膀，在我的鼻侧徘徊，使我因美味而迷醉。

“雅各布，你烤的是什么？”

“一只可怜的羔羊。伊鲁特村里有个盲老汉，以前我们认识。他跟孙子一起把羊送了来。说了你都不信：平白无故来了个阿拉伯小伙敲门，丢下一句‘给你的’之后转身就走，留下只羊羔杵在门口。我一个人宰了羊，把它挂在树上扒了皮。你能相信吗？在提翁的橡树街居然还有人宰羊扒皮。这种地方，你在街上扔块糖纸都会遭白眼，可宰羊却没人注意。连那只羊都毫无察觉，这可真有意思。绵羊和山羊一般对死期毫无预感，但奶牛会察觉，伤心得浑身发软。以后我会教你如何给羊扒皮。很多类似的技巧都要从父亲那里学习，掌握了就万事轻松，不懂则毫无头绪。你还从未尝过纯羔羊肉的美味。那肉质软嫩无比，简直可以用勺舀着吃。”

他自顾自笑着摆放餐台，给我切了肉，又加了些风味米饭，自己却还是吃煎鸡蛋、橄榄沙拉和奶酪。

“吃吧，我的孩子。”

羔羊肉的确嫩滑可口，味道也富有层次，仿佛一幅色彩绚丽的春日田景刺绣。

“萨义德，要是你愿意，我可以用手喂你吃，就像喂小孩或者喂女人那样。”

“不用了，雅各布。”

“用手喂一个人吃饭就好像注视他的裸体。以后若看到有人这样喂饭，记得仔细观察那个被喂的人。观察他的目光，他张开的鼻孔。唾液在口中汇聚，他双唇微启，下巴微落，舌头微微伸出以接受食物。如果是给女人喂，记得要赶快把手指抽回，毕竟咬食是本能反应，有时不由人。来，萨义德，张嘴。”说着，一小块美味便莫名其妙来到我嘴边。

我稍一迟疑，雅各布便叹了口气，将肉放回盘里。

“好吃吗？”他问。

“特别好吃！仿佛孔雀在嘴里开屏一样。”

“你说得真好，就像村倌儿帕比什形容女人的美丽一样。祝你健康——”

“我的儿子”连同那些酝酿已久的祝愿之词，他始终还是没说出口。那些词句只能积聚在胸，哽咽在喉。

49

以前老人家都说，纸船河中行，遇坡无踪影。

“那才是最大的不幸。小伙子的纸船好容易漂了那么远，说不见就不见了。他余生再也无法安心。即使有朝一日结了婚，也得不了安生。那条纸船会继续在他的脑海里漂行，每晚都驶向不同的女人。”

六十年后，一个无人认识的陌生女人来到村里。一进村，她就直奔一个叫诺兹德廖夫的农民家。那个农民都七八十岁了，早已不受女人的待见。

“自从他的纸船消失后，他结了四次婚，每次都是新婚不久妻子就死去。这分明是上帝发出的启示。”

那女人扯了几次铃绳。然而诺兹德廖夫上了年纪，耳朵不好使。她敲门叫嚷了一阵，最后还得自己开门进屋。当女人将手搭在老者肩头，他转过身子，一脸笑意地望着她，尽管还不明白一切是何道理。然而一转身，他就认出，眼前这个俊俏的女人正是他多年来魂牵梦萦的那个。现在，老人眼见她将一个个奇怪的女人从他的梦中驱逐了出去。

他眼里噙满泪水，知道自己一醒来，这个女人也会像之前一样消失。可是，这位来客伸出两条芳香的玉臂，实实在在地搂住他褶皱的脖子，将他干枯的身体顶在自己温暖诱人的胸口，他感动得简直要哭。

她的舌头在诺兹德廖夫嘴里探索，连一颗可以挑逗的牙齿都没找到。可就在当天，这两个人来到教堂，女人拿出多年前放入水中的一艘纸船给神父看。那船下水时，女人还远未出生；而当小船来到她身边时，船的折痕依然分明，字迹仍旧清晰。经历六十年的漫漫旅途，小船终于在出发地以东两百英里的地方找到了归宿。

“从那时起，我便向这里走来，来找他，”女人指了指老者，“一边走，一边沿河寻找。”

“她手里还拿了一根小树枝，”雅各布道，“寻找中的人往往都会拿着这样的树枝。你知道吗，萨义德，有人知道如何用它寻找土壤中的水。他们像常人一般行走，在行走中寻觅，等待着树枝变弯，等待小船的到来，等待着内心最后的呐喊，等待着命根子硬挺，等待着目光深入地下。你母亲以前就这样走路。她会穿一条漂亮的裙子，从田间小径走上大路，然后消失在山里，一走就是半天。她不带食物，不拄棍子，也不带娜奥米。只有蕾切尔跟着她。小娜奥米有时会跟在她们身后，直到朱迪斯把她劝回家。蕾切尔有时也会用头顶着小姑娘，仿佛在说：回家吧，诺米尔，快回去，快回去。那头奶牛完全像个公的，你见到她的时候她已经老了。以前啊，她总是活蹦乱跳的，叫声好像山羊。要是你摸她的奶，她非踢死你不可。这家伙力大如公牛，敏感如幼崽。可一见到你妈妈，却像黄油般温顺。有一回，朱迪斯甚至把她拴在马车上。我不骗你，萨义德，套着车下地拉苜蓿。傍晚，她们从地里归来，朱迪斯还会买一两瓶酒。你也知道，她偶尔喜欢喝上一口，这也不是什么秘密。有些人对此说三道四，但她懂得节制，从来不会喝醉。我和她的婚礼是我一手操办的，当时还找到了她买格拉帕酒的地方呢，就在拿撒勒[1]的一个修道院。那儿有个意大利人酿这种酒，天知道你妈妈是怎么找到他的。以前，她牵着牛徒步走去拿撒勒，穿山过村，毫无畏惧，也不在乎有陌生人接近。长话短说，牛贩子一知道你母亲爱喝酒，便动不动就搞点酒上门献殷勤，好像是发现了缝隙的鼹鼠，想方设法要把缝儿弄宽弄大。以前他俩常在牛舍里一起喝酒。不过，她的门总是大敞着，一来这样就没人说闲话，二来访客也不敢动歪脑筋，你明白吗？你妈妈对格洛伯曼可真是恨之入骨啊。牛贩子虽然生性恶劣，既粗俗又贪婪，见了你妈妈却怕得要死。不过，他们俩确实会在一起喝酒。两人喝得不多，而且还很慢，不过还是像在相互较劲——不是看谁先像个外族佬一样喝翻，而是看谁先看着对方笑出来。到现在我才明白，牛贩子是我们当中最聪明的一个。只有他懂得爱不仅仅是付出，也要有很多索取；也只有他明白，不能将爱情和盘托出，因为恋爱中的一时软弱将会让你在余生付出惨痛的代价。他俩喝酒时，桌上总会有些吃食，也是格洛伯曼一起带来的。喝酒的人都知道——萨义德，这你要记住——酒不同，搭配的吃食也不一样，二者相辅相成。白兰地要配甜食，杜松子酒要配咸品，伏特加配什么都行。简单来说，喝酒最好配些食物，这样就喝得慢，喝得久。不能端起杯子猛干，明白吗，萨义德？慢慢喝，要闻，要品，要说，要嚼，要润色说出的话。牛贩子从不缺少这样的觉悟，当然也知道许多其中的窍门，例如一点点地吃，一点点地喝，越慢越好，两人共处的时间就越长。话匣子渐渐打开，你可以慢慢说，慢

1.拿撒勒：巴勒斯坦北部城市。

慢想。有一次，我还看到他俩干杯‘敬人生’呢。牛贩子说：‘也请朱迪斯小姐的耳朵笑纳。’紧接着，杯子相碰发出一种村里不曾听到的声响——在村里，最动听的不过是铁轭套上牛角的声音。朱迪斯突然对他笑笑，我还从未见过她那样的笑容，令我为之倾倒，泪流满面。而牛贩子那个畜生看了却不为所动。他倾倒也只是在心里，流泪也没在脸上。萨义德，你要知道，那些肉贩子对待女人可谓别有一套。以前，老家人都说：贩肉的最懂什么时候陪寡妇掉泪，什么时候陪她跳舞。不像我们。我们假设下，要是换个时间，要是我不在果园遇见她，而是一周后在街上，或是清早在货栈，一切都会截然不同。然而没有办法，我就是在果园里看到她的马车从田间驶过，身边是黄绿色的花海，当时我立马明白：这就是上帝给我的礼物，这就是我纸船的归宿，我的鸟儿，为我插上翅膀的女人。我告诉自己：张开双手欣然接受吧，雅各布，免得日后因悔恨而惩罚自己——生命中最大的悲剧莫过于错过心爱的女人。”

他站起身在屋子里溜达，我切身感受到了他的痛苦，嘴巴里却不停地咀嚼着，吞咽着。

“错过了，你下半辈子都会在自我惩罚中度过。这比消失不见的纸船还令人痛心。你会比漂流的鲁滨逊更觉孤独。你明白我的意思吗，萨义德？在科德马河，在养舅的铺子，在以色列地，甚至是跟丽贝卡在一起时，我都是孤身一人。什么样的人才能与那样的美丽为伴啊？即便我已忘记她的样貌，那美丽的冲击力我仍记忆犹新。朱迪斯则不同。我一闭上眼睛，就能与她在一起。但跟丽贝卡在一起，正如《圣经》上所说，我就像是屋顶孤独的麻雀。那时的我已经不再是个孩子，每次做申命祷告时，我都会想：除了犹太人的上帝，没有人比我更加孤独。所以他才会成为唯一的主。快听啊，以色列，我们的主独自一人，多么令人怜惜。他如此独特又如此孤独。我一说‘快听啊，以色列’，养舅便举手要打。那时我已经长大，二话不说便拼尽全力一下下还击。他打了我这么多年，这是我第一次还手，也是我最后一次打人。养舅摔倒在地，我起身离开。前往以色列地之前，我再也没有回去找他。不过，某一年普林节时，一个喝醉的家伙爬上舞台，非说一主之说是摩西[1]编造的，好让沙漠里的犹太人好过些。想象一下像非利士人、希腊人和外族人那样在沙漠中跋涉，背上背着四十尊石像，在炎热的戈壁中举步维艰是怎样的情形。摩西这样一说，只有一座方舟，一个上主，方舟上有手柄，两个利未人拉着，头顶有天使的羽翼为他们遮挡太阳，人们也不需要再去记住那么多神明的名字与他们之间的恩怨情仇。”

“犹太人的上帝，”雅各布总结道，“喜欢羔羊，有时可能也喜欢鸽子或细面，甜食或甜点之类的东西他一口不吃，因为犹太人的上帝喜欢咸口。”

说着他突然高声唱了起来：

就在安息那一日
那一日，那一日
那一日，那一日
就在安息那一日
那一日，那一日
那一日，那一日
就在安息那一日

1.此处的摩西（Moses）指的是《圣经》故事中犹太人的领袖。

两只纯洁羔羊

就在安息那一日

两只纯洁羔羊

哎哎耶耶阿多乃[1]

哎耶耶耶耶耶

耶耶哎耶耶耶阿多乃

还有两成细面

调上油，调上油

特意为他留

还有两成细面

特意为他留

1.阿多乃（Adonai）：希伯来语对上帝的称谓，意为“我的主”。

50

有一阵子，牛贩子的皮卡就停在雅克比、雅克芭夫妇的院里。每次他进村，都要过去望上一眼。

“它得跟我混熟才行。”牛贩子解释道。他不想承认自己不会开车。

等到大家都开始笑话他，牛贩子暗下决心在土路上自学开车。很快，田间开始出现水印子，标记着他损坏的管子。在撞死了一头驴，毁了一块西瓜地，弄折了三棵苹果树之后，格洛伯曼收到村委会的警告：如果他再不找教练，就按法律追究他的责任。

好几个教练上赶着找他，可他毫不犹豫地选择了奥代德·拉比诺维奇。尽管当时的奥代德才十一岁，他的驾车技术却已远近闻名。

娜奥米告诉我，他哥哥同意去念一年级，只是为了读懂《马达、汽车与拖拉机》以及能给雷奥国际进口商写信。就这样，奥代德阅读各种关于汽车的读物，思考关于引擎的种种问题，梦里梦的都是传输、压缩比和变速器。凭借着专心与热诚，他成功自学了驾驶。奥代德没做过任何车上操练，因为已在想象中将每个步骤演练过上千次：挂挡，松离合，加速，减速，刹车，转弯……他就像将渴望积聚在心里的恋爱中人，厚积薄发中随时准备释放热情。

“你要总是模仿汽车的动静，以后嘴唇肯定厚得跟黑鬼似的。”梅纳汉姆伯伯警告他。

但奥代德并不理会。到了八岁时，他已经可以跟人探讨关于气冷与水冷的优劣对比和V型发动机与直列式发动机的好坏问题，令大人们大跌眼镜。有一次亚瑟·鲁宾[1]来村里访问。趁着群情兴奋的混乱场面，在鲁宾亲吻头戴花冠的孩子，而他的司机试图与丽贝卡·沙因菲尔德亲热时，奥代德溜进了鲁宾的加长福特，打火将车子开到了田里。

他开起车来就像个老练的司机，甚至还打了几个转，耍了几个特技，弄得尘烟四起。最终，他把车丢在某片果树林，一溜烟儿钻进桉树林，第二天一早才走回来。他还不知道，自己的行为在那些目击者眼中是多么令人钦佩与骄傲。蒙在鼓里的他还生怕会受到严重的惩罚。

如今，他试着将驾驶的心得传授给格洛伯曼，牛贩子对他也是言听计从。

“格洛伯曼，汽车不是奶牛！”一阵尖细的高叫声从皮卡中传出，格洛伯曼把车从路上开进了田里。“开车可不能抓着尾巴瞎晃悠，人家是有方向盘的！”

还好格洛伯曼走运，他的绿皮卡配有六个大笨活塞，有三个挡，特别禁折腾。发动机从不堵塞，厚实的金属盖足以经受新主人造成的各种考验和打击。

说了这么多，我们必须得承认：牛贩子是个守法的人。他还亲

1. 亚瑟·鲁宾（1876—1943）：犹太复国主义思想家、活动领袖。

自跑到海法的托管许可处，找了个通晓这方面的官员，用五十磅上好的牛肩肉换来两张驾驶许可证，一张给自己，一张给他的小老师。这两张许可证什么车都管：摩托、公共汽车、私家车、大小各类卡车都能用。

“火车和飞机的执照他们不发。”他笑着假装抱怨。

即使驾驶证到了手，他还是继续跟着奥代德学习，直到奥代德叫停。

“这么说我学会开车了？”牛贩子问。

“没，”男孩说，“不过你的水平也就是这样了。”

格洛伯曼依旧坚持。一天，奥代德回到家中，手中拿着一大捧颜色绚丽的玫瑰花。

“给你的，”他告诉朱迪斯，“是牛贩子给的，不是我。”

朱迪斯接过来，一眼就看出这不是花束，而是一条印花的裙子。她用两手展开看看，尽管很生气，但还是不得不承认：牛贩子品位不俗，出手也大方。

傍晚，格洛伯曼来到拉比诺维奇家的院子，开门就往牛舍里走，正赶上朱迪斯在镜前试穿他的礼物。

牛贩子得意地大叫：“朱迪斯小姐，你说说，一个一眼就能看出奶牛体重的人，难道还需要量尺才能给女人买合身的裙子？”

粗俗的类比没有冒犯朱迪斯。牛贩子说的是事实，这一点才让她气愤。那条裙子的确非常合身。

“你没敲门！”朱迪斯气急败坏。

“朱迪斯小姐，这里是牛舍嘛，”格洛伯曼直起身，“这是我的工作。在村里逛杂货店时，难不成你还要敲敲门才进去？”

“这里不光是牛舍，还是我的家！”

“拉比诺维奇每次来挤奶也敲门？”

“流氓！这与你无关。”

格洛伯曼麻利地一个蹭步绕到朱迪斯跟前，步伐快得几乎无法察觉。

“我不求别的，只希望朱迪斯小姐穿着美丽的新裙子魅力四射时，感受着舒适的布料触碰全身时，也能想想送礼物的人。”

“滚出去！”朱迪斯道，“没人稀罕你的礼物。明天我就让奥代德还给你。”

“别等明天，就现在！”牛贩子大喊，“马上脱下来还给我。”说着，他无耻地往墙上一靠。

“我得先洗洗，这样你也能送给别的女人。反正哪个村里都有女人对你发春。”

“别洗，朱迪斯小姐，”格洛伯曼跪在她跟前，“就这么还给我吧，让你的体香留在衣服上。”

一旁的蕾切尔低下头，从胸腔深处发出一阵愤怒而低沉的哞哞声。格洛伯曼乐了。他站起身走到奶牛跟前，伸手摸了摸她的脖子。老练的手指从脖子开始，沿脊柱徘徊安抚，直到尾骨的最后一节。

他满意地打了个响舌：“他长得不赖。找个懂行的屠户，能卖个好价钱。”

“你这个畜生，这头母牛不会卖给你的。”朱迪斯道。

“他已经归我了，”牛贩子道，说着把笔记本拿出来翻查，“蕾切尔，对吧？有意思，一头公崽叫这么个名儿。在这儿呢，妥妥的，没错。他长到半岁就该归我，可拉比诺维奇一直拖着不交货。”

牛贩子是个聪明人，他看得出，这句话暴露了朱迪斯与摩西之间的一道裂痕。

“贩肉的行家办事都有章法，”几天后他对拉比诺维奇说，“蕾切尔已经记在我的名下，本儿上写得清清楚楚的。你什么时候把她卖给我，拉比诺维奇？”

“我还在考虑。这事儿有点复杂。”

“有什么复杂的？”格洛伯曼嘲笑道，“有奶农，有奶牛，有牛贩子，对吧？奶农和奶牛只需考虑死亡天使，牛贩子考虑钱，就这么简单。所以牛贩子从来都是赢家，因为丢命容易，只死一次，然后万事皆休；而亏钱可不好受，它反复发生，每一次都让人受罪。”

他看着摩西，不出他所料，摩西的眼神因愤怒而变得阴沉。

“公牛一头！”他冲摩西笑笑。牛贩子知道，摩西这样的人不轻易发火，不过一旦怒了，就一定不好惹。他拍了拍蕾切尔的肩头，又捏了几下，估计着脂肪的厚度和脂肪层下肌肉的力度。“多好的一头母牛。拉比诺维奇，你什么时候把蕾切尔卖给我？”

“我不能这么对她。”摩西说。

“对谁？对牛？怎么，你成人道主义协会的了？”

“对朱迪斯。”

“对朱迪斯小姐？”牛贩子纳闷地大声说，“这里究竟谁是管事儿的？是你还是你的帮工？”

摩西的眼神再次因愤怒而变得阴沉。

51

母亲在世时，奥代德总是看她不顺眼。他拿她打趣，故意惹她，在她死后态度也没改变。可我还是很喜欢奥代德，跟他在一起也很舒服。他开车带我去看娜奥米，又送我回家，给娜奥米送去包裹、信件和交给“头号骗子”的观察报告，还不停地跟我讲他父亲、我母亲和他妹妹的事。有时也说到黛娜——他曾经的妻子。

“我三十七岁半时跟黛娜结婚，三十八岁时离婚。萨义德，够夸张吧？”

黛娜的丈夫在1956年的西奈战役中阵亡，奥代德经朋友介绍认识了她。

“每个人都有那种朋友：他们自己的婚姻乱七八糟，所以要把其他人也拖下水。”

我还记得黛娜，她比奥代德小八岁，但比他高一英寸半。尽管长得不算漂亮，但头发泛起的蓝色光泽和古铜色的肌肤赋予她忧郁而躁动的气质，足以吸引有心人的目光。

婚礼后数月的某天夜里，奥代德出门跑车，突然觉得心里莫名地痛苦不安，甚至不敢再往前开。他把车停在公路边，琢磨了几分钟，继续往前开。没走多远他再次停下，终于下定决心掉头回村。

他在村务大厅门口关掉发动机，车子像一只巨大的铁貂，静静地沿着斜坡滑下，最后停在家门口。一辆奇怪的、满是灰尘的“无敌”牌摩托车停在树下，发动机还热着，机油味也很浓。奥代德下了车，往窗子里望去：黛娜正骑在某个人身上，身体纤瘦健美，特有的暗色皮肤闪闪发光。

奥代德觉得浑身的关节肌肉瘫软无力。他踉踉跄跄回到卡车上，打着火，把车开到村中心。他下了车，打开奶罐下面巨大的阀门，把自己锁在驾驶室里，手放在喇叭绳上。

一股牛奶喷薄而出，白色的恶流溢满大街。小公牛被奶香味激醒，还以为是美梦成真。卡车的鸣笛声和小牛的叫声惊醒了整个村庄。

“那是我这辈子最精彩的时刻，”奥代德告诉我，“比冲进屋里杀了他们俩痛快得多。那次我花了很多钱，又是赔牛奶，又是闹离婚打官司什么的。不过我跟你说，萨义德，那叫一个痛快！”

“想不想拉喇叭？”他又问，他总是这样问我。

那还用说！我伸出手拉下绳子。露气凝聚的草窠里，蟾蜍在回应。夜空中的残月陪伴着我们，它推开流云柔缓的拥抱，在温存的间隙中透射。

那个时段，奥代德的车载广播由南斯拉夫和希腊的尖声咆哮转回到希伯来语的频道。不过我也不需要广播。周围的各个角落都指示着时间，我再次寻找着指示纪年与季节的短针，以及标示着时辰的长针。树叶的色调表明已入晚秋。低洼处黎明的寒意已潜入隐蔽的水坑。东侧的天边开始现出苍白，五点差十分。

妈妈告诉过我：“萨义德，你不需要手表。看看，这世界上已经有这么多了。”

村里每一位农民都能根据秋日无声的闪电和春天绽放田间的花朵判断月份，而我则懂得根据乌鸦老巢的色调和雏鸟换毛的阶段判断时间。

“村子就像一个挂满钟表的大房间。”我写信给身在耶路撒冷的娜奥米，提醒她不要忘记。

她回信说她只有一个钟表——社区恪尽职守的送奶工。每天清晨，他都在六点十五分准时推着满载牛奶罐的小车出现，分秒不差。一边往前走，他还一边吆喝，两个拉长萎靡的音节在狭窄的楼梯间回响着：“牛——奶——”

就在几周前，我写信对娜奥米讲述破败的村务大厅——时光变迁的一个有力佐证。干枯的常春藤依然附在墙上，残缺的七脚吊灯装饰着屋顶，鸽子在礼堂的角落里安家筑巢。

燕子从通风口飞入哺育幼鸟，老放映室里散发着猫头鹰的屎臭。这不是长短针齐全的钟表，也不是沙漏，而是一台分层的时钟，以干巴巴的分泌物、阳台廊柱上的锈斑以及地上隆起的一处处尘土的厚度度量时间。隆起之下，蚁狮幼虫正挖掘着光滑的、漏斗状的死亡陷阱。

入口处都钉着木板，但破坏闯入的痕迹随处可见。当我刚刚进来，等待眼睛适应阴暗时，一股隐隐令人作呕的人粪味扑鼻而来，丑恶无所遁形。我顿觉无力，于是坐在一把脏兮兮的椅子上。黑暗中，木头刺耳的嘎吱声惊得四下里响起一阵翅膀扇动声。

有一回，我还让村倌儿帕比什吃了一惊。他也时常来村务大厅，踩着鸽子屎四处溜达，嘴里念念叨叨，嘟嘟囔囔，说的都是关于昔日的心碎和身体的疼痛。就在几年前，这里上演了最后一次演出。正如我信中对娜奥米所言，村倌儿帕比什“献上了他最精彩的一次表演”。从城里来了个剧团，年轻的女演员美貌远近闻名，山谷里的年轻小伙纷纷来到村里，想一睹为快。那种动人的美丽激不起爱与欲望，但却令人渴望丰收或死亡。她出现在舞台上，如女神般俯视众生。女神善心大发，让崇拜者在一小时之内得以一睹芳容。

村倌儿帕比什拖着苍老笨重的身躯突然起身，气愤地大声嚷嚷：“多年前，我们已经见识过丽贝卡·沙因菲尔德的美貌了。演电视的姑娘，她可比你漂亮多了！”说完转身就走。

帕比什生村里人的气，因为他们没有拯救村务大厅。他生雅各布的气，“因为他爱上了拉比诺维奇家的朱迪斯，逼得丽贝卡带着所有的美丽离开村子，分毫没有剩下。留下我们在丑陋的泥沼中挣扎”。

雅克比夫妇的旧家——即后来白化病的房舍——如今也是一片废墟。风雨已毁掉了屋顶，露水与蠕虫也侵蚀了挡板，剩下的不是被太阳蒸烤，就是被泥土吸收。人们眼见着屋舍逐渐萎缩，到头来只剩下疯长的海葵证明它曾经的存在。

不过，白化病为他的金丝雀所建的鸟舍倒依然挺立。再也没人来填食槽、灌水槽，笼门屋门总是大敞着。金丝雀来去自如，雅各布也没再来回顾过往。

“早晨和傍晚的时间总是过得最慢。”我说。

“交替之时要减速，”奥代德笑着说，“不然世界要翻车。”

我们离进村的拐弯处越来越近。奥代德连续挂挡减速，双脚在巨大的踏板间跳动转换，卡车闷声抖动着。

“好了，我们到家了。”他拐了个大圈，把车开上狭窄的进村路。

这条路以前是土路。夏天车压马踩、尘土飞扬，冬天则污泥遍地、泥泞难行，后来铺上了山里运来的碎石。之后拓宽时又重铺了一下，继而成了一英里左右的又窄又直的柏油路，道路两侧还种了木麻黄树固沙。

十字路口的一侧有个公交站，其实就是一个小小的锡顶雨棚，外加顶着标牌的铁杆。水泥凳上坐着雅各布·沙因菲尔德——一具瘦小萎缩的爱之木乃伊。他身穿蓝色长裤和白色棉布衬衫。树荫下依然停着他的出租车，司机在后座呼呼大睡。

奥代德刹住卡车，关掉发动机，寂静来袭。他把脑袋伸出车窗外大喊："怎么了，沙因菲尔德？"

"请进，请进，朋友们能来真是太好了，快请进。"说话的雅各布好像婚礼上的新郎官一样满脸热情。

"新娘子去哪儿了？"奥代德喊道。

然而，雅各布的目光从我们身上掠过，望向别处。

"瞧瞧他，"奥代德重复着他的诊断，"他要是匹马，早就被人一枪打死了。"

一辆绿色小车从路上驶过。

"请进，请进……"雅各布对着车子说，"请进，我们这儿今天办喜事哪。"

他笑着点头致意，眼睛盯着马路来回看，再也不理会我们两个。

52

即便是谎话精，也明白真相与虚构并非互为矛盾。它们是一对好邻居，彼此关心，相互支持。

梅尔曾跟我说过这个道理——大概是同样的意思，我记不太清了——然后他笑着补充说，谎言与真相并非南北对立，而更像是磁极与北极。

之所以这样说，是想声明我无意编造或抹杀自己的部分过往，也不想辩解、粉饰或篡改。这个故事的宗旨只是梳理线索——正如耕牛走的犁沟、引水的河道和人行的水泥路一般。

每每为命中注定的混乱而反感，或厌倦了无休止的假想与揣测时，我便通过回顾一连串精彩的小事寻求安慰。那个买下白化病五套西装的古怪家伙几个月后再度进村。他一言不发，直接进了书记办公室，把他在五套西装口袋里找到的五张纸条摆在桌上。每一张上都写着：“所有的鸟全归雅各布。”

沙因菲尔德也被叫来。尽管白化病死后他就一直在照料那些金丝雀，此时的他仍是既欢喜又害怕，心脏仿佛有大锤猛敲般狂跳不止。他一句话也没说，先去了鸟舍，然后返回家中，外套都没脱就倒在床上，直到次日下午丽贝卡一声大吼方才醒来。他们结婚这么久，这还是丽贝卡第一次大声喊叫。她想知道是怎么回事。

雅各布看着她的眼睛，那一双清澈透明的眼睛如今已变得像石膏般粗糙混沌。他平静地告诉丽贝卡，白化病将那些可怜的金丝雀遗赠给他，它们今后都归他所有了。

一时间，这个村子里最美丽的女人几乎要倒地尖叫。很快，她感到仿佛有一只无形的手臂支撑在后背和膝盖。之前所有的谜题瞬间清晰：丈夫的失眠、叹气以及对那些鸟儿的过分关心——老实说，它们的叫声根本没好听到哪儿去。

还有春日缓缓行经黄绿色的田野的朱迪斯，雅各布颤抖的样子，他难得小睡一会儿时说的梦话，还有他眼睛的虹膜颜色不对劲的那些日子……谜题一个个揭开，仿佛她的前额开了第三只天眼。丽贝卡径直走到小屋后，伸手一探，从地板与土地间的缝隙里拿出藏在那儿的那个黄色的金丝雀木雕，顺手将它扔掉。

她从那儿扛着采果梯来到鸟舍，架好梯子爬上去，在天花板和房顶间的空隙中又是伸手一探，将雅各布的小本子擎在手中。本子里用牛耕书写法写着：朱迪斯，朱迪斯，朱迪斯，朱迪斯，朱迪斯，朱迪斯，朱迪斯，斯迪朱，斯迪朱，斯迪朱，斯迪朱，斯迪朱，斯迪朱，斯迪朱，朱迪斯，朱迪斯，朱迪斯，朱迪斯，朱迪斯……

之后，她自信满满地来到柑橘园，树叶的沙沙声令人联想到那分明的叹息，朱迪斯，朱迪斯，朱迪斯，朱迪斯，朱迪斯。丽贝卡经过一排排果树，来来回回，朱迪斯，朱迪斯，朱迪斯……斯迪朱，斯迪朱，斯迪朱，朱迪斯，朱迪斯，朱迪斯……

在第三排第三棵果树下，她挖到了拉比诺维奇家帮工的蓝色头巾。那是一天夜里，雅各布提心吊胆从人家院里的晾衣绳上偷来的。

丽贝卡嘴角上扬，理清头绪，通过所有的疑点勾勒出了线索。

“她本身就美，年轻的时候更是美得无以复加。我们所有人都被迷住了。”村倌儿帕比什回忆道。

就在同一天，丽贝卡离开家，离开村子，带着衣裙、憎恨、美丽和智慧回到娘家——济赫龙雅各布的施瓦茨夫人那里。村倌儿帕比什一直尾随她出了村子，苦口婆心想劝她留下，承诺无论是遇到怎样的苦难，他都会想方设法解决。

“晴好的日子，她就这样走了。没人知道去哪儿，也没人知道原因。”他说。

伊人已去，化身飞鸟
逍遥高空，弃窝离巢
不及怀疑，不及预料

冷雨将至，数日不止
人人垂泪，悲戚处处
哀痛无声，徒留静穆

村倌儿帕比什伤感而庄重地背诵着，薄唇准确地发出每个音节，眼睑的开合呼应着诗行结尾的韵律。

年老、世故的施瓦茨夫人迅速而高效，一刻也没有休息。书信往来不断，信使和信鸽来来去去。不久后，一辆私人专车驶上济赫龙雅各布的高地，将丽贝卡母女送到古老的坦图拉港。

海上暖雾蒸腾，一艘精巧的白色小轮船从雾中现身，船身上分明写着“丽贝卡”的字样。一只小船从轮船放下，徐徐向岸边驶来。两名水手接应丽贝卡上船。

英国富商哈伊姆·格林正在甲板上等待。这位曾经的年轻中尉过去时常彻夜守候在丽贝卡门前。

“丽贝卡号”调了个头，两个烟囱烟雾喷薄，船渐行渐远。施瓦茨夫人见船完全消失，才上车回村。

二十五年间，无论是“丽贝卡号”还是丽贝卡本人，都没有再回以色列地。直到某天，报纸上刊登出一张“哈伊姆爵士与格林夫人”的照片，称二人“移居吾国，植根本地并投身建设”。照片拍摄于海法港的码头。对丽贝卡一直念念不忘的村倌儿帕比什得知后对着惊诧的路人大喊：“她回来了，她回来了，她回来了！”

的确，这位格林夫人就是丽贝卡，哈伊姆爵士是她丈夫。当年年轻的英国富商已摇身成为年老的英国银行界显贵。

“他可是个大人物，而且彬彬有礼。”村倌儿帕比什说。的确，哈伊姆爵士为学校捐款，出资在大学建实验室，资助穷苦学生，还在提翁的橡树街买了那栋漂亮的大房子。和气慷慨几乎是他一生言行的代名词，似乎正因如此，他才早早离开人世，好让自己的遗孀能在生命中的最后一年与前夫重聚。尽管她天性悲情任性，在生命的最后一年，年迈的她最终成了赢家。

丽贝卡离开村子的那一天，“全村人都惊得大跌眼镜”，只有雅各布丝毫没有留意。他把自己关进储藏室，忙着做一个巨大的木鸟笼，鸟笼的顶部漆成了蓝色与金色，配着搪瓷食槽、水槽和两个秋千。

夜晚，他从储藏室回到屋里，喊了几声：“丽贝卡……丽贝卡……”没人答应。他给自己泡了杯茶，然后上床睡觉。黎明前他起身出去了，甚至没注意到身边彻夜清冷的空床。

他醉心情事，简直无暇他顾。当晚朱迪斯饮牛归来，发现牛舍的梁上挂着个木头鸟笼。一只友善的大金丝雀在笼子里雀跃歌唱。这只鸟甚至能唱上一小段轻歌剧，是白化病留下的雄雀中最美艳的一只。墙上一张显眼的纸条写着一句老套的情话，兴许是抄来的：“人言所不及，雀鸟以咏之。”

53

之前我提过，拔示巴伯母将她丈夫梅纳汉姆归为“好鸟儿”，而梅纳汉姆的弟弟摩西却管他叫“疯鸟儿”。尽管如此，摩西很爱哥哥，他欣赏哥哥的睿智，甚至对他坦白自己趁夜寻找辫子的事。对此，梅纳汉姆跟摩西一样记忆犹新——除此之外，再无其他。

兄弟二人个性迥异，但差异却令他们越走越近，而不是渐行渐远。梅纳汉姆夫妇经常带着儿子们到邻村探望兄弟，而摩西也常和朱迪斯与孩子们一起去拜访哥哥和嫂子。

奥代德套上马车，在车板上垫了许多稻草以缓冲颠簸。他是个负责可靠的小伙子，这次依然要求执掌缰绳。

所有人在车上就座。蕾切尔从牛栏里一脸忧虑地望着他们，逗得娜奥米呵呵直乐。

“来—来—来—来。”朱迪斯吆喝着，蕾切尔轻轻跃过围栏跟到车前，迈开长腿嗒嗒地跟着，偶尔停下来衔几根苜蓿或亚麻花。

摩西面露不悦：“她干吗跟狗一样总跟着我们？”

娜奥米道：“爸爸，你在担心什么？没有人会说三道四。蕾切尔是想跟着朱迪斯，而且她又不会叫。”

朱迪斯说：“而且，她在路上吃了草，还能帮你省点饲料钱，拉比诺维奇。”

“真不像话！”摩西嘟囔着。

一条土路沿着村子与泉眼间的废旧管道蜿蜒延伸。以前，路旁蓖麻丛生，田边田鼠横行。夜晚，胡狼出洞捕鼠，然后来到村里，发出凄厉的高叫，猎物的鲜血就滴在房舍的窗根下。人们的心中充满恐惧与寒意，村里的土狗尽管个头比胡狼大，体格比胡狼壮，却也被那叫声所彰显的野蛮行径吓破了胆。那些土狗拼命地挠着门，乞求主人放它们进屋，生怕自己会被咬或被引诱。

数年后，我退学回村，在公用地耕种做工。整整四天，我驾驶一台老式D-6耕种机，按照喜欢的书写方式来回折返。猎鹰在我头顶盘旋，燕八哥和乌鸦也早已摸清了耕种的时节，成群结队地在我身后蹦跶，在翻起的松土中寻找虫子。刚来时，我还会纵容自己把机器从犁沟开上田埂，任凭铁刃豁开田边的鼠洞，雀鸟对田鼠群起而攻，大开杀戒。

田野尽头树上的若干鸟巢标志着那是河床溪流的转弯处。因河水的冲刷，大量淤泥在此处堆积，植物茂盛。

从儿时起，我就经常来这儿玩耍，在秋日的周六采摘覆盆子，在春天采摘海葵和水仙。

摩西不准我冬日前往。此时河水变浑，水位上涨，淤泥加深，河堤也开始变滑，十分危险。

“你干吗放他一个人去那儿？”摩西冲着妈妈大吼。

“他不会有事儿的。”说完，她转身对我道，“去吧，萨义德，早点回来。”

我去了河床。有时，我会看到三位父亲从远处偷偷看着我，担忧着我的安全。

如今，摩西连过河都让奥代德执掌缰绳。大家一言不发，摩西不再对任何人提起托妮奇卡。可是河床还在，河水还在，妻子溺死的地方也还在。

就是拉比诺维奇买来替代骡子、母驴的那匹马，每次过河的时候都会犹豫迟疑。他畏缩地迈入河中，鼻孔大张，梗着脖子，仿佛知晓之前发生的事情。而待他想从水中抽蹄退缩时，堤岸的坡度、马车的重量再加上身后奥代德的吆喝声迫使他不得不硬着头皮向前走。

马蹄浸在浅水之中，水下腾起一朵朵泥花。水面的倒影颤动着，随着点点扩散的珠母形波纹微微跳动。车轮驶过，河水立即变得浑浊不清。蜻蜓腾空而起，马儿矫健的腿上肌肉鼓起，奋力朝对岸的斜坡攀爬。

后轮出水，最后的几圈微波也被堤岸吸收，泥沙渐渐沉淀。宛如女人的肌肤一般，河道恢复如前，没有留下任何痕迹。

刚上岸时，棕色的泥点从车轮滴在土路上，留下点点泥泪。此时，奥代德“吁”的一声，在火车站前把马勒住，他们就是从那里把母亲接回家的。

“咱们停一停，在这儿吃点东西，”摩西道，“饿着肚子去拜访人家可不好。”

所有人都下车舒展筋骨，娜奥米在草地上铺开一张旧床单。蕾切尔在一旁吃草衔花，试着用头顶触蝴蝶，心满意足地喘着粗气。朱迪斯打开篮子，拿出鸡蛋洋葱三明治，散发着家庭旅行的幸福味道。多年后，大家都增长了年岁，我也来到世上，作为家庭的新成员与大家同行，而母亲依旧会拿出相同的食物。

我们坐在车站巨大的桉树树荫下享用着三明治。

许多腐烂的木槽堆放在一旁。当时，铁道已经拆除，铁轨被用作建牛栏的材料，枕木被拿去垛草堆。

将母亲带到这里的那列火车已不再行经此处。附近曾关押意大利战俘的营房已成为大片瓜田，只有军队老伙房的一根石头烟囱依旧立在那里。

我爬上车站的水塔。当年兴旺之时，蒸汽机车时常从车站驶出。如今这里四壁裂痕累累，早已成为蜥蜴和猫头鹰的领地。猫头鹰圆睁双眼盯着我，咕咕叫着点头，做出一些怪异的模仿动作，我完全不得要领。以前我还会收集它们风干的呕吐物，观察的结果仍记录在儿时的笔记本上："田鼠头骨，蜥蜴脊椎，麻雀的羽毛。"

乌鸦从树顶好奇地看着我们，等待着我们离开时留下的食物残渣。胆子大点的乌鸦已经迫不及待地跳到地上，在我们不远处伸着脖子，瞪着黑眼睛观望。我认出了其中几只，它们是我家院里的午后桉树会议的常客。当时，那棵树还好好地屹立在院中，散发出勃勃生机。

梅纳汉姆伯伯的长角豆园中，果实已日渐饱满泛黄。而此时，他的喉咙也再次不听使唤。

"你好，萨义德！最近怎么样？"他把话写在本子上，然后撕下来递给我。

"我很好，伯伯。"我拿出事先写好的纸条，好像自己也说不出话一样。不知为何，尽管我从未管他的兄弟叫"爸爸"，却一直称梅纳汉姆为"伯伯"。

梅纳汉姆伯伯出不了声，但还是乐得浑身乱颤，还伸手摸摸我的头。我知道他接下来要做什么：他从口袋里掏出一块大手绢，对折成个大三角，然后再对角折一次，翻过来一卷。他的手指将手绢角掖入叠层，直到弄出一根香肠的形状。接着，他放开两端，比画着假装在一端系出两个结扣，当作耳朵。

“老鼠！”我兴奋地叫道。梅纳汉姆伯伯用右手把布老鼠放在左腕上，然后迅速一弹，老鼠一下子跳到我脸上，让我又惊又喜，仿佛是第一次见识他这个把戏。

梅纳汉姆伯伯的春季失声可谓十分彻底。连半点叫声、笑声、叹息甚至是嘟囔声都发不出。不过，他现在已经知道如何为那注定到来的数周沉默做准备。农场的相关事宜，他会拿出一家之主的魄力，提前交代给儿子们。他还会提前准备谈话本，好在必要时与人交流。每一页的最上方都用红笔写着：“我失声了。”从而免得反复跟人道歉解释。

随着时间的推移，他对自己的过敏反应早已习以为常，甚至到了享受和期待的地步。梅纳汉姆伯伯发现，他在春季病发时往往工作效率更高，有更多的时间读书、听音乐，嗅觉和视觉也更加敏锐了。他的脸上总是洋溢着愉快的微笑，折射出内心的积极想法，并不需要语言来宣泄。

逾越节数周过后，梅纳汉姆伯伯重新找回了声音。每每即将好转时，他内心总有种果实成熟的预感。而声音的恢复往往发生在正午：头脑中的想法冷不丁从脑外传来，仿佛有人模仿他的声音似的。有时也会发生在早上：刮胡子刮到一半，镜子里的人突然开口。或者半夜也有可能：梦中听见自己说梦话，梅纳汉姆翻身惊醒；等说出去的话被老婆的后背弹回来，他才意识到，自己果然出了声。

他迅速跳下床，穿好衣服，穿过田地往我家来，希望妻子嫉妒的某个想象中的“野女人”能以血肉之身与他相遇，让他能与之聊聊天，用话语将她感化。

“摩西！朱迪斯！孩子们！”他在院里大吼着。这些酝酿了整个春天的话语沿着兴奋的轨道脱口而出，如同生命力最旺盛时的燕子盘旋着鸣叫，永远不愿降落。

54

蕾切尔渐渐长大，虽是母牛，却难以掩饰雄性的气质。她强健的肩头高得出奇，比臀部宽阔得多；她的乳房较小，前额的那撮毛发比小公牛的位置都要低，让她看上去流里流气。她像只调皮的小公牛一样趾高气扬，常常让摩西大发脾气。

他总说："她那副德行哪有点母牛的样子！"

摩西总说想把蕾切尔卖给格洛伯曼。每次提起这事，朱迪斯尽管假装他在对着她那只听力不好的耳朵说话，但脸色依旧会变得阴沉。

梅纳汉姆伯伯知道朱迪斯如何与蕾切尔心意相通。与摩西不同，他知道人的哪些行为——哪怕是怪异出奇的行为——是情有可原的。他建议朱迪斯找他的邻居萨姆森·布洛赫商量——就是我之前提到过的牲畜行家。

"就是别给他机会问他那些废话。"梅纳汉姆提醒道。

山谷里的人们对萨姆森·布洛赫都很欣赏。不过，他为了研究牲畜的发情期，经常拿一些露骨的问题纠缠当地的妇女，结果招致许多不满。

用他自己的话说："大学教授在老鼠身上做实验，以此了解人类。而我问女人几个问题，来了解牲口的感受。”

一日，拔示巴冲他大吼：“恋爱的女人又不是发情的母牛！”

“母的就是母的，公的就是公的，”布洛赫道，“公的长蛋蛋，母的长卵巢，发了情叫唤，躁了尥蹶子。是四条腿着地还是两条腿走路，是胃里反刍还是脑子里反刍，又有什么分别？”

他瞅了一眼蕾切尔，摇摇头：“白费工夫。”

布洛赫掏出卷尺，量了量蕾切尔的身高和体长，从肩头量到尾骨，又到前蹄。

“一模一样，”布洛赫道，“朱迪斯，你自己瞅瞅，她的身高体长完全一样。这家伙是个阴阳崽儿，公不公，母不母。”

“我得保住她！”朱迪斯道，“如果她不产奶，拉比诺维奇就要把她卖给格洛伯曼！”

“奶牛都是这个命。奶子这副德行，能出多少水儿？”

“哪怕一点点都行。”

“只有一个法子：你不断给她挤、挤、挤，说不定哪天能出奶。这招有时管用，有时却很难说。”

朱迪斯回到家中便开始尝试给蕾切尔挤奶。

起初蕾切尔很不情愿，又是颤抖又是乱踢。朱迪斯不断用言语安慰，在她的爱抚下，奶牛终于乖乖听话。

拉比诺维奇见她如此，心里便明白是怎么回事。他告诉朱迪斯，她是在白费力气。

格洛伯曼忍不住开了口：“朱迪斯小姐，你不如把挤奶的劲儿用在其他小牛身上，她们会很受用的！”

“我会一直给她挤，直到她乳房出奶，直到我手指出血。你永远别想得到她！”朱迪斯回答。

55

快看今天真新鲜
一只鸟儿立窗边
娃娃忙往窗边跑
小鸟已经飞不见
娃娃呜呜哭不停
小鸟已经飞不见
娃娃忙往窗边跑
小鸟已经飞不见

牛舍横梁上的大木笼里，雅各布那只漂亮的金丝雀挣扎不休。

一开始他还在忠诚、嘹亮地歌唱。然而，就像受雇的求爱者一样，一旦发现歌喉无人欣赏，便丢了面子收了声。几周后，这只鸟开始大量脱毛。朱迪斯打开笼门，他便立刻飞回到主人身边，既恼怒、羞愧，又感到喜悦，一只鸟的内心居然可以有这么复杂的情感。

一见金丝雀飞回，雅各布便明白：爱不能靠他物传情，必须亲自面对。既然他没有勇气用言语讨朱迪斯欢心，便决定以行动证明。他进城买了些黄纸。当我问起原因，他答道："黄色是爱的颜色。”见我连如此基本的常识都不知道，雅各布很是意外。他将纸剪成大小各异的方形，在上面写满了情话，然后将这些情书收在上锁的抽屉里。

每天下午，母亲都会喝上一小口，然后赶紧把酒瓶重新藏好，继续干活。

一次，她把酒瓶忘在桌上，结果被偷窥的格洛伯曼逮了个正着。牛贩子总是出现得不合时宜。他什么也没说，但下次来访时却问：“朱迪斯小姐，什么时候也跟我喝一杯吧？”

“也许吧，”她答道，“如果你挑对时间，如果你守规矩。”

“明天下午四点，”牛贩子说，“我会带一瓶酒来，还会举止得体。”

四点，熟悉的撞击声响起，绿色的皮卡又撞在桉树桩子上。

格洛伯曼打扮得干干净净，既没扛绳子也没拎拐杖，一身干净的衣帽让人简直快要认不出他。用雅各布的话说，他可是“盛装打扮”呢。牛贩子用一根亮闪闪的细棍敲敲牛舍的门，耐心礼貌地等待它开启。

朱迪斯身着印花裙打开房门，格洛伯曼送上问候。他的目光同皮鞋一样闪着兴奋的光芒，脸上手上散发出高档古龙水的香气，混杂着烤咖啡豆和巧克力的味道。格洛伯曼转身进了屋，将一个绿色的酒瓶放在桌上，还在旁边摆了两只球形酒杯。他大声宣告：“这是法国白兰地，我还给朱迪斯小姐带来点‘小食’，配酒正合适。”

两人坐下来喝着白兰地，朱迪斯第一次对牛贩子心怀感激。格洛伯曼从头到脚焕然一新，而且喝起酒来也安静斯文。他识相地收敛起粗话脏话，关于蕾切尔也只字未提。

告别时，他问朱迪斯下周可否再次登门。从那以后，每逢周二，他都会带着酒和“小食”出现在牛舍门口，待朱迪斯发出邀请方才进门。

“要不我给你讲讲故事？”牛贩子确信朱迪斯一定会同意。

“每个人身上都留有童年时的印迹，”多年后，格洛伯曼对我解释道，“知道是怎样的印迹，就能赢得对方的心。对男人而言，往往是玩具；对女人来说，往往是故事；而对小孩们自己——你会大吃一惊的——是学习某项本领。一准儿的。”

他给朱迪斯讲述自己家族的女人们，讲她们的眼睛如何会在做爱后改变颜色，而且“世代如此”。“所以家中的女儿一旦失去童贞，父亲会立马看出；如果妻子出轨，丈夫也会知晓。”

牛贩子讲起了自家的小弟弟。此人既挑剔又敏感，他对于贩肉的行当极其厌恶，夸张到一进父亲的肉铺就恶心呕吐，最后变成了素食主义者。

“他是我们家的知识分子，跟小花儿一样害羞脆弱，一个小不点儿，一个诗人。”

最终，格洛伯曼家这个头脑灵光的年轻人远赴巴黎攻读艺术。一次，他的几个朋友将其灌醉，还在他床上放了个姑娘，想让他摆脱童贞和苦恼。次日清早，当他感觉到姑娘温暖的肌肤和略微突出的乳头，感觉到她的肉体紧紧环住自己的肉体，还没等睁开眼睛，便已经坠入爱河。

当天，两人就在市政厅举行了婚礼。直到仪式结束后他才发现，原来姑娘是屠夫家的小女儿。

格洛伯曼哈哈大笑：“如今他既不吃素也不搞艺术。他老婆和老丈人把他培养成杀猪的屠户，还是个灌马肉肠的高手。这就是命运，是家族的遗传，是血脉。朱迪斯小姐，没有人能从它们手下逃脱。即使有人侥幸逃脱，上帝的大鱼也不会放过他们。”

见妈妈不说话，牛贩子道：“你也给我讲个故事吧。”

“我没故事可讲，格洛伯曼。”

“每个人的肩上都背着包袱，”格洛伯曼道，“讲点小事儿就行。说说每晚吞噬你的那条鱼，朱迪斯小姐，它将你带到哪去？说说你的手，你的回忆，你眉间美丽的线条，讲讲你抛在身后的过去。”

“我的手就在这，格洛伯曼，”说着，妈妈突然把手伸到他跟前，“让它们自己给你讲。”

格洛伯曼握住她的手，心扑腾扑腾地跳。这么多年来，他还是第一次心生畏惧。

“朱迪斯小姐，你从哪里来？”他轻声问。

“A nafka mina，格洛伯曼，”说着，妈妈将手抽回，“管他呢！”

“为什么来这儿？”

朱迪斯小姐笑了：“因为大鱼把我吐在这儿。”

拉比诺维奇盯着牛舍的墙壁，一言不发。雅各布听不到屋里人的谈话，只能听见窗子里传出的阵阵笑声，心中越来越绝望。一天，他躺在田间等格洛伯曼现身。绿色皮卡一出现，他就跳到车前大吼：“你为什么要夺走她？你不缺钱，不缺生意，也不缺女人。为什么？”

然而，他并未真的吼出声，那呐喊只在他的心中回响着上涌。格洛伯曼居然奇迹般的成功在距离他还有一英尺时刹住卡车。育鸟人站在车前瑟瑟发抖，牛贩子下了车：“沙因菲尔德，你疯了吗？要发癫找个会开车的发去！”

"没事儿。"雅各布说完就跑。

之后的几天，他那些黄色的纸片逐渐从抽屉里溜了出来。先是下地，然后爬墙，继而卡在院里围栏上，最后变得满村都是：公告板上，乳品店墙上，电线杆上，树桩子上，处处皆是。

"我也不知道自己哪来的勇气。"雅各布道。

他决定把自己的爱慕公开，让全村人都知道，已经顾不得脸面了。他把纸片贴得到处都是，上面的颜色和文字鲜艳夺目：描述"夜晚床上"，低语"情深似海"，全力呐喊要"终结痛苦"。

村倌儿帕比什嗤之以鼻："这个蠢货上哪儿找了这么多漂亮话？"

雅各布完全不以为意。一天，他甚至还参加了村民大会。当人们正在讨论修建进村道路时——当时村里只有一条石板路，每年冬天一下雨便十分危险难行——雅各布突然站起，慷慨激昂地讲述着他崎岖的爱情之路。他这样做居然没有被制止驱逐。

总之，用不着专家讲什么大道理和专业知识，村民们也能辨别谁是疯子，谁是傻子。但雅各布似乎既不疯也不傻。听他娓娓道来，农民们热切的目光仿佛被一层梦网笼罩，它逐渐飘起，罩住他们的面颊。他们的手指因久握镰刀而日渐粗糙，被玉米的叶片弄得伤痕累累。此时，那些手指却在桌面敲打出温柔的节奏。所有人都幻想着他能求爱成功。

"爱情，是吧？"村倌儿帕比什大喊，"看来你们除了盼下雨又有其他念想了？那也得先让他把丽贝卡找回来！"

然而有的听众微微点头，还有人露出微笑，他们如同快乐的烛光，给了雅各布勇气。接下来他又瞄准了村公报，陆续张贴了一系列名为"致朱迪斯"的字条，抒发爱意。

他站起身，在抽屉里一通翻找，拿出一张字条。

“有一天，我把所有的字条全都烧了，只留下这一张。萨义德，你看看写得多美。”

字条最上方是一个大大的“X”，后面写道：“日落之时，我会在海葵地恭候。这次请一定赴约！”

“为什么写着‘X’？”我问。

“在俄语中，这个字母发‘ch’音。每次她爽约，我就在纸上标一个‘ch’。越写越多，连起来便成了俄语中命运的嘲笑声。”

朱迪斯始终没出现。一天下午五点，雅各布来到她门前。

朱迪斯正给蕾切尔挤奶。他本想笑着告诉她，自己有的是耐心，会慢慢等；他们彼此也可以冷静思考，甚至憧憬未来。可朱迪斯刚一问他来意，他便像个受气包一样两腿发软，被饮牛桶绊倒在地，额头还磕在了食槽的角上。“我就像个笨蛋。”他说。

这一摔在他前额留下一道深深的伤口。他满脸是血，甚至一度不省人事。朱迪斯立即冲到跟前，用手帕帮他清洗伤口，然后撒上磺胺。恍惚之中，雅各布大张着嘴巴，所有关于爱的挣扎与痛苦倾泻而出。“我没头没脑地说了许多傻话，说什么如果我是女人，我会成为她。当时我满脸是血，傻乎乎躺在地上，嘴里念叨着，我就是你，朱迪斯，我就是你。”

56

当时娜奥米差不多十一岁，对周围发生的事情一清二楚。她问朱迪斯觉得雅各布这人怎么样。朱迪斯答道："沙因菲尔德就是个笨蛋。诺米尔，你可看清记住了。女人得懂得辨别笨蛋长什么样。"

"那你最爱谁？"娜奥米问。

朱迪斯笑了："我最爱你。"

"不，朱迪斯。在他们三个当中，你最爱谁？我爸爸，沙因菲尔德，还是格洛伯曼？"

"在他们三个当中，我最爱你和蕾切尔。好了，诺米尔，让我一个人休息一下。"

"我特别怀念她叫我'诺米尔'，"娜奥米告诉我，"怀念她手上的柠檬香，怀念她的点点滴滴。"

我把雅各布的话告诉了娜奥米，她也同意：男人不会在妻子身上寻找母亲、女儿、处女或妓女的影子，更别说"书上胡说八道的其他东西"。

"他们寻找的是自己的姐妹——那个深藏心中，坦诚体贴，亲密无间却无法触及的灵魂双生。"

娜奥米抱住我："你们都是笨蛋。不过算你们走运，我们比你们还笨。"

"娜奥米，我们会怎样？"我问。

"你们男人？"

"不，我和你。"

她笑了："我和你也是一样：我问你叫什么，你说叫'萨义德'。我就知道弄错了，回头找其他人上床。现在是这样，以后也是。"

多年前，在我七八岁时，娜奥米还和梅尔一起住在那间小小的公寓——他们的第一个家。一夜，我被他们的谈话声吵醒。

几分钟后，谈话停止。房门打开，走廊灯亮起，娜奥米赤身裸体从屋里出来。

我看着她穿过走廊走进浴室，拧开水龙头。水声虽大，却掩盖不住娜奥米的哭泣声。

洗完澡，她回到屋里。卧室灯光斜斜地打在她的裸体上，勾勒出凹陷的颈窝和翘起的臀丘。我有幸收获了那光彩倩影的一角切片。

我没向任何人透露过内心的永恒画面。不过在几年前，当我问梅纳汉姆伯伯他对寻找双生姐妹抱何态度时，他说这不是完全没道理，但也没什么新奇的，先人早已说过了。不过，总是要等没了用处之后，事物才变得更复杂，也更明朗。

村倌儿帕比什鼻子一哼，说男人都不是好东西，最好别让他们找到双生姐妹。又说因为姑娘们选择有限，这些小丑才会有人看得上。

格洛伯曼则哈哈大笑："恭喜你，萨义德，开头就是这样：先扯什么双生姐妹，然后对着镜子手淫，最后才准备好下场操练。"

雅各布晕乎乎、病恹恹倒在牛舍的地上，眼前是深爱的女人。因为兴奋，他忘记了朱迪斯左耳失聪，还错将她惊诧、专注的表情理解为对他伤口流出的鲜血的反感。他起身逃回家中，进门便大喊："丽贝卡，丽贝卡，快帮帮我。"空荡的屋子里徒留回声，双人床的另一半已然冰冷，孵化器的格子里全是干枯的小鸡尸体。

他这才发现已经几天没见到自己的妻子，也意识到全村人都已知晓的事实：她已离他而去，再也不会回来。

他踉跄着摸到水槽跟前，洗掉额头和眼周的磺胺和血痂，然后在刮胡子的小镜前坐下来，咬紧牙关，用蘸了酒精的针线缝合伤口。

细线穿在肉里火辣辣的疼。伤口的边缘抖动着被聚紧、固定，刺骨的剧痛直钻脑仁，疼得他泪水横流。

空荡荡的房子里，雅各布独自一人在床上瑟瑟发抖。他下定决心：从现在开始，他不再执着于交谈之道。大捧鲜花、用心修饰、好言劝说、插科打诨与动人言辞都不再重要，因为他在这些方面毫无天分。从现在开始，他要抓住命运的犄角与其抗衡，要么逼他就范，要么被他刺死。

"萨义德，现在我给你说说命运。我来讲，你边吃边听。以前在老家，有个犹太富商跟命运玩把戏。他名叫哈伊姆，人们都叫他'大人物哈伊姆'，因为他特别喜欢跟人碰杯。格洛伯曼跟你妈妈碰杯时很斯文。两只水晶杯轻轻一碰，格洛伯曼会说：'愿朱迪斯小姐的耳朵也能受用。'哈伊姆碰杯的力道就特别大。不过他毫不介意，还会用舌头把自己和女伴手指上的酒和血舔干净，直弄得彼此兴奋不已。我从没见过他这样的人。一天，他来到我们城镇。此时的他已年过六旬，拥有两辆马车，两个孩子，但没有妻子。没人知道他是谁，是干什么的；也没人知道他来自哪里，去向何方。他富得流油，所有箱子里都装满了丝绸和皮草。他大声宣布：‘我死后，这些孩子不必靠人施舍，每一个都会得到些本钱，以成家立业。’老套的剧情再次出现：金钱让家人反目成仇。孩子们长大了，开始盼着‘大人物’赶快咽气，而哈依姆也视自己的儿子们为眼中钉，以至于他最终下定决心，不再工作，铆足劲儿在死前把赚来的钱都花光，这样一分血汗钱也不会落在不肖子孙的手里。人一旦发了疯，就再也停不下来。疯狂可以疏导，但不会消失。哈依姆卖掉大房子和奢华的家具，只给自己留下一处小宅、两匹马和一个女佣。他估计自己还能再活十七年，于是计算出还要穿多少衣服，吃多少肉、多少面、多少盐、多少糖，喝多少酒，烧多少柴火，要多少水晶杯和女伴共饮。他甚至算出每个犹太人应该做多少秘密慈善，拉比的什一税以及安息日与假日盛宴所需。在余生的十七年中，他特意扣除部分食粮，以纪念基大利斋戒日[1]、赎罪日、提别月禁食日[2]、复活节斋戒日、搭模斯月禁食日[3]和圣殿被毁日[4]。因为是家中长男，所以逾越节前夕他也得斋戒。你没听说过这些斋戒日吗？每年七次斋戒，坚持十七年，那就是一百一十九天不吃东西。那可是相当可观的一笔钱，更是可观的一笔时间。他算过要用多少肥皂等等一些鸡毛蒜皮的细节——毕竟，有的时候掉个扣子却打死也找不着，没办法只能买新的。他算过喂

1.基大利斋戒日：犹太纪念日，纪念在耶路撒冷城沦陷时被杀害的犹大省领袖基大利。

2.提别月禁食日：在犹太教历10月，公历12月到来年1月间。10日为禁食日，纪念耶路撒冷首度被巴比伦国王尼布甲尼撒围困。

3.搭模斯月禁食日：在犹太教历4月，公历6月至7月间，17日禁食，纪念耶路撒冷被尼布甲尼撒王攻破。

4.圣殿被毁日：即埃波月9日，在犹太教历5月，公历7月至8月间，纪念耶路撒冷第一圣殿和第二圣殿被毁。

马的成本，留出了将老马送去扒皮后去买新马的足够的资金，甚至连鼻烟、猫的牛奶和鸟儿的饲料都考虑到了。当孩子们意识到老爷子是动真格的，便一个个发起牢骚：老爹想独吞给我们的遗产！他们跑去找拉比，拉比说：无能为力，一个人的金钱归自己支配，其他人应当尊重本人的意愿。儿子们问：要是钱花完了，老爸还没死，到时候这个一无所有的老头会不会变成他们的负担？哈伊姆说：我活不长的。我的余生命数已定，钱花完了，我也该走了；而我一死，钱也剩不下。双重保险起见，他还在马卡罗夫给自己订购了一个大沙漏，沙量和漏孔刚好可以计时十七年。我依然记得当时他们如何用马车将这个大家伙运来，如何将它颠倒、固定，如何在外面裹棉布缓冲。他们将沙漏立在院里，哈伊姆见大家都迫不及待来看热闹，便举手示意将沙漏倒转，让所有人见证：他的生命倒计时已经开始。沙漏之美正在于此：它所计算的不是这世上的时间，而是专注于衡量自己的时间，对之前、之后发生的事情都漠不关心。来凑热闹的人络绎不绝，他滔滔不绝，为自己的过往经历，为他的沙漏，也为自己制造的财富骄傲不已。他说，到了最后，他会坐在沙漏旁，亲眼看自己灵魂最后的沙粒滴落，直到他的离去成为周围人唯一的话题。在‘大人物’退休的九个月零一周后，一日晚上，他正坐在钱箱上，一边吃鲱鱼，一边笑着欣赏他的沙漏。突然，两个强盗冲进屋里，用铁棍一下打破了他的头，又一下将沙漏砸碎，然后一阵风似的卷走了所有的钱。所有人都明白：哈伊姆预料得没错，他的金钱和生命将同时耗尽。正如他自己所言，一个子儿也没留给儿孙。萨义德，如果命运决定在某场游戏中一试身手，即便游戏是你设计的，规则归根结底还是由他来定。你要知道，人们总认为命运、好运与机遇都藏在扑克牌或骰子中，其实他们找错了地方。我告诉你，他们就隐藏在生命本身！生命中投骰子的人已经够多了，我们也就是挪挪步，走走棋；生活中为我们洗牌的人也已太多，那就请他们受累，你就用不着操心了。”

57

朱迪斯从未放弃帮蕾切尔揉搓干瘪的乳房。一天，布洛赫所言的奇迹真的发生了：蕾切尔下奶了。一开始只是微微几滴，渐渐地开始一股股地往外冒，而且一天比一天多。

摩西说："她不可能像真正的奶牛那么中用。"

"重要的是，她会回报你喂她的那些草料，"朱迪斯道，"你最关心的就是这个，不是吗？"

"她也不可能生小牛。"摩西仍不依不饶。

关于蕾切尔出奶的传闻传到格洛伯曼耳朵里，他在笔记本上做了记录，但仍未放弃希望。他知道，摩西根本就忍受不了这个怪胎；而且牛贩子没猜错，摩西在蕾切尔跟前还真有点发怵。一有机会，格洛伯曼就会提议买下这头牛。

他是个聪明人，多年做买卖的经历让他对人的灵魂有着深刻的认识。牛贩子可以通过一个人的脖子察觉对方细微的不快，横膈膜隐隐的痉挛、前额皱起的气象地图都能给他以线索指示。

当时日子难熬。每次格洛伯曼买牛时，都会观察主人家的孩子。他发现孩子们的衣服上补丁摞着补丁，破旧不堪的鞋子脚趾部被剪去，好让贪长的孩子再多穿一个季节。格洛伯曼从口袋里掏出一块饼干，看那些伸出的小手中藏着怎样的渴望。

“你看，”牛贩子道，“关于我格洛伯曼，村里人说什么的都有，而我究竟做了些什么呢？我变戏法。看着啊，这里有头牛，唰——牛里变出了什么？三张十镑的钞票！”

此时寒冬将至，格洛伯曼开始谈论天气，谈论山谷里的泥浆，“哎哎哎”地大谈今年等待我们的是怎样的寒冬苦雨，“哎哎哎”地问拉比诺维奇孩子穿的衣服和靴子要多少钱。

他说起了自己的子女。没人见过他的孩子，也没人知道他们是否真的存在。不过，他一说“孩子穿的外衣”，拉比诺维奇的眉间便露出担忧的神色。还没等他自己意识到，格洛伯曼就已早早发现，知道是时候掏出钞票在手里抖一抖了。

但摩西担心朱迪斯会发火。她坚持不懈地帮蕾切尔揉搓干瘪的乳房，想让她兴奋起来。按照梅纳汉姆伯伯的建议，她在草料中加了长角豆，甚至还遵照布洛赫的建议，用手裹着暖湿的布片揉摸母牛的下体。所有的方法都不见效。

“让她跟戈登待几天，”布洛赫最终建议，“在我的牛舍里见识见识，也许她能来点兴致。”

朱迪斯牵着蕾切尔进院时，布洛赫刚好从牛舍里迎出来。他蹬着胶靴，满脸堆笑。

“找我？还是找牛？”他打趣道。

母亲忍不住笑了：“肖珊娜在家吗？”

“在孵化房呢。”

“那我去厨房把水烧上。”

等肖珊娜从孵化房回来，朱迪斯已经沏好了热茶。

“你见过这么好的鸡仔吗？”肖珊娜问，“沙因菲尔德突然决定要把孵化箱转手，我们于是就买了下来。”

朱迪斯没说话。

“自从他老婆走后，他的日子越来越不好过。”

朱迪斯搅了搅茶杯，眼睛注视着茶汤中旋转的红茶叶片。

“那你呢，朱迪斯，最近怎么样？”

“都挺好的。”

“还住在牛舍？”

“我在那儿挺自在。”

“这样对你、对拉比诺维奇都不好，村里人也看着别扭，”肖珊娜把手搭在我母亲手上，“朱迪斯，你已经不是小姑娘了，这样不合适。你还要一个人在牛舍里待多久啊？”

“我在那儿挺自在。”母亲重复道。

“现在你还强壮、健康，可十年、二十年后怎么办？你的心呢？你的孩子呢？怎么办？”

“管他呢。心里现在空无一物，没孩子我也习惯了。”

她又喝了杯茶，搂搂蕾切尔的脖子道别，告诉她一周后就来接她，接着到梅纳汉姆伯伯家打个招呼。

回家的路上她走得飞快，好让自己没有闲心思考。

58

和戈登共处了一个星期，蕾切尔也没发情。一次，她试图冲进他的围栏，布洛赫以为是自己的计划成功，于是赶紧开门。可是蕾切尔可不是来谈情说爱的，她只想跟戈登干仗，还差点把对方撂倒。布洛赫冲着她猛喷冷水才把她赶走。

“真是白花工夫白费钱，”他告诉朱迪斯，“你家姑娘对异性没兴趣。带她回去接着挤挤看吧。”

那是一个冬日，没下雨，但天空仍被阴云笼罩。靴子和蹄子踩踏过的地面散发出碎草的浓郁气味。成双作对的躁动的田凫飞上飞下，动作激烈，场面壮观。它们收敛细腿，发出刺耳的鸣叫，俯视下方黑白相间的过客。

她们涉水过河。蕾切尔埋头水中一通猛喝，硕大的阳刚之躯也随着喘息一起一伏。寒冷中她鼻孔圆张，呼出白色的热气。偶尔，她会轻轻顶朱迪斯的大腿和后背，仿佛想逗她玩儿。而朱迪斯也会拍拍她的脖子，笑着走在她身边，以示回应。然而，一块沉甸甸的石头压在朱迪斯心头，冰冷、忧虑的泪水积聚在眼角。

她们气喘吁吁地来到沙因菲尔德家的胡桃林。光秃秃的枝杈在天空勾勒出一幅精致的图画。树上黑乎乎的乌鸦巢穴一个个清晰可辨，仿佛油画布上的墨点。再往前可以看到格洛伯曼高大的身影，他在一边迈步，一边自信地高唱。

牛贩子一见她们便止住歌声，挥舞着手杖打断了一株紫蔷薇的上部。他微笑着，因为他知道：什么也阻止不了他们相遇。

朱迪斯却因同样的原因而十分恼火。她一动不动地站着，日积月累的厌恶在内心翻腾。对她而言，除了周二的酒桌小饮以外，格洛伯曼依然是个危险又卑鄙的家伙。

牛贩子在十几步开外的地方停下脚步，摘下脏兮兮的贝雷帽贴在胸前，并且深鞠一躬。

“朱迪斯小姐，牛犊蕾切尔，真是太巧了！牛贩子真是荣幸。”

“格洛伯曼，你在跟踪我们？谁告诉你我在这儿的？”

“一只小鸟透露的，”格洛伯曼笑言，“朱迪斯小姐一出村，风不再吹，鸟不再唱，男人们也不能呼吸……”

他从口袋里掏出个小包递给朱迪斯：“一点心意，一对纯金的耳环，请你的玉耳笑纳。”

“我没跟你要过任何东西，也不稀罕你的礼物。我们只是一起喝酒，一周一次，如此而已。”朱迪斯说。

蕾切尔晃着粗壮的脖子，鼻子哼哧着，牛蹄子刨着地。

“干吗还得等小姐要啊。什么礼物适合哪位小姐，不用旁人指点，格洛伯曼向来都一清二楚。一准儿的！”

他俯下身子，伸手把耳环递给朱迪斯，但她没接。格洛伯曼笑了：“朱迪斯小姐这是要上哪儿？拉着牛犊散步吗？”

“她发情了。”

“她？”牛贩子冷笑道，“她发情？才怪，根本不可能。朱迪斯小姐，你瞅瞅她，公牛身子，公牛脸，公牛腿儿。到头来还得找格洛伯曼——但愿别，是吧？等着瞧，等我们把她大卸八块再看，里面肯定还长着两颗公牛的蛋蛋！”

牛贩子朝蕾切尔逼近，母牛恶狠狠地拱着脖子，蹄子却在后退。

“她嗅格洛伯曼就好像老头察觉了死亡天使，”牛贩子道，“朱迪斯小姐，你见过只剩几天好活的老人吗？他有多么不安啊，像老鼠一样在房子里来回打转，嗅嗅墙角，片刻不肯入睡。你再看看她。她能闻见我们感受不到的东西，留意我们无法理解的征兆。快死的老人就是这样，仿佛一头渴望独处的动物。女人临盆前的两三天也有这种感觉，还会无来由地清理房间。闻到死亡天使气味的人就会这样。”

牛贩子猛地向前一步，伸手摩挲蕾切尔的后背，用他的催眠“手法”感知脊椎与皮层之间肉的厚度。

这一碰吓得蕾切尔打了个寒战，牛贩子也是一惊。

“哟—哟—哟—，这可是世上最好的肉了，”格洛伯曼边觊觎，边念叨着，“什么肉也比不上生不出崽儿的母牛肉。连巴黎的顶级厨师都不知道，只有我们这些生在肉案上的行家才懂。那些混餐厅的笨蛋整天戴着白帽儿，给奶牛喂各种香料，让肉质变软，出味儿。听说日本人甚至给小牛喝啤酒，而法国人用白兰地给牛洗澡。只有一点他们不知道：这种不孕的母牛，这种阴阳合一的双生崽儿，长着公牛的身体，却有着一身永远稚嫩的体味，一辈子发不了情，配不了种，生不了崽。这种牛身上割下的肉才是顶级美味，一准儿的！”

一大群燕八哥从东边飞来，返回水塔旁树林里的巢穴。

“它们来了，”朱迪斯道，“现在差一刻五点。我得走了。”

腾空的鸟群如一张巨盘，占据了四分之一的天空。它们飞舞回旋，张开一张巨幕，继而翻转。一根细线从其中伸出，将巨幕扯成一根宽宽的带子，然后细线被缠成一面巨大的帆。无数翅膀和鸟喙积聚出阵阵声浪。天空在震颤中渐渐阴沉。

“你永远别想得到那头牛。”朱迪斯道。

“是牛终究要落到牛贩子手里。”

“这头不会。她是我的。”

“朱迪斯小姐，我们都是你的，”说着，格洛伯曼戴上帽子，边鞠躬边后退，“我们终究都是你的，都会回到你的身边。所有人都会回到自己的贩子和屠户那里。”

59

“你会问：为什么我会爱上她？快问，萨义德！我会回答：因为在这样的村子里，工作千篇一律，环境一成不变，从泥土到汗水，从牛奶到雨水，永远都是一个样子。所以，我怎么可能不爱上她？同样的东西每年都在重复：作物发芽，花朵绽放，春种秋收，季节更替……这种地方突然来一个女人，所以你若问我为什么会爱她，我要反问你：难道这就是犹太人该过的日子？在犹太教堂里，所有的祈祷文和戒律都一成不变；如今我们被带出教堂，带到了以色列的大卫村，所有的东西还是千篇一律。我很快就明白了这里的规律：昨天、今天和明天就像一奶同胞的兄弟，长相类似。而我像是掉进陷阱的小鸟。吃吧，萨义德，听故事又不用停嘴。这就是吃饭的好处：可以边吃边听。我不怕干活辛苦，也不怕等待。谢天谢地，我从小就给人帮工，耐心也比一般人强十倍。雅各布只知道为爱而努力工作。在我们这种人眼中，数年光阴就像数天一样短暂。而像我这样长年等待爱情的人，也有足够的耐心善待马、鹅、树木和雨水，更知道如何善待时间。最后这一点很重要：耐心不为彼此，不为爱，不为工作，也不为其他，只为善待时间。无论是季节更替那样周而复始的时间，或是年龄这种一去不返的时间，都一样。不过，这里的夏天收不了橘子，公鸡下不了蛋，母鸡也生不出梨。最多也就是偶尔偏热，有时雨水偏多。还有村倌儿帕比什，我跟他永远说不到一块儿。他拿我当笨蛋，我拿他当圣人，可我们俩都错了。来这儿两年后，帕比什问：同志，这儿是怎么了？这过的叫什么日子？每年都是同样的季节在同样的树上结同样的柠檬，谁能受得了？他说得像是开玩笑，但实际上这很让人悲伤。一次，格洛伯曼告诉我：他在纳哈拉尔[1]看见城里来的两个女客站在大公牛的牛栏边——不好意思，是站在牛栏边看。牛犊长大了还是有点看头的。看着看着，其中一个开口问：挤出来的奶用来做什么？萨义德，你会怎么说？等村民都笑够了，另一个女客想证明自己懂得多，于是告诉同伴：傻瓜，他们没奶，因为还小呢。好笑吧？既然你乐了，我就再给你多讲讲——这故事虽然逗乐，但其实一点儿也不好笑。你就是倒栽葱一整天，牛犊也不会下奶。有的小牛生下来有两个头，有的小鸡长四条腿。很快会有人来看热闹，拍照片，问这问那。可这个时候，那四只眼睛已经闭上，两个牛头也已耷拉，可怜的小家伙已经没了命，两个幼小的灵魂也离开各自的头颅，'噗'地一下消失。看热闹的人也一样，'噗'地一下没了影儿。一切回归正轨，'噗'，平安无事。以前什么样，以后也什么样。你说，我怎么会不爱上她？"

另一扇烤箱门打开，这次飘出烤苹果派的香味。过去的半小时里，那香味总令我分心；如今它全面侵袭了我的鼻腔，令我的感官沉迷。

1.纳哈拉尔（Nahalal）：一个位于以色列北部的莫沙夫（moshav），莫沙夫是一种由个体农场组成的合作村庄或定居点。在希伯来文《圣经》的记载中，纳哈拉尔是利未人的城市。

雅各布用牙签插插脆皮，拔出来舔一舔，满意地笑了。他抽出烤盘，异常利落地用一条细绳将甜品从烤盘上分离，然后放上金属架。

朗姆酒火焰的香气混合着焦糖、柠檬皮、苹果和葡萄干的味道扑鼻而来。

“你看，”雅各布讲解道，“蛋糕甜品要放在架子上冷却，不能留在烤盘里晾着，这样底层才不至于像擦手布一样一直湿乎乎的。”

“这些本事你都是从哪学来的？”

“以前的帮工教的，该学的我都会了。”

他下颌微张，假牙呈现出全新的色泽。雅各布给自己和我分别倒了一杯浓烈清亮的饮料，梨子味的。他说他有点累，让我不用理碗碟。“明天清洁工会来，她会整理的。”

雅各布累得几乎直挺挺倒在床上。

“雅各布，你在想什么？”

“想着婚礼，”他的声音颤抖着，“想着怎样搭配——食物与消化、肉体与灵魂的搭配。身体与灵魂的契合比男人与女人的契合更难实现。这种契合甚至会令人无法兴奋。或许只有自杀可以改变，可死了又有什么用？身体和灵魂要学会一起成长，一起衰老，就像同一只笼子里的两只老鸟，谁也没有力气再度飞翔。肉体已经逐渐衰弱退化，灵魂也在悔恨和忘却，二者谁也离不开谁。当其他的智慧纷纷流失，最终剩下的只有对彼此的体谅——如果不能原谅对方，至少要原谅自己。”

他长吁短叹着，陷入了沉默。我坐在他床边的椅子上，不知是不是该继续聊下去。

雅各布仰面朝天躺着，一只手枕在脖子下。突然，他将另一只手伸进裤子里，而且确确实实就放在那个地方。见我一脸难为情，他将手抽出来，可不一会儿，那只手又“故地重游”，仿佛是自己摸过去的一样。

我们两个都有点窘迫。终于，雅各布开了口：“你看，萨义德，我就是这么躺着才舒服，你别见怪。我们就是这样彼此扶持，彼此安慰。我们俩都老了，也都很软弱，喜欢怀念过去。到了这个岁数，一个人还能剩下几个朋友呢？”

我们两个都笑了。

“瞧瞧她，”雅各布睡了几分钟，我起身准备走，他又醒了过来，“有时看着那张美丽的照片，我却想不起来那人是谁。床单上已不再有她的味道，我的肌肤上也不再留有触摸她时的感觉。无论是心目中还是脑海里，都找不到她的任何记忆。如果我叫出丽贝卡·施瓦茨或者丽贝卡·沙因菲尔德的名字，一定会马上纠正：是丽贝卡·格林才对。她所期望的一切，那个人都帮她实现了——那个姓格林的英国人。他带丽贝卡离开，又带她返回，把她送到这座房子，随后就去世了，因为她想一个人待着。在英国，他是个有头有脸的大人物，简直算得上半个贵族。但在这个故事中，他只能算得上一个不起眼的临时演员：戏份一完就毫无怨言地退场。演戏分角色，角色有大有小。但在生活中，一个人要参与很多出戏，演很多个角色。如果有人要导一出关于村倌儿帕比什或拉比诺维奇的戏，那我只会扮演一个小角色；可如果是关于你母亲的戏剧，那我的戏份就会多些，你说是不是？如果是你的人生戏剧，那你就是明星主角。记住，萨义德，永远别让其他人成为你人生舞台的主角，别重蹈我的覆辙。”

“我不明白，”我说，“既然雅各布已经放弃了丽贝卡，两个人后来又怎么会在一起生活呢？”

“我听不见，”奥代德在发动机的轰鸣中大吼，“你刚说什么？”

我又把问题吼了一遍，他笑了：“别傻了，那有什么？鸟儿没了，你妈妈又不要他，他还剩下些什么？提翁的某座房子里，有个漂亮的房间正等着他，有好吃好喝的不说，还有她那个英国丈夫留下来的、合身到不行的衣服。清洁工帮他打扫房间，女佣替他擦屁股，还有租来的专车拉着他，想去车站坐坐的时候可以说走就走。而且司机还会一直等着，等他坐够了，念叨爽了，这才送回去。厨房里挂着老婆美丽的照片，床边还有你母亲的照片。你说他还缺什么？”

“丽贝卡全都接受了？”我问，“连他爱别的女人也接受？”

“爱别的女人又怎样？”奥代德喊道，“他爱谁是他的自由。那个人死了，这个还活着。他爱谁不要紧，重要的是跟谁在一起。”

奥代德关掉发动机，大家伙痛苦地喷了口气。寂静乘虚而入，逐渐占领周遭。

“当你意识到生命已快到尽头，思考的方式也会改变。”奥代德用吼声将寂静劈成两半。

然而雅各布没有意识到结局的逼近，思维也没有改变。在他的心里和身体里，爱丝毫没有减退。

“如今，它们俩总算和睦了，”他告诉我，手徐徐伸进裤裆，去抚慰，原谅，察觉，安慰，“灵魂与身体已经熟悉彼此。我知道它的痛处，它也知道我的伤口。”

60

雅各布每天早早起身，给鸟换水，清理笼子，将蔬菜、水果、芝麻、甜菜、蛋黄和谷壳混成鸟粮，然后还会给紧张的鸟儿喂罂粟，给忧郁的鸟儿喂大麻，给嗓子哑的鸟儿喂蜂蜜。

“跟你说件事行吗?”他对我说，“其实我不怎么喜欢它们的叫声。外面有些鸟比它们唱得好听多了。”

他享受工作的韵律、孤独与宁静。每天，雅各布都抱着他那些黄色字条出去求爱，在村里的各个角落张贴。

因为纸张贴在显眼的位置，再加上黄色本来就鲜亮，语言又简明直白，村里人不但看得仔细，还会表达自己的见解。很快，他们开始在村里的告示板上张贴自己的意见：这些未署名的字条，要么是笔记本上撕下的纸张，要么是撕开的橘子包装袋，要么就是奶粉盒上的厚纸皮，被人撕下借以表达心声。一开始，人们主要在议论雅各布对朱迪斯的爱，后来则演变成对爱的讨论。

公告板上贴满了各种胡言乱语和陈词滥调，搞得村干事、电影放映员、播种员和教育委员会的公告被遮得不见天日。没办法，村委会只好在公告板旁再放一块新的。

新的公告板专门用来讨论雅各布与朱迪斯的事，周围总是人头攒动，大家热烈讨论，有说有笑，交换关于真相与爱的看法，慨叹人生。

一天傍晚，村倌儿帕比什造访拉比诺维奇家的牛舍。他告诉朱迪斯：“你不必向他屈服，你只需要改天露个面就行。跟他聊聊，说说清楚，就像一个好女人在发生这类事情时应该做的那样。”

朱迪斯立马转过聋耳对着他。可“好女人”几个字还是钻进了耳朵，在她脑子里嗡嗡打转。

她的脸涨得通红：“我本来就是好女人。他发疯关我什么事！我求着他爱我了吗？我拆散他们两口子了吗？”

“朱迪斯啊，这种事儿也没法说理，”帕比什道，“现在大家还好说好商量。可再过俩礼拜，没准儿就人命关天了。”

“沙因菲尔德，你少烦朱迪斯！”拉比诺维奇警告雅各布，“她来这儿是为了帮工，不是来看你发疯。”

他并不在意传单上的文章和告示板上的宣言，可那些黄色字条却从每个角落飘过来，刺人眼目。拉比诺维奇双拳紧握，眉头紧蹙。

一天，院里的桉树上也钉了一张。摩西看也不看就知道是什么东西，它的颜色和位置已经说明了一切。他一把将纸扯下来，跑到雅各布家的鸟舍，举起短粗的拳头就砸门。结果砸烂了门轴，门板应声倒地。

金丝雀受了惊，扑腾着翅膀在笼子里挣扎。四周充斥着凄厉的叫声和飞舞的羽毛，雅各布回头看看摩西，目光单纯而无辜：“拉比诺维奇，你安静站会儿，可怜的鸟都被你吓坏了。”

摩西感到很惊奇。他一言不发地站着，看雅各布安抚金丝雀。嘶鸣令鸟儿的声音发哑，雅各布于是开始调柠檬汁和蜂蜜水，帮它们润喉。摩西有点不好意思，慌忙动手修理门轴。他走后，雅各布冲了澡，刮了胡子，换了身干净衣服，然后出门去田野里赴约。朱迪斯还是没有来，纸上只能打“X”。

61

尽管蕾切尔一直没有起色，尽管外面一直有风言风语，朱迪斯跟牛贩子照例每周见面，一起坐上一两个钟头，喝喝酒，聊聊天。

格洛伯曼把酒瓶和酒杯都留在牛舍。有一回，朱迪斯说，她从来不动那瓶里的酒，除非他来。一听这话，牛贩子心中充满意外的欢喜。

“这瓶酒是你和我的，”他温柔地说，“只属于我们俩。朱迪斯小姐，这一杯敬我们俩。”

“敬我们俩，格洛伯曼。”朱迪斯说。

“要不我给你讲讲我爸爸？”

“你想讲什么都行。”

“我所有的本事都是跟我爸学的，尤其是当肉贩子最重要的一条原则：原则和营生必须分开。”

“我早就看出来了。”

“我跟他学买牛：怎么检查，怎么还价，怎么做手脚，怎么赢对手。我十岁的时候，他让我睡在卖家的牛舍里，确保对方不会给牛喂盐，让奶牛喝了个水饱才上秤；同时，也为了不让卖家赚‘屎钱’。朱迪斯小姐，你知道‘屎钱’怎么赚吗？称重前夜，他们给奶牛喂药，让她便秘，拉不出的屎积在体内，在秤上压重多卖钱。”

老格洛伯曼以前会从卡斯迪那和加沙的阿拉伯人手里买牛。

“他是个贩牛的好手。他的牛曾经卖到土耳其军队，有的还卖给英国人。他从加沙的阿拉伯酋长手里一买就是二三十头，先付点定金，声称剩下的等牲口安全运到后付清。酋长的牛倌儿是个笨蛋，他会沿着海边把牛从加沙赶到雅法。每次他只赶五头牛，这样一来，即便碰上强盗、野兽或遭遇洪水，损失也不会太大。”

第一批牲口到达时，老格洛伯曼盛情款待了牛倌儿，给他端上好吃好喝的，还特意将一瓶冰镇过的黎巴嫩亚力酒备在一旁。

“牛倌儿一边问那是什么，一边会意地用手指触碰瓶子外面凝结的水滴。”

“是冰水。”老格洛伯曼很清楚来客的宗教禁忌，也知晓他信仰的弱点。

他给牛倌儿倒了一大杯。牛倌儿一口喝下，辛辣的味道呛得他差点窒息。

“好水。”牛倌儿痛快地赞美道。

“我们自己井里打的。”

“真是口好井。”

“祝您健康！亚什拉卜，再喝一杯，我的朋友。一路上你一定渴坏了。”

他在酒杯里放上晶莹的冰块，端上橄榄、黄瓜块和新鲜的欧芹茎，还在酸橙木炭火上烤了肉串。当二人酒足饭饱，回味着“冰水”的余味时，老格洛伯曼拿起一块黑木炭，在肉铺墙上画了五条竖线，最后用一条横线贯穿。

“这些是你今天送来的牛，我亲爱的朋友。你回去再赶五头来，到时候我们再聚，一起吃烤肉，喝井水，然后再加五条线。等最后一批也运齐了，酋长大人也会亲自过来见证结算。”

两人用手蘸了炭灰在墙上按了手印，确认牲口的数目。牛倌儿感恩戴德与主人家告别，又喝了一口“冰水”才安然离开，回到自己的城市。

一周后，第二批牲口运到，照样是好酒好肉，照样是画线按手印为证。

“最后五只奶牛送到时，卖牛的酋长也来收取余款了，”这时，牛贩子用拐棍猛戳靴子，突然乐得前仰后合，“他发现什么地方不对劲。”

“朱迪斯小姐，你说说看，”格洛伯曼挤眉弄眼，“他发现什么了？”

“什么呀？”

“他发现就在那个星期，我爸爸给肉铺刷了墙。之前的手印和标记被三层石灰遮得一点不剩。想跟生在肉案上的人争辩他得到了多少牲口，他倒试试……”格洛伯曼笑着咆哮道。

朱迪斯啜了一小口酒，也笑了。她解下蓝头巾，秀发垂在肩头。

午后，门外起了风，桉树的婆娑声越来越响。牛贩子知道，不一会儿，朱迪斯小姐就会站起来：“好了，格洛伯曼，现在四点半了，我得去干活了。”格洛伯曼起身戴上帽子，用右手指摸摸帽檐以示道别。

“那我也该走了，省得一会儿被你赶出去。下一次我再给你讲别的故事。”

他满足地来到院子里。跟朱迪斯聊了这么久，而且一次也没说“一准儿的”，他对自己很满意。格洛伯曼大喊：“奥代德，奥代德！”

男孩跑过来，帮他将皮卡开出院子。

“要不是咱家的老桉树，遭殃的肯定是帕比什家的鹅，”娜奥米道，“你瞧瞧，他在树上撞出多少印子？”

我望着伤痕累累的树桩。曾几何时，这里大树参天，乌鸦在树冠筑巢，奥代德在上面建屋，雅各布张贴爱的讯息，牛贩子的卡车横冲直撞…… 如今，摩西坐在桩子上掰钉子，大树尘封的过往在我的想象中再次变得鲜活：它再度开枝散叶，叶子轻舞婆娑，树枝渐长渐粗，我仿佛已听到即将爆发的断裂声，抱着头等待断树呼啸砸下。我被困在母亲死去的噩梦中，怎么都醒不过来。

如果摩西将树桩连根拔起并付之一炬，它就不会还像墓碑一样杵在这儿。但摩西舍不得那个桩子，那是他复仇的纪念，就好像他喜欢那块石头，它见证了摩西的力量。偶尔他会走到石头跟前，像见到老对手一样拍拍石面。夏末秋初，当凉风从卡梅尔山袭来，吹拂户外的草垛，摩西便会来到树桩前，挥动大手拔掉切面边缘长出的所有新枝嫩芽。他依然重复着那句惩罚的诅咒：“我让你求死不得，求生不能。”

接着，他在树桩上坐下开始干活：木板摆在膝盖上，上面堆放着弯钉，不一会儿，掰直的钉子也越积越多，堆出了另一座小山，两座山此消彼长。

拉比诺维奇现在年纪大了，脸总是发红，气也短了，仿佛一直在暗中跟自己较劲。他的双唇因衰老而变形，让他看上去像个不谙世事的孩子。然而，他的内心依然执着于寻找那条辫子，手臂上鼓鼓的肌肉依然赋予他力量。即便与他相处了这么多年，有时眼见他用粗壮的手指掰钉子，就像掰铁丝一样轻松，我还是觉得难以置信。

“做这个能让他冷静。”奥代德说。

掰完了钉子，拉比诺维奇用海砂和旧机油把它们打磨。等钉子一个个变得油光锃亮，他的脸上也绽放出笑容。

梅纳汉姆伯伯告诉我，拉比诺维奇一直都喜欢亮闪闪的东西。以前还是个小姑娘时，他会小心提起妈妈给他穿上的连衣裙的裙边，跪下来，用恰到好处的力道将钉子准确地钉在地板上。

他母亲虽然忧心地板，但也知道小姑娘的一些好奇出自本能。她在厨房地板上画了个二英尺见方的框，告诉摩西钉子只能钉在框里。没过几星期，方框里密密麻麻钉满了钉子，而且个个打磨得像玻璃般光滑锃亮。

“那时的摩西是个乖女孩，”梅纳汉姆伯伯总结道，“一个男孩子如果当过女孩、穿过裙子又梳过辫子，在爱情的争夺战中一定无往不胜。”

62

一天，拔示巴伯母大步流星地从地里走来。她一袭黑衣，气得脸色煞白。整个情景既夸张又怪异，惹得人们隔窗一看便马上冲出来跟在她身后。

“怎么了？”摩西冲到嫂子跟前，“这是什么打扮？”

“这是寡妇才穿的裙子，”拔示巴伯母宣布，“你还不明白吗？梅纳汉姆死了，我成了寡妇。”

“什么叫他死了？”摩西大喊，“瞎说什么呢？你这个疯子！”

他悬着心上马奔到邻村。只见他哥哥好好地出来迎接，还帮他擦牲口，让马适当喝了些水，给摩西也倒了一些。梅纳汉姆告诉摩西，有时候他的确会在外幽会。尽管妻子多疑善妒，而且嗅觉灵敏，却从没抓到过丈夫的现行。

“这件事错在我，”梅纳汉姆道，“我应该让她捉上一两回奸，这样她也就不至于闹得这么厉害。如果一个女人心中有疑虑，却总也找不到证据，她会发疯的。”

一天，在拔示巴没完没了的逼问下，梅纳汉姆终于投降，承认偶尔会找“野女人”私会。

“在哪？”

“在我梦里。”说着他哈哈大笑。

他以为妻子也会跟着乐，因为梦境是个合情合理的避风港，就连暴君也无法将触角伸到那里。可拔示巴这次却闹了个天翻地覆，连梅纳汉姆的内心也被迫反抗。他出其不意，给暴跳的妻子一记复仇回击：他开始和“野女人”幽会，而且就在她最束手无策的地方——她自己的梦中。

“你逼得我没办法了，”面对妻子的指控，梅纳汉姆笑了，“要是你允许我在自己的梦里幽会，那我们就不去你那儿。”

“绝对不行！”接下来的几天，拔示巴伯母发现，自己的梦中不只出现了丈夫幽会的地方，还“构思”出很多没见过的“野女人”满足丈夫的欲望。

她尽力保持清醒，可这样一来，那个无法无天的男人居然得寸进尺，连她的白日梦也不放过。白日梦中有日光照射，所以她看了个真切：这一次，梅纳汉姆居然勾搭上了肖珊娜·布洛赫，她从未怀疑过的女人之一。

“我看到你跟布洛赫家的‘野女人’鬼混！”

梅纳汉姆十分意外：“那跟我说说，我们都干了点啥？”当拔示巴深吸一口气，张大嘴巴正准备讲时，梅纳汉姆轻轻把手捂在她嘴上，请求道：“说慢点，让我也享受享受。”

拔示巴冲到屋外，两眼死盯着太阳，时不时地眨眨眼睛。既然这样都无法把奸夫淫妇从自己眼前赶走，她索性跳上公交车，一路坐到海法，在库贝什托克的服装店买了一条黑裙子。

“你丈夫什么时候过身的？”售货员同情地问道。

“他没过身，是我把他甩过身后了。”

“您的意思我没懂。”售货员道。

“对我来说，他已经死了，我要买寡妇的裙子！这有什么不明白的？”

裙子很合身，拔示巴很满意。她乘三点的公交车返回，在村中心下车，让所有人都看到她的新装。她逢户必停，逢人必说，走了很久才来到丈夫的角豆园。

梅纳汉姆身上仍散发出雄树精华的气味。这会儿，他正在修剪一株树苗顶端的残枝，突然发现自家的寡妇站在树下。

她抬眼望着他，原地转了个圈，恶狠狠地问：“合身吗？”

“特别好看！”梅纳汉姆笑着说。

一瞬间，他对这个一袭黑衣、怒火中烧的俊俏寡妇充满了渴望。梅纳汉姆从树上下来，渴望能俯下身撩起她的裙子，分开双膝亲吻她洁白的大腿。

然而拔示巴却后退着尖叫起来。

“对我来说，你已经死了，”她叫道，“你和你那些‘野女人’！所有人看到我穿这身衣服，都知道我们俩结束了，再也没有梅纳汉姆这个人。梅纳汉姆已经死了，他的老婆成了寡妇！”

她就这样吼了一整天，梅纳汉姆收工回家她也不依不饶。此时的雅各布正沉浸在自己的感情世界中，对梅纳汉姆家的事毫不知情。而他又偏偏在那个星期来找梅纳汉姆，想跟他商量朱迪斯的事。拔示巴在院子里暴跳如雷，刚好也被雅各布看见。

雅各布怯生生问道：“出什么事了？”

“他死了！”拔示巴大吼，“你没听说过死人还是怎么的？不知道女人什么时候穿黑衣服吗？”

那位“逝者”从窗子里向外窥视，招呼雅各布到草垛跟前见面。

“她这副样子你怎么看？”梅纳汉姆问。

“要不我换个时间来吧。”雅各布不无歉意地说。

“不用，不用，现在谈论爱情正合适。”

雅各布把自己的努力和苦恼一一诉说，还拿出自己写的东西给他看。他抱怨朱迪斯与格洛伯曼见面，还听他讲故事，跟他一起喝酒。

梅纳汉姆笑了，接着把脸一沉，最终失去了耐心。

“沙因菲尔德，你净计较些鸡毛蒜皮的小事！那能算爱吗？爱情就是几张字条几只鸟儿的事儿吗？仔细听我说，记住了，我再也不说第二遍：只有伟大的计划才能成就伟大的爱情，只有伟大的事物才能左右伟大的爱情。失陪了，沙因菲尔德。我妻子正为我的去世而悲痛，我得去安慰安慰她。”

63

多年过去，当年村里的许多事、许多感觉都已被遗忘。雅各布的伤口曾如红线般在额头燃烧，数年过去，那疤痕也渐渐发白。显然缝合很成功，只有当他因回忆过去而脸红时，伤疤才会变得苍白显眼。

雅各布决定，无论如何都得做点大事。1937年夏末一个骄阳似火的日子，天光一亮，村里便响起金丝雀兴奋而嘹亮的歌声。等人们意识到鸟叫并非来自鸟舍内，而是来自户外时，那歌声已传遍整个村子。

大家纷纷来到屋外，只见雅各布·沙因菲尔德套上马车，载着四只装满金丝雀的大笼子驶向拉比诺维奇家的院落。

人们一个接一个地走出家门，默默跟在马车后。马车向前行驶，跟随的队伍也沿街越变越长。

雅各布把车赶到牛舍门口，大叫一声："朱迪斯！"

夏末的暮光在炽热与尘埃中降临。这个季节，石榴渐渐胀大裂开，果粒呼之欲出；这个时辰，斑鸠在昏暗的柏树上动听欢唱，宛如珠落玉盘。桉树上的乌鸦们仍旧每日聚集。朱迪斯在牛舍里洗罐子，摩西正往槽里添加饲料，为晚上挤奶做准备。

“他来找你了。”拉比诺维奇道。

朱迪斯没吭声。

“出去看看吧，我不想让他赖到家里来！”

娜奥米说他是嫉妒我妈妈。我倒觉得拉比诺维奇是看不惯雅各布这种求爱方式，这种死缠烂打的黏人做法实在让人无法忍受。

他气不打一处来，感觉自己快要忍无可忍。拉比诺维奇知道：如果他出面，或者雅各布走进牛舍，整个事情就不可收拾了。

朱迪斯在一桶消毒剂上直起身，解下头上的蓝头巾擦擦前额和双手，这才走出牛舍。

“你想怎样？”她喊道，“想从我这里得到什么？拉这些可怜的鸟儿来又是干吗？”

雅各布接下来的所作所为令人们终生难忘。最好的证明就是那些甚至没有亲眼看见的人多年后也清楚记得。

雅各布抓住连接着四个笼子门闸的绳索，然后把手一举。

“这是献给你的，朱迪斯！”他喊道。

他一拉绳子，四个笼门一齐打开。

朱迪斯吃惊万分。

站在牛舍里的摩西也是如此。

雅各布直到那一刻都不相信自己能做得到。他把自己也吓了一跳。

四周一片寂静，人们哑口无言。每次目睹他人做出巨大的牺牲或奉献，围观者都是如此。家畜和野生动物们同样不吵不闹，因为自由与束缚的疆界刚刚被打破。四周没有一丝风，仿佛为了给即将腾空的黄色翅膀让路。

鸟笼装车的那一刻，金丝雀也预感到即将有大事发生。一时间，它们也吓得一声不吭，但很快便恢复了活力。雅各布再次大喊："这是献给你的，朱迪斯！"上千只黄色的翅膀拍打着直冲天空，周围的寂静瞬间被激烈的振翅声划破。

随行者异口同声地感叹着。朱迪斯仿佛受了骗，她怒不可遏，好像一只奇怪的大拳头正攥在心头。

"真可惜，雅各布，你的金丝雀全没了。"

雅各布下车来到她跟前。

"我还有你。"

"你妄想。"朱迪斯后退一步。

"一定会的。你刚才第一次叫我雅各布。"

"你错了，沙因菲尔德。"朱迪斯断然否认。

然而雅各布没有说错。那的确是母亲第一次叫他"雅各布"。那名字留在嘴里的味道仿佛是苦杏仁：突兀而讨厌。

"错的人是你，"雅各布浑身发抖，他知道，全村的人都在目睹倾听，"除了这些鸟，我没什么更好的东西可以给你，只剩下我的灵魂。"

"你的灵魂我也不稀罕。"

朱迪斯转身进了牛舍。雅各布了解她的脾气，知道她再也不会出来了。他抓起缰绳，掉转空荡的马车回到自己家。

牛舍里，拉比诺维奇挤奶挤到一半，突然直起身子靠在墙上。

"朱迪斯，"他终于开口，"你也该同意见他一面了吧？"

"为什么？"朱迪斯很意外。

"闹了这一出之后，他就只剩下自杀了。一个为了爱放弃荣誉，放弃事业、财产和一切的人，到头来还剩下什么呢？他什么都没给自己留下。”

尽管拉比诺维奇并不十分清楚，但他的确出于本心。那种同病相怜的感觉，只有争夺同一个女人芳心的两个惺惺相惜的对手才能体会。一种略微恶心的感觉在朱迪斯喉咙里聚涌。

“别担心，”她道，“如果他真心爱一个女人，就绝不可能为她自杀。自杀的人都只爱自己。”

摩西问：“你认识的男人中，有多少能为女人做到这种地步？”

“那你认识的女人中，又有几个愿意要这种殉道者？”朱迪斯反问，“拉比诺维奇，你真正了解几个女人？什么时候你也变成内行了？这件事与你有何相干？我只是你的帮工。你只对我挤的奶、做的饭有发言权，仅此而已。”

大门外，人群依然聚集。好一阵过后，大家才默默散开。低语声渐渐消失，尘埃落定，风雨欲来的不祥之感停滞空中。

64

奥代德告诉我："我小的时候，爸爸会在晚上擦拭铜钱，擦得像金币一样闪闪发光。那时我生怕乌鸦会发疯，怕它们撞破玻璃飞进来把钱币偷走。我还纳闷呢，你居然从没在乌鸦巢里发现过钱币？"

"它们不会把亮闪闪的东西藏在鸟巢里，而是埋在地下。"

奥代德的左臂搭在方向盘上，左臂的肤色要比右臂更深。他的右手在挂挡杆和各式各样的按钮、手柄间飞舞转换，偶尔还会挥舞着解释强调些什么。

他满脸通红，灰色的汗衫贴在层层肚腩上。光溜的脚丫穿着凉鞋踩在踏板上。

"开这种'老麦克'，胳膊必须要有劲儿。现在有了动力方向盘、液压座椅、减速器外加半自动什么的先进玩意儿，我每天的运动只剩下晚上按闹钟。"说着，他哈哈大笑。

"我跟黛娜说过：'走吧，咱们去美国，搞个半拖车。不要马车，要最大的彼得比尔特[1]：后面能睡两个人，还有冰箱、风扇、无线电、淋浴什么的。'这匹马一旦放出来，路上那叫唱得一个欢实。那

1.彼得比尔特：美国重型货车制造商。

可是世界上最好、最舒服、最结实的车。萨义德，开着这么一台车周游美国，在车上看风景，还有什么比这更棒的？车子逐渐经过森林、荒漠、田野、高山，如果你以英里计算距离，而不是公里，整个感觉也会不一样。英里是英里，公里是公里，光竖起耳朵听听，也知道它俩不是一回事儿。一个司机在咱们这儿能做什么？拉点牛奶、茄子、鸡蛋、胡椒，撑死从耶斯列谷运到耶路撒冷，感觉更像是抱纸箱、骑车子的杂货铺伙计。幸好军队偶尔还会叫我去后备队拉几个水箱，从西奈开到戈兰，再开回来。那还算点儿成就。不是我小瞧这份工作，在这个国家，半拖车连个U型转弯都转不了，还得倒过来点儿才不至于过境。美国无边无际，地方又大又宽敞，干什么都能放开手脚。人家的'大峡谷'可是真格的峡谷，真正的大，绝对不是咱们小时候村里大人带孩子郊游时去的埃拉特[1]附近内盖夫[2]边上的那种。咱们在大太阳底下走了一整天，就为看峡谷，到头来只见着个又红又小的破沟。在美国，山是山，河是河，峡谷是峡谷。拿密西西比河来说，那简直就是汪洋大海。你知道密西西比怎么拼吗？瞅瞅我们萨义德，上过大学的聪明人，什么p呀s呀都玩得转。听我说，萨义德，有一首歌：m-i-s，s-i-s，s-i-p-p-i。这还是一个美国姑娘来旅游时在路上搭便车教我的。在美国，如果开卡车进加油站，那里有优质食品，有干净的洗手间，还有音乐。杯子里的咖啡一喝完，马上有人给你倒满——他们管这叫'续杯'。我在电影里见过一次：一个司机坐在加油站的吧台前，伸伸腿，喝喝咖啡。服务员走过来—— 一个经历过人生的真正女人，不是什么笨蛋

1.埃拉特：以色列南端港口城市。

2.内盖夫：巴勒斯坦地区名。

小孩子。她穿着护士那种白鞋，系着小围裙。当他喝到差不多第四杯时，服务员开口问——萨义德，你听仔细了——‘要续杯吗，先生？’不像咱们这儿，什么东西都斤斤计较。给你弄杯破咖啡，再上个湿乎乎的三明治，里面加点烂番茄。厕所里尿尿永远冲不净，厕纸还得自己带。咱们这儿的加油站哪用得着厕所啊，是吧？不管去哪，不管在哪，肯定赶得及回家尿尿。”

白雾蒸腾，山中的松林里飘来温暖的松脂香。太阳爬上山头，大卡车沿一处斜坡下行，之后又在坡顶左转，攀爬一小段路之后再次转向，仿佛山谷一下子在方向盘的转动下伸展开来。

奥代德胸口鼓足了气，转过脸对着我笑笑：“每次去耶路撒冷看娜奥米，她都会跟我聊起这个时刻：从米列克河谷出来，爬坡向左，然后右转，突然，山谷豁然开朗。这儿是吉沃-萨伊德，这儿是约书亚镇，这儿是贝特-谢安，那儿是纳哈拉尔，远处是莫雷山。她想听山谷的样子。我告诉她：‘妹妹，你想那儿了？跟我说一声，我马上带你回家。’你真该看看一旁梅尔的表情。”

从小屋往上走，眼睛所及之处都是娜奥米的悔恨之地，一路延伸至远山的蓝色壁垒。一方方农田间不时会冒出棵大橡树，那是从前的密林留下的纪念。

“你也知道，我跟你妈妈合不来。但在梅尔的问题上，我俩的意见倒完全一致。”

经过冷清的基什昂通道，穿过萨德伊-雅科夫，右转，轰鸣着攀爬到拉马特-伊沙伊——奥代德到现在还管它叫杰伊达。我们一路爬上爬下，快到旧时的英国警察局时，奥代德又把说了百八十遍的故事拿出来讲：施维利队长如何功勋卓著，在周围的阿拉伯村里发号施令。

“萨义德，你得把这些都写下来，”他大喊，“不然我跟你说这些干吗？你记住了，然后写下来。”

65

“那些鸟一只都活不了，”村倌儿帕比什说，“这些家雀儿被惯坏了，哪禁得住外面的折腾。”

然而，雅各布·沙因菲尔德放出的金丝雀却以惊人的毅力经受住了烈日、劲风、暴雨和冰雹的考验。

它们以蓟花籽和动物内脏为食，在树上休息，见到猫头鹰、野猫和鹰也毫不退缩，甚至能打败燕八哥和山雀。但雅各布养的这些金丝雀并不主动攻击。如今，它们出现在村里的屋顶和电线杆上，到处都是。冬末，它们开始跟绿毛雀交配，生下的杂交雀也成了求爱的使者，同时也摆脱不了夜曲歌手的不幸命运。

雄鸟上下纷飞，歌声不断，仿佛上千个身着黄衣的爱之信差，仿佛黄色的字条卡到树枝上，又仿佛黄衣的歌者唱诵着古老的祷文，没有开端，也没有结束。

不过，朱迪斯还是没有接受他的请求。整整一年后，当绝望的鸟儿回到雅各布身边，承认自己的失败，想重回鸟笼时，村民们愤怒了。所有人都说拉比诺维奇家的朱迪斯这次实在太过分了。

尽管村民们都担忧不已，但雅各布并没有自杀。放鸟求爱这一年间，他已不再公开表达情感。他的黄色字条不再占据村子的各个角落，人们也很少见到他的身影。大伙儿都觉得稀奇：雅各布可比以前冷静多了。他让金丝雀重回鸟笼，但不再上锁，鸟儿们来去自由。它们不再像以前那样倾心歌唱，雅各布也只是偶尔听到有几只扇动翅膀，仿佛无法入眠的人置身黑暗，只能细数过去，倾听太阳穴血管中血液流动的沙沙声。

有时，雅各布会到村子附近爬山，然后站在大树下眺望远方，仿佛盼望着某人的到来。如果刚好有风从对的方向吹来，你可以听到意大利战俘的喊声、歌声和音乐声，雅各布一边倾听，一边会心地微笑。

不过，他往往会到村口的路边，坐在石头上等。盼望中，他的指头紧攥在一起，肌肤像马皮般颤抖着，两只眼睛被沙尘迷得不断流泪。那个时候还没有公交站，等到准备兴建时，大家决定把站设在雅各布常坐的地方，反正司机和过路人已经习惯停下来跟他聊上两句。再说，这里时常有一种等待的气氛，建车站再适合不过。

雅各布一回到家，便会到鸟舍打扫食槽，清理长芽和烂掉的粮食，把遗弃的水池边沉积的盐积物刷干净。

“只有伟大的计划才能成就伟大的爱情，”他重复着，“只有伟大的事物才能左右伟大的爱情。”

空荡荡的鸟笼门大敞着，里面风干的腐烂物分明在告诉他：真心若想如愿，必须要有天时地利。这个领悟令他心生畏惧，正如同对宇宙大小、时间流逝和重力牵引的思考，及其他高深的思想一般：脚下的裂口在张开，深渊就在眼前，身后的道路却无限幽暗。

“仿佛静候开花时刻的蓓蕾。”雅各布一边解释，一边在厨房里踱步。他看起来焦躁不安，就像一位在比喻中寻找慰藉的诗人。“仿佛冬季某日，蜗牛全部从土里钻出，各就各位。为什么会这样，萨义德？它们怎么知道？所有人都说，是上帝的旨意。那我问问你，难道犹太人的上帝就没有比关照蜗牛更要紧的事情要做？光、热、时间与土壤湿度相配合，一切恰到好处，准备就绪，蜗牛别无选择，只能出土。那个时候我就告诉自己：雅各布，认真准备好一切，时机到了她一定会来。”

他陪我出了门廊。天色已晚，但雅各布指着卡梅尔山后西边的天说：“所有的秘密，先知以利亚很久以前就已知晓。”

如果木头摆对，火会自己着起来。如果祈雨仪式做得周全，一小片云也可润泽大地。

雅各布越说越兴奋，同时又满脸伤感。他站起又坐下，拧着手指说着什么“自然规律”和规律的极致体现：地球的引力强大而严密，可以消灭或接纳一切，确保一切都有条不紊地进行。

雅各布说，万物之间相互角力。树不会走，牛不会飞，海水不会溢。星星不像人类，从不会相互残杀。

他说，因为这些规则，如果把所有的拼块摆对位置，最后那一块最重要的也将复归其位。

“我就是这么理解梅纳汉姆的话。他给我讲伟大的爱与伟大的事物。如果万事俱备——桌椅、华盖、礼服、食物和拉比都已就位——那么新娘自然会来。我这才明白，之前所做的一切——养鸟也好，送礼物也好，写信也好，求爱也好，全都是错的。我追求的不该是她的爱，也不是她的心和身体。我应该专心准备婚礼，把它置办得天衣无缝，她不来都不行。一开始，我还云里雾里，似懂非懂，后来那个胖子帮工约书亚来了。他一来我就知道：这下好了，雅各布，现在开始学着为婚礼做准备吧。你要把婚礼的一切所需都准备好，接下来的一切也都会顺理成章。”

66

1940年冬天，就在东风来袭的那个星期，格洛伯曼买走了蕾切尔。东风有时在三月初来临，有时是二月中。每次造访，都给山谷带来连续五日的大雨，随后六天则是碧空晴日。

朱迪斯趁第三个大晴天出门，带着娜奥米去海法给家里买些日用品，而摩西就利用这个空当卖掉了蕾切尔。

头脑和内心都以自己不同的方式寻求着答案。问题已无关紧要，即使有答案，也给不了我们任何启发。很多人都无法如心所愿，真正敢于放鸟求爱的毕竟只是少数，把自家帮工疼爱的母牛狠心卖掉的人也不多见。

摩西也许是屈服，也许是反抗，也许是想证明他才是真正的当家人？或者他仅仅是需要钱？我解释不清，正如人类的许多行为也令我不得要领一样，到头来只能想想格洛伯曼的那句口头禅："人算不如天算。"

然而，即使原因微不足道，其结果却很重要。蕾切尔将面对屠刀，母亲把她解救回家，九个月后，我——萨义德·拉比诺维奇——来到这个世界上。

蕾切尔的交易当然是在暗中仓促进行的。

拉比诺维奇突然放开了手脚，牛贩子也是来者不拒，对利润的渴望让他将其他情绪统统放在一边。格洛伯曼向来坚持在买家面前点清货款，而这次却不由分说将一大把钞票塞到摩西手上，连点都没点，恨不得赶紧把战利品牵走。牛贩子把绳索拴在蕾切尔的角上，在她鼻子跟前挥一挥手杖，生怕这生不了崽儿的母汉子趁他牵绳的时候袭击。

他告诉摩西："公牛的一举一动都写在脸上，可这种阴阳崽儿就不好说了。"

朱迪斯不在身边，蕾切尔完全没了底气。跟着牛贩子刚走出了两三步，她突然爆发出一阵哀鸣，像人一样一屁股瘫坐在地上，仿佛瞬间从一个坚强的小伙子变成了筋疲力尽的老妇。

拉比诺维奇和格洛伯曼都有着丰富的经验，知道这种情况下母牛可能一赖就是几个钟头。两人都担心，万一被朱迪斯撞见，她一定会大发雷霆。

"拉比诺维奇，你得帮帮我。"格洛伯曼说。

卖牛的一般也就帮牛贩子牵牵牛。如果交易的是奶牛，主人一般会回避，免得眼睁睁看她被人带走。如果卖家跟奶牛感情特别好，他还会躲到地里，要么自言自语，要么跟树和石头说话，要么就跑到村子中心，找其他人分散注意力，直到牛贩子带着他的战利品走得远远的，奶牛在他听不见、看不着的地方呻吟、死去。

这是人之常情，牛贩子也从不要求卖牛的奶农帮忙。然而这一次，摩西跳到蕾切尔身后，把她的尾巴卷在手上使劲地绞。惊慌与疼痛令蕾切尔一跃而起，只好乖乖跟随买家。

黄昏时，娜奥米和朱迪斯从海法回来。一看到蕾切尔站的位置空荡荡的，娜奥米开始哭喊，但朱迪斯告诉她："诺米尔，进屋去。"之后便一言不发。

她默不作声地跟摩西一起挤奶，摩西紧张得嘴巴发干，手指发紧，奶牛疼得哞哞直叫。挤完奶，朱迪斯回到自己的角落，拉上了帘子。

摩西早已准备好面对朱迪斯的狂风暴雨，还在焦虑中想了很多理由为自己辩护。他回到屋里，和孩子们一起吃晚饭。奥代德在桌旁坐着，娜奥米却紧闭双眼，闷声躺在床上。

奥代德说："爸爸，卖得好！反正她又没什么用。"

"奥代德，你去睡吧。"摩西道。

他在屋里转悠了一阵，出了屋，在牛舍外的泥地里来回徘徊。等他终于下定决心进屋，却发现朱迪斯不在。忧虑的同时，摩西也松了一口气。然而两种情绪翻来覆去地折磨着摩西，令他烦闷不已，他回屋躺在床上，等待着。

屋外强风大作。湿柏刺鼻的气味弥散空中，桉树枝杈抖动。

雨水击打着屋顶，在沟渠中低泣，吞噬着其余所有的声响。

摩西闭上双眼，竖起耳朵倾听着。终于，风雨中传来喘息声，随之而来的似乎是蹄子在泥中的踩踏声。那声音越来越近，可就是到不了跟前。他几次起身出屋，最后终于忍耐不住，套上靴子、穿着睡衣就冒雨出发了。他穿过农田向桉树林跑去。

道路泥泞，摩西走得十分辛苦。疾风冷雨直穿心肺。待他气喘吁吁来到树林边，却鼓不起勇气穿行而过。他步履沉重地回到家，脱掉衣服，闭眼倒在床上。

"来—来—来—"他听到呼唤和自己的名字——母亲在叫他

“梅戴尔”，朱迪斯在叫着“拉比诺维奇”，还有满口是水的托妮娅呼唤“我的摩西”。但他不清楚那究竟是人声还是风雨声，又或是树叶抖动的声音，也可能是头骨欲裂的痛楚。

当他裸身裹着毯子，颤抖着再次来到院中，却什么也没看到。又过了一个小时，摩西已经入睡，牛舍的门闩才插上了闩槽，那清晰的吱嘎声正是他梦中盼望的。摩西意识到自己终于睡着了。两分钟后，他再次裹上毯子跑到牛舍，只见朱迪斯和蕾切尔已被雨淋透，浑身冰凉。

蕾切尔呼着白气站在原来的地方。她用头靠着朱迪斯，朱迪斯横躺在她脚下脏兮兮的水泥地上，要么睡着了，要么昏了过去。

拉比诺维奇吼道："她怎么会在这儿？"

朱迪斯没回答。

她冻得发僵，浑身汗毛竖起，眼睛如死鱼一般，只有冰冷与恨意。

清醒过来后，摩西跑回屋里，发现牛贩子给他的那笔钱还放在老地方。

他心里一沉。等再次回到牛舍，朱迪斯已经从地上起来，她在桶里生了火，正在用干燥的麻布片给蕾切尔擦身。

她们俩都又累又冷。

“你从哪儿把她领回来的？”摩西喊道。

朱迪斯吸吸鼻子，浑身颤抖着。

“这与你无关，拉比诺维奇，”她低声道，“别冲我大喊大叫的。”

“你给了他多少钱？”

“一个子儿也不用你花，”她绞着头发里的水，“是我把蕾切尔赎回来的，她现在是我的。”

“牛贩子把牛退回来了？”摩西惊叫，“他可从来不退货，哪会有这种事？”

朱迪斯不吭声。

“你把她偷了回来！”

朱迪斯笑了，笑声中充满鄙夷与憎恨，令摩西对即将逼近的真相心生恐惧。

“如果不是给他钱，那是给了什么？”他的声音颤抖着，仿佛那答案还未说出就已卡住了他的喉咙。

“蕾切尔现在是我的。你可以挤她的奶抵饲料钱和她占的地方，但她的命是我的。”

“臭婊子，你到底给了他什么？让他操吗？”他甚至没意识到自己可以这样恶毒，还会有这样的感觉。他难以相信，这种污言秽语居然从他的口中说出。

朱迪斯僵在原地，只是微微转过头看着他，仿佛脖子上装了轴。

“这种话我听过一次。”朱迪斯异常冷静地抓起墙边的干草叉走向摩西。

她没有停步，没有袭击，没有佯装，也没有威胁。她那一击没有憎恨，只讲身手。摩西立刻明白，朱迪斯不是在虚张声势。他蹒跚着向后退，刚想抓住点什么，脚下却被粪槽里的铁锹绊倒。

毛毯从他身上滑落，他仰面倒进冰冷的粪堆中。干草叉再次对准他，仿佛有人麻利地将其对准干草堆。这一次他没躲开，一根叉齿刺进了他的手臂。

伤口很深，完全出乎他预料。摩西疼得厉声大叫，一旁的朱迪斯平静而冷漠。她把叉子抽出，第三次举起。摩西赶紧骨碌起身，光着屁股逃出牛舍。

进屋锁了门后，摩西瘫倒在地。过了一会儿，他爬起来清洗身上的血迹、粪便和泥巴，用酒精给伤口消毒。令他浑身发抖的不是虚弱，而是惊讶。他包扎好伤口躺在床上，渐渐明白：原来那卡住他喉咙、让他无法吞咽入眠的东西不是愤怒，也不是恐惧，是嫉妒。那真是一种陌生而奇怪的感觉，他此生还从未有过。

他再次从睡梦中醒来，纳闷为什么没听到朱迪斯的哭号声。摩西想到牛舍看看，但疼痛的胳膊上肿胀的伤口让他回忆起之前发生的一切。还是待在床上比较好。他闭上双眼，梦见被什么东西按住了胸口——那不是别的，只是一对天使之手。天使强壮的大腿死死钳住摩西的身躯，他的乳头灼烧着摩西的前胸，留下一对征服的烙印。天使的手指在他脸上轻抚："嘘……嘘……睡吧，嘘……"

他感到有双唇在脖子上低语："抱歉。"一块温暖的湿绸轻抚、拍打着他的躯体，美梦的愉悦甚至在他睁眼后仍在延续。伤口剧痛难忍，摩西发起了高烧。

一股曾经熟悉的浓香扑面而来，仿佛一条展开的花裙。

"你是谁？"他问道，但是没有女人回答。

外面暴雨已过，知更鸟宣告着黑夜的结束。一只站在托妮娅的石榴树上歌唱，而他的对手则立于帕比什家的院子中。拉比诺维奇知道四周没人，可以多睡一个钟头。可第二次醒来时，阳光早已照到了窗台，麻雀和乌鸦早唱过了晨曲，鸽子也从货栈飞回，咕咕地叫得正欢。空气清新、温暖而干燥，只有窗户和身上散发的土潮气为昨夜辅证。

朱迪斯把一杯加柠檬的茶端到床边。她看了看摩西的伤口道："摩西，今天你卧床休息吧。奶我已经挤好了。"

"你一个人？"

“黎明时我去找了沙因菲尔德，是他帮的忙。”

那一夜过后，朱迪斯再也没有哭号过。

“有些女人一怀孕就能觉察到，”娜奥米告诉我，“朱迪斯肯定是这样。她在这类事情上像动物一样敏感。连排卵期这种东西她都能立马知晓——是她自己告诉我的。我第一次来例假时，她还给我做过女性启蒙。所以，这孩子是怎么怀上的，当晚她是跟三个人都睡了，还是一个也没从，只有她自己知道。不过，现在这已经无关紧要了。朱迪斯已经把这个秘密带进了坟墓。她的棺材里一定很拥挤，谁让她藏了这么多秘密。”

总之，夜晚的哭号声停止了。有人听到过牛舍里传出的笑声，还有人什么都没听到。但有一点所有人都清楚：一定是发生了什么事情。村里人纷纷议论起来。

在我们这里，往往很难辨别是现实催生了流言，还是流言制造了现实。不过，随着证据的增多，事情也逐渐明朗：朱迪斯的眼白开始肿胀，乳房开始坚挺，虽然腰还没圆，可已经有好几个女人见她采酢浆草吃。

两个半月过后，一天清早，摩西走进牛舍，发现朱迪斯靠在蕾切尔脖子边正往粪槽里呕吐。他立刻明白：谣言是真的。

几周过后，格洛伯曼和沙因菲尔德仿佛商量好了一样，都跑来找摩西：“拉比诺维奇，这可不行。朱迪斯不能把孩子生在牛舍里。”

三个人一同来到牛舍，可朱迪斯说她觉得待在这儿挺舒服，离心爱的奶牛蕾切尔也近。三个男人你看看我，我看看你，只能回到屋里。他们争论着制定出各种计划。第二天，沙因菲尔德坐着格洛伯曼的皮卡进城，拉比诺维奇则开始挖地基。

当天下午，皮卡车返回，上面堆满了一袋袋水泥、沙土和碎石，此外还有橡胶袋、工具和模板。格洛伯曼走进牛舍，拿出和朱迪斯分享的格拉帕酒和白兰地：“喝酒对咱们的孩子不好。”他还在柜子里塞满了花花绿绿的孕妇装、干果、香肠和“小食”。

大约两个月后，新牛舍建成。在所有的奶牛都迁入新居后，拉比诺维奇抡起二十磅的大锤，将旧舍内的水泥牛栏和食槽全部打掉。沙因菲尔德和格洛伯曼把碎石清出。接下来的几周，他们在里面砌出新的内墙，隔出两个房间、厨房、浴室，还多开了几扇窗户。他们还在顶上张开护网，准备吊个新顶。

终于，将这些建筑材料卖给他们的商铺老板——那位“城里人帕比什”——出现了。据说他是村倌儿帕比什的亲兄弟，如今这一点得到了证实。他不再是人们打趣的谈资，而是实实在在出现在村里人面前。城里人帕比什无论跟兄弟说什么都是大吵大嚷。他一边说，一边铺地、刷墙、抹灰、布线、铺管，屋子渐渐有了生气，有点家的样子了。我就在这里出生，母亲在这儿把我养大。这里曾经是牛舍，一砖一瓦中饱含着从前的记忆，墙面也散发出牛奶的柔香。

整个过程中，几个男人都没怎么开口。但在牛舍狭小的空间里，他们却离彼此很近，有时会撞到肩膀，有时会蹭到手臂。牛贩子从山上的德鲁兹村买了个生铁炉，摩西把它从车上搬进牛舍。雅各布从自家荒废的果园砍了两棵树，带来一大堆柴火。

“朱迪斯，这是给你的。橘木烧火旺，味道也好闻。”他说。

67

“是谁让她怀孕的？”娜奥米问奥代德。

奥代德说：“她？他们所有人。”

“是谁让她怀孕的？”娜奥米问父亲。

“没谁。”摩西答道。

“是谁让你怀孕的？”娜奥米问朱迪斯。

“管他呢。”娜奥米坚持打破砂锅问到底，朱迪斯只好道：“是我自己，诺米尔，我自己怀的孕。”

“萨义德，还记得你出生那天的情景吗？”

“没人记得自己出生的情景。”

“可我记得，当时我就在这儿。”

“我知道。”

“要不我别回耶路撒冷了，留下来陪你怎么样？”

“可你在耶路撒冷有孩子，还有丈夫。”

村庄夏夜的温暖气味流入窗内。黑暗中有宽衣解带的声音，我的心狂跳不已。

“别开灯。”娜奥米并不知道我闭着眼睛。

她钻进我的被窝，问："你叫什么？"

"萨义德。"

燕八哥在户外高唱，融化清晨的寒意，用橙色的鸟喙勾勒出东方的黎明。

"萨义德，你的眼睛变蓝了，"娜奥米道，"不信睁开眼睛自己看看。"

她的眼中透出旧日的悲伤，泪光闪耀。娜奥米起身下床，身影在黑暗中摇曳。

"上课上到一半，我突然起身跑到这儿来。朱迪斯已经瘫在地上，屋里全是那股味儿，就好像梅纳汉姆伯伯秋天时身上的味道。朱迪斯的羊水已破，那是只有医生和女人才辨得出的羊水味。"

"别怕，诺米尔，"朱迪斯道，"谁也不用叫，你去屋里拿些干净的床单和毛巾来。"

她的脸痛苦地扭曲着。

"你别死，"娜奥米大喊，"你别死！"

朱迪斯苍白的嘴唇泛起微笑。

"人不会因为这个死的，而且会活得更有滋味。"

她笑着念叨道："嘿，我得活得多好啊，诺米尔，我得活得多好。"

屋角的泥巢中，小燕子尖叫着张开红色的小嘴，牛舍里的蕾切尔哞哞叫着猛踢铁门。

"现在，"朱迪斯道，"这个臭婊子马上要生个小姑娘了。"

她仰面躺着，将裙子掀到肚皮上方，脚后跟使劲蹬住地。她两腿张开，屁股向上顶。

"快！把床单铺在下头。"她命令道。

娜奥米怯生生往她腿间看去，逐渐撕裂的下体仿佛要张嘴咆哮。

“诺米，你看见什么了？”朱迪斯问。

“好像里面有堵墙。”娜奥米说。

“那是脑袋。她很快就要出来了，你要帮她一点、一点地出来。诺米尔，别怕，再过一分钟就出来了。这次一定很好生。你只要伸手等着，到时候把她接住就行。”

“是个男孩。”娜奥米道。

“她听了，一把将自己的裙子扯破。”娜奥米告诉我，她的话语和嘴唇流连于我的脖颈，她温暖的大腿搭着我的肚子，“扣子四处乱飞，她对我说：‘快，诺米尔，我快撑不住了，快把他放我胸口上。’我把你放在她胸口，她哇哇大哭起来。那前胸雪白雪白的，就像鸽子一样。”

娜奥米想逃离牛舍。在那一刻之前，朱迪斯一直都冷静果断；而在那天夜里，积聚在内心深处的哭喊却冲口而出。

她后退几步，搓着两只黏糊糊的手，直到身体顶住墙。娜奥米看着眼前这个女人在乱草与血泊中扭动着身体，喉咙不断发出尖叫，臂弯里睡着她的儿子。

沙因菲尔德、拉比诺维奇和格洛伯曼都穿上自己最好的衣服来参加我的割礼，中途一刻也不离我左右。

雅各布不懂裁缝，于是给我买了几套婴儿服。

拉比诺维奇给我做了个摇篮，既能立在支架上，又能吊起来摇晃。

而格洛伯曼依旧恪守他的作风和原则，给我准备了一大沓钞票。他用手指蘸蘸唾沫，把钞票一张张搓开，分成五小沓儿。然后大声对客人宣布道：“一份给孩子，一份给妈妈，一份给这个爸爸，一份给那个爸爸，一份给另一个爸爸……”村倌儿帕比什和城里人帕比什实在看不下去，于是起身大喊：“礼物已经给了，赶紧闭嘴！”

68

Shlaf meyn Zaydele, meyn kleyne,

shlaf meyn kind un her tsikh tsu,

ot dos feygele dos kleyne,

iz keyn andere vie du.

睡吧，萨义德，我的小宝宝，

听妈妈的话，乖乖睡饱饱，

飞高高，高高飞，一只小小鸟，

就是我的萨义德，我的小家雀儿。

“若是死亡天使降临，见到一个叫萨义德的孩子，肯定立马明白，一定是哪里出了错，继而转向别处。”

我依旧对她赐予我的名字深信不疑。如今我长大成人，确信有朝一日我会为人祖父，让自己名副其实。死亡天使会找上门来，因为被骗而气急败坏。他完全失去了耐性，二话不说叫出我应有的名字，把我的灵魂抽了个彻底。

我依然记得幼年那些小巧清晰的照片。

还记得一天晚上，我醒来发现她仰面躺着。当时正值盛夏，她身上的被单滑落，两臂张开，前胸裸露着。她脸上的严肃消失，连鼻梁的曲线都变得柔和。

我起身帮她遮盖。当被单罩住她的身体，她伸展腰身，睡梦中绽放出微笑，仿佛裸露的身躯上有海浪掠过。我再次轻抖被单，让它落在她身上，直到她发出一声轻叹。我再次拎起被单，她的眼睛突然睁开。那眼神严厉而清澈，一如她的声音："行了，萨义德，赶紧睡觉。"

"可我想让你盖舒服点。"

我还记得母亲如何抓住我的胳膊带我回到自己的床上，然后回去躺下。我们两个人都心知肚明：谁都没睡着。

我还记得三岁半时，我抱怨只有自己看不懂梅纳汉姆伯伯春季写的字条，于是雅各布便教我读书写字。

我还记得格洛伯曼将切薄撒了盐的美味生肉片拿给我嚼。

我也记得跟摩西一起玩"大笨熊"，记得我第一次从桉树上摔下去。所有的人都以为我活不成了，我自己也不例外。我睁开眼睛，寻找着上帝和天使，母亲对我说："起来吧，萨义德，你啥事儿也没有。"

她的故事渗透我的记忆，与之融为一体。比如，那头母驴在我出生前就已经老死，可我却能清楚地记得她如何机灵地从马的眼皮底下偷大麦：看到马儿塞了满嘴大麦，那母驴就冲过去咬他脖子。马儿试图反击，大麦从嘴里掉下，母驴见了赶紧下嘴。

"这个我也记得，"娜奥米道，"我还记得跟她一起吃石榴：一开始是坐在石头上，后来坐在父亲砌成的小路上。我还记得，她让我去抓鸽子，然后由她把鸽子弄死。朱迪斯用两根指头猛拉鸽颈，直到‘咔嚓’一声，每当这时，她都情不自禁地咬住下唇。”

我们正站在耶路撒冷德国殖民地公墓附近，乌鸦集会的那棵树旁。娜奥米笑着要跟我比爬树：“你摔下来比我强，我爬上去可比你厉害。”

她又说：“我得去看看梅尔的母亲。萨义德，你能陪我一起去吗？她住得不远。”

娜奥米称自己的婆婆为“梅尔的母亲”或“克雷巴诺夫太太”，所以我并不知道她叫什么。兴许我五岁那年，娜奥米和梅尔结婚时，有人告诉过我，可是后来我又忘了。她家的花园里有一丛十分艳丽的蔷薇，还种着纤细的扁桃树和茂盛的忍冬花。

这丛蔷薇十分独特：它挺拔如树，荆棘像猫爪。如此高大坚挺，几乎用不着打理浇水。而且，蔷薇丛香气浓烈，路过的人们都无不震撼，小虫也乐得在它幽深的根丛中流连。

克雷巴诺夫太太骄傲地告诉我们，即便是战争中被封锁的年月，各家的花儿都在枯萎凋零，她的那一丛蔷薇也常开不败。

这位太太是个寡妇。即便上了年纪，她的面部依然保有迟暮美人的曲线，等待着绽放光彩。

“我记得你，”她道，“你是那个帮工的儿子。你就是梅尔婚礼上的那个小男孩，对吧？”

“我也在那婚礼上，”娜奥米说，“你难道不记得我吗？”

“你的名字很有意思，对吧？”克雷巴诺夫太太问我。

“我叫萨义德。”

“你今年多大？”

那时我二十三岁。

“你这个岁数的人叫萨义德，肯定是谎话连篇。”克雷巴诺夫太太宣判道，“告诉我，你和你母亲是不是之前跟牛一起住在牛舍里？”

“差不多吧。也不是真的跟牛同处一室，不过我们住的房子以前的确是个牛舍。”

“真有意思！记得当时听说后，我还把这事讲给丈夫的亲戚们。一个女人带着孩子，却跟奶牛住在一起。”

门廊上传来一阵奇怪的金属敲击声，回声甚至比敲击声更加响亮。

“那是鸟儿们在啄水箱。如今也就只有它们会来看我。”梅尔的母亲嘟囔着。

我向窗外看去。门廊上立着个大水箱，那是耶路撒冷当地人应急的储水装置。克雷巴诺夫太太在水箱顶撒了面包屑，引来小麻雀在锡顶上啄食。生活在冰冷无情的吝啬城市，能在这里找到吃的，小麻雀们当然很感激，而克雷巴诺夫太太看到它们圆圆的眼睛里的谢意也十分欣慰。她告诉我们，那回声能告诉她水箱里的水量还剩多少。

偶尔，会听到一阵更加响亮、有力的啄食声。老人知道，那一定是从柏树上飞来的乌鸦。它吓走了小麻雀，抢走它们的食物。

凡是个头大过她的手的黑色动物，克雷巴诺夫太太一概不喜欢。她立马冲上门廊，右手擎着一把笤帚，一边驱赶偷食的小贼，一边义愤填膺地大喊着：“走开！去！走开！”

她满脸通红地回到屋里，到厨房给我们沏茶，顺便稍作镇定。娜奥米小声告诉我：她婆婆撵狗说希伯来语，赶羊说阿拉伯语，轰猫说意第绪语。她不知道乌鸦属于哪个国家，也不知它们操哪国语言，于是驱赶的时候就把各种语言混起来说。

她的热茶甘甜而美味。喝过之后，我们起身告辞。

奥代德告诉我："让娜奥米去耶路撒冷简直就是把鲜花从土里揪出来，然后扔到路上让车碾。"

梅尔与娜奥米成婚多年，奥代德的怒气一点也没消。打我小时候起，他就经常用村里的卡车拉着我去耶路撒冷看他们。我摸黑跑到奶厂，既瞌睡又兴奋。奥代德允许我爬到奶罐上检查盖子是否盖好，出发时还特准我拉动他左肩上面的绳子，鸣笛开道。

我往往会在车上睡着。当奥代德在黎明到达耶路撒冷的特努瓦营销合作社，并在场院门前换挡时，我才会醒来。娜奥米已经在那里挥手，奥代德以车笛声回应，而值班主任则丢下咖啡跑出来大喊："拜托，小点僧！别响喇叭了！这才早上五点，耶路撒冷的人还米醒呢！"这时，维特金镇的司机艾瑟瑞尔吼道："山姆深呀，山姆深，你自己才该小点僧呢！"[1]

车子猛一撒气停了下来。奥代德跳下车拥抱妹妹，又马上转身取下车上的包裹，那是朱迪斯给她准备的。包裹总是用奶粉盒的棕色包装纸包好，外面还用绳子系紧，里面有水果、蔬菜、应季的石榴、酸奶油、奶酪、鸡蛋，还有一封信。

"这是家里给你带的。拿着，这是给你一个人的，明白吗？就你一个人吃，一口都不给他！你笑什么？我跟你说正经的呢！"

"当初我要是赶上他来家求婚，最后肯定到不了这步田地，"奥代德道，"我绝不会让他把娜奥米接走，她也不会离开。要是我在的话，他连院门都别想进。那个下三烂不知从哪冒出来的，像胡狼一

1.小点僧、米醒、山姆深，都是表示说话人发音不标准，如把"shut up"说成"sut up"。

样盯着笼里的小鸡不放。我就纳闷了，你那厉害的母亲大人怎么就没看出来？怎么没当场把他扔出去？”

两三天过后，我坐车回村。每一次，当卡车驶出米列克谷，我一定会醒来，目睹自己深爱的山谷在眼前豁然展现。奥代德又开始讲述曾经驶经此处的火车，还有阿拉伯人放进村子地里的那些野牲口。“我们冲出去，挥着鞭子把它们赶走。”他又说起英国人以前的防空哨，说起施维利警长，还有田野中被毁坏的石头烟囱的故事。那是意大利战俘营的遗迹，营地里总是传来歌声，看守们从来不站岗，身上总是一股油烟味儿。

“你会把这些都写下来，对吧，萨义德？”他吼道。

69

雅各布在火上坐了一锅水，在手掌上打了个鸡蛋，将蛋白滤掉，把蛋黄放进碗里。一点酒，一点糖，搅拌器在他手中闪耀飞舞。水汽蒸腾，将酒香释放到空气中。

“蛋黄就是力量，是母亲，是生命。”

他的动作又快又稳。但当他把手指伸进碗里蘸蘸，想品尝下味道时，那手开始发抖。

“千万别忘了我。”雅各布忽然道。

“当然不会。”

“还有格洛伯曼和拉比诺维奇，也别忘了他们。”

“雅各布，你是不是累了？要不我这就回去？”

“请你把衣橱打开。”

我照做。

“请把那个盒子拿出来。”

一个又扁又长的白色硬纸盒像幽灵一样立在挂起的衣服后面。我记得那个盒子，也知道里面装的是什么。

“把它打开。”

一袭白色的旧礼服陈放其中。

“那是你母亲的结婚礼服，”雅各布用颤抖的声音道，“你还记得吗？是我亲手缝的。”

我蜷缩起身子，眼睛有些湿润。尽管妈妈只穿了几分钟，那礼服却像是她在田野中褪下的皮肤，等待着与主人的血肉团聚，正如等待中的我与雅各布。

“那时她穿着这条裙子，正在赶来的路上。事情突然发生了。所有人都在席前就座，等待她的到来。然而，来的却是你，萨义德。一个十岁的孩子抱着那个盒子，盒子里装着那件礼服，你不记得了吗？当着全村人的面，你把盒子交给我，然后转身就走，连看都不看我一眼。然后，所有的客人都走了，我回到屋里，关上门，抱着那件衣服倒在床上。所有的碗碟，所有的上等德国餐具都晾在屋外的桌子上，让阳光暴晒，任苍蝇滋扰。我就这样躺了整整一个星期，不睡觉也不做梦，心冷得像冰。朱迪斯和摩西回来后，立马就赶上大雪。那是1950年2月。那会儿你还是个孩子，不过那场雪你肯定记得吧？有谁会不记得1950年那场大雪？全国都在下，连约旦河谷都下了几英寸。怎么说呢，那可真是没想到。村里倒了树，死了鸡，还冻死了两头小牛。附近的临时营地里，有几个新移民被厨房整个儿掉下来的屋顶砸死了。我们那儿的人，见识过三四米高的积雪，坐过三匹马拉的雪橇，见过小牛那么大个儿的狼，还敢伸舌头舔舔井边冰冷的铁栏杆。对我们来说，那年的雪只能算是小打小闹。那能算大雪吗？雪橇在哪儿？狼狗在哪儿？在这里，我们弄个泥橇，是为了走泥地运牛奶。有一次，村倌儿帕比什射死一只进院偷鹅的狼。不过，也就是帕比什管那东西叫狼，其实只有猫那么大。要我说，那撑死也就是匹胡狼。别说耶路撒冷和采法特[1]了，就说咱们这

1.采法特：以色列北部城市。

儿，一个炎热山谷里的小村子下雪？那是做梦都没有的事。谁能禁得住这场面？那些树根本受不住，尤其是桉树。桉树能禁得住下雪吗？萨义德，我问你，这种来自澳大利亚的树禁得住风雪折腾吗？我见到苹果树、樱桃树、桦树站在风雪中，可桉树湿乎乎、软趴趴的，冬天也不掉叶子，压在身上的雪量远超过它的承载力，只能断掉。雪一片、一片又一片落在树上，直到落下最后一根稻草：断！现在！树顶的巨枝压断掉落，全村都听到那断裂声，甚至是断枝时叶间的风声都听得一清二楚。然后，他们听到了那一声，所有人都起来跑了过去。毕竟，有谁不知道拉比诺维奇家那棵桉树？树顶有乌鸦筑巢。你小时候曾经爬到上面去看乌鸦。格洛伯曼、拉比诺维奇和我像疯子一样在树下兜圈子，生怕你掉下来。朱迪斯还笑话我们，说这孩子叫萨义德，肯定会平安无事。现在，你该小心了。因为你已经不再是孩子，死亡天使也不会原谅你跟他玩把戏。他已经等了太久太久，就等时机到来，把你带走。有时我觉得每个人都有自己的死亡天使，他与你同时降生，一直在你身边等待。正因如此，如果有人已经年纪一大把了，那他肯定还有很多年好活，因为他的死亡天使也不再年轻，眼神不好使，手也哆嗦。早晨醒来，死亡天使也是一身酸痛。当他终于完成使命，自己也会在你死了一分钟后断气。就好像蜇了人的蜜蜂自己也得倒霉。这里有一位独身女人，你母亲，虽算不得十分美丽，但开朗清亮，仿佛面对花园的一扇窗。还有她眉间那道忧伤的细线——那也是被爱割出的伤痕。不光是她的肌肤，如果你见过她挤奶，或是切蔬菜拌沙拉，或给孩子洗澡的样子，你就会立刻明白那双手是多么有魅力。你问我为什么会爱上她？你问我想从她身上得到什么？我这样的人对女人能有什么奢求？原谅我的粗俗，萨义德，我们这种人既不看奶子，也不看屁股，甚至连美貌都觉得索然无味。火花已开始逐渐熄灭，无论是精神，还是肉体，都开始变得无聊。正如格洛伯曼所言：面对多数女人，命根子都要打哈欠。所以，他看重的是手。女人的巧手可以抚慰你，激起你心底的涟漪，可以如水一般流淌倾诉：我在这儿，雅各布，我就在这儿，嘘……睡吧，雅各布，你并不孤独……雅各布……睡吧。”

第四餐

70

雅各布第四次为我做饭是在1981年，就在他去世几周后。

他走得平静而直接。灵魂并非从他肋骨间逃亡而出，也没有像麻叶一样燃尽熄灭，更不是生撕活剥般离开肉体，而是在从容中渐渐抽离。司机发现他衣着整齐地躺在客厅的沙发上。他说，雅各布的表情很安详，身体冰冷，但依然柔软。他的表情与姿态中既没有挣扎，也没有痛苦。

司机告诉我:“我自己也不年轻了。希望我也能走得像他一样。”

雅各布去世时我在耶路撒冷，当时正躺在娜奥米和梅尔家的客房，尚未入睡。电话声突然响起，打断了夫妻俩的谈话。他们俩总是在晚上聊天，我总是仔细倾听，然而却从未从那低沉愤怒的声流中捕捉到任何内容。

那里已不再是我儿时造访的那个住宅区的狭小公寓。如今，他们住在宽敞美观的石屋里。起先，娜奥米和梅尔睡在一个房间，挤一张单人床；然后变成同房双人床，后来又同房不同床。如今，夫妻俩各睡各的房间，各睡各的双人床。这也是记录流逝时光的办法之一。

出于惯性，我躺在床上，眼睛注视着那扇再也不会打开的门。再也没有三角形光线从那儿照进，也再没有走廊上玉体的金色剪影。

每次雅各布说起河边洗衣的年轻姑娘，总会不无骄傲地将其形容为“爱的永恒画面”。我也思考着自己的永恒图画——那个暗夜中的身影，湿润的面颊，纤细的腰身，光亮的肌肤。我渴望回到那个房间，用一声口哨将时间召回，再次目睹那黑暗中光彩照人的裸体。然而，那一刻却再也不会回来。

然而，纯真却早已离我而去，她的肉体也不再年轻。总之，世上最大的悲哀莫过于修复。想象好过修复，虚构强于想象，而这三者都比不过回忆。

梅尔拿起听筒。“喂？”我听到他说，“他在。”紧接着他喊道：“萨义德，找你的。请你告诉打电话的人，无论他是谁，现在是凌晨四点。”

“我在耶路撒冷特努瓦这边，”奥代德在电话另一头说，“雅各布去世了，我觉得该跟你说一声。”

“什么时候？”胸腹中那刀刺般的剧痛让我猝不及防。

“昨天早上。”

“他们为什么不告诉我？为什么不早打电话？”

“‘他们’是谁？又该打给谁？”尖锐反问后，他接着又说，“他们已经把他下葬了。昨天下午。”

“你什么时候回村子？”

“你在出城的地方等我，我半个小时就好。”

一路上我只想着一件事——那个只有我和妈妈知道的秘密，那个她拒绝雅各布求爱的最终理由。自从她死后，我一直试图鼓起勇气向雅各布坦白。我在走路时无声地动嘴演练着那些对话，我把悄悄话说给早已钻不进去的观鸟暗箱，我张大嘴巴，撕心裂肺地对着远处的树林大喊，可就是没能对雅各布说出实情。

奥代德感受到了我的悔恨和焦虑，回村的路上一句话也没说。

我突然大声说："其实这样更好。如果我告诉他，估计他很早就不在了。"即便这样，奥代德也假装发动机的轰鸣吞没了我的忏悔，并没有做出回应。

几天后，我被叫到海法某律师的办公室，并且被告知：雅各布将提翁橡树街的那栋漂亮的大房子连同它的花园、厨房和里面的一切都留给了我。

律师问我："房子你打算怎么处置？"

"把它租出去。"

"我会很乐意租下它。"

"你可以在十天后搬进去。"

律师目光低垂，清了清嗓子。"厨房的墙上有一张女人的照片。"他说得很难为情，"如果你能让它继续挂在那儿，我将不胜感激。"

"你认识她？"我问。

"格林夫人？很可惜，没在她年轻时，而在她暮年时，我才与她相识。我曾是他们夫妇俩的律师。多年前格林夫人去世时，是我找到沙因菲尔德先生，把夫人留给他的房子钥匙交给他。沙因菲尔德告诉我，自己是格林夫人的第一位丈夫。坦白说我很吃惊。如今，房子由你继承，拉比诺维奇先生。我问个私人问题，希望你别介意：你跟这一家是什么关系？"

那天晚上，拉比诺维奇先生睡在新家里。

同往常一样，他到黎明才渐渐睡去，一个梦也没做。

第二天，有人大声敲门。

“谁？”拉比诺维奇先生问。

“商店来的。”

一个满身香叶和香肠味的年轻人走进来。他似乎对这里很熟悉，一进门便径直走进厨房，把几个包裹放进冰箱，收纳好水果和蔬菜，把瓶瓶罐罐归到该放的位置。

“不用付钱。”年轻人将商店的名片放在桌上，还留下一个写着我名字的封好的白信封。

到了门口，他回过头，深吸一口气对我说：“萨义德·拉比诺维奇先生，请节哀顺变。雅各布·沙因菲尔德先生是个大好人，对吃的很有研究。他虽然叫不上酒的名字，但在他手下，煎锅会微笑，菜刀会跳舞。我们老板有时会来这附近，就为了在他做饭时闻闻附近的香味。然后他回到店里会说：能卖东西给雅各布·沙因菲尔德先生是我们的荣幸，他可以同时用三口铜锅烹饪。老板还让我转告您，如果您继续住在这里，我们也会很乐意为您服务。”

年轻人一口气全部说完，然后转身离去。

萨义德·拉比诺维奇先生开始四处搜寻翻看。

信封里装着第四餐的食谱。

床头柜的抽屉里放着妈妈的蓝头巾。

她美丽的结婚礼服已经从盒子里取出，挂在衣橱里。洁白的布料光滑、清新，没有丝毫异味。

萨义德·拉比诺维奇先生取出礼服摊在床上，在舒服的安乐椅上坐下来，进入了梦乡。

71

那记忆是多么清晰：枫叶变黄落下，仿佛被砍掉的双手被水流冲刷。农民们拆除捕鹅的猎网，收集屋顶晒干的果子。

事物是多么寻常：北风来袭，浮云惨淡，初雪落下，野狼的踪迹在清晨逼近村舍。

地球旋转。冬日终结。春季的鸟儿是多么顺从：芦苇中夜莺歌唱，苹果花摇摆着裙裾，陪伴身边的蜜蜂赶了个正着。就在雅各布眼前，白色的蝴蝶前后翻飞，迷醉着掉进他记忆的织网。

金色与绿色随处可见。太阳升起，已经有翠鸟与倒影齐飞——多么熟悉，多么美丽的画面。清风在桦树的叶间舞动，姑娘们来到河湾处的石头上，清洗衣物和床单。

雅各布告诉我，就这样，他的内心被爱的底色填充。如他所说，对恋爱中的男孩而言，好奇总是胜过欲望，惊奇总是多过嫉妒。这种爱胜过日后的所有爱慕，因为它全身心投入，坚定不移。

他又告诉我，小时候的他爱的并不是某一个女人，而是所有女人。他热爱承载着她们重量的大地，热爱在她们美丽头颅上架起华盖的天空，也热爱犹太人唯一的神，是他把她们带到他身边。

他渴望着姑娘屈膝跪在石板上的时刻。束缚在衣衫中的嫩乳在对他歌唱，晶莹的水波在他的心中荡漾。从他所在的位置与角度看去，姑娘们仿佛漂浮在被太阳镀了金的宽广水面。清风撩拨她们的裙角，紧贴着，轻抚着，勾画着。

“爱的永恒画面。”雅各布重复着。令他沉醉的不只是记忆，还有那笨拙的唇舌表达的言语。

72

我对下厨没什么热情，对食物也没有特殊兴趣。和所有人一样，我也喜欢享受美食，但我无心探索成就美味的秘诀，也不想知道用了什么食材。为口舌之欢而长途跋涉，这种事我做不出。我相信格洛伯曼的话："吃完能用面包把盘子溜干净，就说明好吃，一准儿的！"

平滑的餐桌正在耐心等待，桌上白色的大餐盘闪闪发光，如今它们已成为我的财产。墙上红彤彤的铜锅仿佛一枚枚落日。橱柜里，刀具正屏住呼吸，看看谁会被拉开抽屉的新手选中。

我将雅各布的食谱挂在眼前，将他的围裙系在腰间。

起初我有点害怕。正如我所说，和摩西每日的简单餐食就是我对烹饪的全部认知：煎蛋、沙拉、土豆泥和煮鸡肉。不过，雅各布写的做法很简单，肉很听话，调味料和蔬菜也已处理妥当。手中的长柄勺仿佛自己长了脚，炖锅和炒锅也很配合。我信心大增，相信很快便可以多火齐开。

在我的心中，悲痛与喜悦从来不会交融，正如水汽与油滴不会混合。事情相继发生，在时间的维度中一路为邻。切菜的同时油煎，搅拌的同时挤压，悲伤的时候微笑。我蒸着，拌着，洒着，煮着，回忆着，痛哭着，调配着。

即将收尾时，我以一个小小的仪式庆祝大功告成。独处之时，人们往往会这样犒赏自己。我脚后跟一拧，身子一转，解开围裙，微微鞠躬，然后关掉灶火。

墙上的丽贝卡好奇地看着我。一直以来，我都没理解那表情的含义。直到现在我才意识到：现在的我已经比照片中的她大多了。

“吃吧，我的孩子。”我一面对着丽贝卡打趣，一面给自己盛上我与雅各布的最后一餐。

73

“她的身体里、肌肤下隐藏着怎样的情感？女人的身体上，而不是头脑里，记录着怎样不为人知的秘密？萨义德，即使是你，也并不了解母亲的一切。你所知道的，无非是她乘火车来到这里，抚养了拉比诺维奇的孩子，在他家做饭、欢笑、洗衣、刷碗、挤奶，做着一个村妇所做的一切。她一个人住在牛舍里，夜间发出撕心裂肺的哭号声。你知道的就这么多。有时我觉得她来到这里是为赎罪。她把心爱的小牛养大，对动物能倾注如此心血，给她取名蕾切尔，难道不是为了祈求原谅吗？可她一个字都没有透露过，眉宇间也看不出任何蛛丝马迹。她的脸明朗得像一扇面向花园的净窗，但与此同时，却不显露出任何秘密。这就是她隐藏的方式。那时的她有很多秘密，其中的一些我至今依旧为她守护着。怎么，你以为我和盘托出了吗？拉比诺维奇也许知道一些，但他从不纠结于这种东西。多年来，他也沉浸在自己的遗憾当中，对他人的伤疤不再感兴趣。只有那么一次，当有人跑到村委会，抱怨朱迪斯夜里哭声太大时，拉比诺维奇找到书记办公室，说了这样一番话：‘人家把你家奶牛的奶子哭干了？没有吧？那你管那么多干吗？关你什么事？谁都有想哭的时候，鲁宾的声小，西蒙的声大。’说完，他转身就走。起初我不明白鲁宾和西蒙是谁。村倌儿帕比什告诉我，那只是举例时随便安上的名字。当时我想：像雅各布这种名字永远不会被人拿来举例。每天晚上，朱迪斯依旧哭得令人心碎，而夜里发出的声响是掩藏不住的。这不像萨义德，你怎么也猜不出他的父亲是谁；也不像女人的秘密，来自哪里，爱过什么人……像这种秘密，如果没在肌肤上留下印记，又是在哪里呢？灵魂？灵魂上能留下怎样的印记？那样的哭号已经压抑了整个白天，就等在夜晚释放。她曾躺在牛舍里，身旁是心爱的奶牛。一个咀嚼苜蓿，一个咀嚼回忆。而那哭声……每晚不断……如野狼的灵魂般漂浮于村子上方，上升，落下，寻觅……它寻觅着……寻觅着……怎么说呢，萨义德，我不点名，不过确实有人说，如果拉比诺维奇家的朱迪斯再这样号下去，胡狼都会进村来认亲戚了。故事越传越开，越传越精彩。有人说这是女人的事情，疼在男人没有的地方，男人也理解不来。有人说是因为爱。有人说是睡梦里想起了后悔的事。你看，每个人都有悔恨，有大有小，有的人闷声不响，有的人撕破喉咙，有的人一辈子什么都不做，只是后悔。以前我认识一个外族的木匠，有时吃了东西会后悔，有时爱了某个人又后悔，有时说了什么话也后悔。人难道还缺少后悔的理由吗？有时，木匠会跑到别人家里，把自己一周前刚做好的柜子返工。有两次，人们抓到他挖坟，因为他后悔打棺材时没用对木料。他一年总要改两三回名字，如同田间蜕皮的蛇，把老问题留给旧名。萨义德，你小时候经常抱怨自己的名字不好听。不好听你干吗不改名？跑到政府去，说：我不想再当萨义德了，我想当格申，或者所罗门，或者雅各布。你要是叫雅各布就好了。但那很危险，你和我的名字都决定着命运，叫我们这种名字的人可不能胡来。”

74

那时候，世界大战即将结束。一天夜里，一个古怪的男人出现在雅各布·沙因菲尔德家门口。

“那可真是个奇怪的人。不过，这种客人来这儿绝非偶然——就像朱迪斯，就像毒蛇，就像白化病。和他们一样，这个人走的也是田间，而不是公路。”

总之，雅各布屋外响起急促恳切的敲门声。他一开门，一个身型肥胖的丑大个儿站在黑夜中，稀疏的头发向后梳着，一对老鼠一样的小眼睛怯生生地望着他。

他身穿蓝色工装，雅各布一看就知道，那是意大利战俘的囚服。英国人建的那个战俘营就在村外不远处。人们经常会看到穿蓝衣服的战俘在田里晃悠。大家都知道营区的围栏上破了个洞，战俘们从那里钻进钻出，到外面采些香草作调料，蹦蹦跳跳像孩子一样。

可眼前这个战俘的眼睛滴溜乱转，皮肤上满是汗水。他跪在地上，惊恐中喘着粗气。他用希伯来语道：“他们在追我，让我在这儿躲躲吧，求你了！”

“你是谁？是犹太人吗？你怎么会说我们的语言？”雅各布起了疑心。

“听过的语言我都会说。”这个战俘在模仿他的声音说话，令雅各布吃惊不已。“你要想学，我可以教你。让我进去吧，把门关起来，我把一切都告诉你。”

“我不能就这么让一个陌生人进家，”雅各布坚持道，“我得找个人说一声。”

来人直起身子将雅各布往里推，动作很柔缓，但很坚持。他跟了进去，然后把门关上。

“别说，谁也别告诉。”他恳求道。

“萨义德，你知道我为什么同情他吗？不是因为他逃出战俘营，也不是因为他模仿我说话。他坐在桌前，伸出三根手指从盐碗里抓了一些盐放在手掌上，像牛一样用舌头舔。只有真正虚弱和绝望的人才会这样，这一点我最清楚。我妈妈去世前一年就这样，桌上总是放一小块盐，还有一块更小的揣在兜里。当这种人虚弱时，就像需要补充糖分的人一样，他们会放一点盐在嘴里，不然就会膝盖发软。我常梦想着有朝一日赚了大钱，一定让妈妈吃上有钱人吃的那种白色的细盐，不用像牛一样舔这种灰石头。看着这个可怜的意大利人，我就知道，他真的需要帮助。”

雅各布给逃犯切了点面包和奶酪，又给他煎了个鸡蛋，看着他吃完，随后把他带到旧鸟舍。

他从孵化间搬来两袋木屑：“在这儿躺会儿吧，我们明天再谈。”

第二天，雅各布比平日醒得更早，因为金丝雀正扯着嗓子拼命高叫。睁眼躺了几分钟后，他还是决定下床。好奇与决心占据了他的内心，令他再也无法入睡。

他来到鸟舍。战俘早已醒来，他睁着眼躺在木屑包上，用两根卷轴一样的手指指挥着鸟儿们。

“你叫什么？”

“萨尔瓦托雷。”战俘站起来鞠了个躬。

“姓什么？”

“没姓。父母都不在了，没老婆，未来也绝不会有孩子，要姓没用。”

“请坐，萨尔瓦托雷。站着多不方便。”

战俘坐了下来。即便如此，他还是把房间填得满满登登。

“你家在意大利什么地方？”

“在南边的一个小村子，叫卡拉布里亚。”

“那你一定知道，这种小村子里什么事情都藏不住。一家做饭，全村都知道锅里煮了什么东西。我就是把你埋在地里都藏不住。你说我们的语言，长得也跟周围人差不多。我给你取个当地人的名字，把你打扮成当地人，就说你是我家的帮工。”

就这样，萨尔瓦托雷从一个无姓的意大利战俘摇身一变，成为犹太帮工约书亚·波尔。

没有人知道他的真实身份，因为萨尔瓦托雷模仿能力超群。除了母语意大利语之外，他的希伯来语、德语、英语、俄语、意第绪语和阿拉伯语都很流利。他对雅各布只说希伯来语，只叫他“沙因菲尔德”。雅各布问他为什么，他说自己不敢直呼其名，“毕竟我是你的帮工，而且你的名字也很特别。”

雅各布给他买了工作服，这样他就不用穿着监狱里的那套衣服到处跑。萨尔瓦托雷会挤奶，会剪枝，会灌水泥，会割草，会杀树虫，还会修水管。没过几星期，村里人人都知道沙因菲尔德家的新帮工有着一双万能的黄金手。时不时地，还会有人招呼他到自家农场干点活，让他赚几个零钱。

萨尔瓦托雷很感激，同时也尽心尽力地侍奉雅各布。他做饭，洗盘，打扫房子，照顾花园。当发现雅克比与雅克芭家附近还剩下几株白化病种下的玫瑰时，萨尔瓦托雷赶紧将其从缠绕的藤蔓中解救出来，为它们嫁接新枝。

他灭鼹鼠的本领让所有人大开眼界：随随便便用草叉一捅，就能把它们消灭在窝里。大伙都以为他干过很多农活和技术活，其实不然。是他的模仿天赋让他轻松掌握各种语言，也学会了各种技能。只要花上一分钟，观察别人如何挤奶、剪枝、搭建、除草，他就能轻松展现惊人的娴熟技艺。甚至是铺地砖、钉牛掌这种复杂的技术活，他只要看上一眼，一样可以做得有模有样。

只有娜奥米·拉比诺维奇起了疑心。一天，她突然说沙因菲尔德家的帮工“很奇怪”。人们问她什么意思，她说：“他不像个约书亚，倒像个诺书亚。”

从那以后，“诺书亚”就成了他的外号，所有人都这么叫他。

一次，诺书亚学着格洛伯曼的样子，像真正的牛贩子一样，用意第绪语准确说出了一头奶牛的重量。

回到家后，雅各布问他：“你是怎么做到的？”

“我模仿他验牛时的表情，然后就顺嘴说出来了，就这么简单。”诺书亚说。

“以后可别这么干了，”雅各布道，“格洛伯曼是个危险人物，他可不是小孩子。这家伙狡猾得很，而且没一点同情心。如果你被他盯上，最后肯定没好下场。”

不过，雅各布还是会不停向诺书亚打听他的模仿天分。最后，帮工笑着说，其实自己没什么真正的模仿天分，他只是模仿了父亲的模仿才能。他说父亲是一位“伟大的艺术家”，经营着一家流动的木偶剧院。

诺书亚心思细腻，一说起死去的父亲，眼泪立马夺眶而出。豆大的泪珠滑过面颊，吧嗒吧嗒地滴在大腿上。

“我的大高个儿也是从他那儿遗传的。不过他很瘦，我很胖。”

雅各布问他是怎么胖起来的，诺书亚告诉他，自己年轻的时候有过一个爱人。

“每天晚上，我都会为他和我做萨芭雍，补充爱与力量。后来我们分手了，可我还是每晚都做，为的是纪念和悔恨。久而久之人就胖了。”

雅各布有点窘迫。这还是他第一次听一个男人诉说对另一个男人的爱恋，更别提他根本不知道萨芭雍是什么东西。这名字一点都不斯文，听着怪怪的。接着，诺书亚取出两个鸡蛋，又找了些甜酒。他用手将蛋黄分离出来，加上糖，烧水，搅匀，然后递给雅各布品尝。

“真好吃！”雅各布又惊又喜，“这么简单的材料和方法，居然能做出这么精彩的味道？”

“要是能用点好酒，味道就更好了！”

“再说说你父亲吧。”

诺书亚告诉他，父亲沉迷于模仿，甚至忘记了自己本来的声音，只能用最近模仿的声音说话。妻子就这样发现了他的那些风流韵事，因为他半夜回到家里，连说梦话都在模仿情人的口气。

“他不像我。爸爸喜欢女人，也被女人所爱。无论她们渴望什么样的男人，他都可以模仿。”

“他都模仿了什么人？”雅各布问得急切，指望着诺书亚的答案能让自己的爱情拨云见日。

“沙因菲尔德，你一定以为他会学卡萨诺瓦[1]，变成个大众情人。你错了，那些女人都想让他模仿自己的丈夫。”

雅各布不理解。

“女人们希望他别装得太像，有点样子就行，不用一模一样，”诺书亚笑道，“每一个女人都爱着自己的丈夫，但希望对方能有点小小的改进。”

“他是怎么去世的？”

“管他呢，”诺书亚模仿雅各布的语气道，“一天他参加朋友的葬礼回来，跟谁也不说话，上床躺下就没再起来。一开始大家都不相信，以为他在模仿那个朋友，所以都没理会。渐渐地，床上散发出恶臭，我们才知道，他是真死了。”

当时的我只有三四岁，对这个人的印象也很模糊。有时候，沙因菲尔德家的帮工会来幼儿园给我们剪纸人和纸娃娃，学愚蠢的火鸡齐声鸣叫，学幼儿园的老师发号施令，学村倌儿帕比什院里的鹅嘎嘎地咋呼。

那时候，人人都知道他学什么像什么。有人觉得他挺有意思，有些人要他证明自己，有些人则愤愤不平，觉得这种模仿是冒犯。

他的模仿惟妙惟肖，连牲畜和家禽听了都分辨不清。诺书亚学饿猫叫，吓得小鸡浑身发抖；学母鸡长鸣悲叹，小鸡瞌睡连天；学牛

1.卡萨诺瓦（Casanova）：极富传奇色彩的意大利冒险家、作家，18世纪享誉欧洲的大情圣。

贩子“引经据典”，母牛吓得不再产奶；学戈登和布洛赫发情呻吟，母牛兴奋不已。最厉害的是，他甚至能模仿松鸟的叫声，那可是林间最为嘹亮大胆的鸟鸣。

村子里已经十多年没有见过松鸟蓝色的身影，没有听到这些流浪者的哀歌了。这种鸟适应新环境的能力极强，还会偷食，会观察模仿，很快便成为恶作剧和欺骗把戏的高手。它们模仿母亲的惊叫，模仿情人的口哨暗语，还会喊“驾”和“吁”给马儿添乱。

现在，来了个意大利战俘出手反击：他把鸟儿平时习惯的叫声和求爱的鸣叫混在一起，专拣产卵的季节发声。一到下午，诺书亚就变身猫头鹰，“咕咕”地讨鸟嫌；爱侣正“嬉戏”得高兴，他又用雏鸟的尖叫毁了人家兴致。

75

直到现在，奥代德依然保留着英国托管时的驾驶证。半路上，他总会拿出来向我展示，又叨叨说这还是他儿时格洛伯曼给他弄的。每当此时，我的心中都泛起喜悦，同时又有种莫名的悔意。和我母亲一样，我对牛贩子也是又爱又恨。

“那个杂碎，他就是个混蛋！只可惜你的脚随了他，脑瓜儿却没随。”奥代德大喊。

凌晨一点半，我到达奶厂，奥代德已经在那里拔管拧阀门了。他跳上车顶，把奶罐盖子盖紧。

我们启动出发。驾驶室里有一股牙膏和剃须膏的刺鼻味道。奥代德的一侧脸颊剃得溜光。我很好奇，另一侧是不是也一样光鲜。多年来我一直坐在他右侧，左侧的面貌完全成了未知的世界，仿佛月亮的阴暗面一样。

奥代德没有他父亲那么强壮——真正能与拉比诺维奇媲美的人也实在凤毛麟角。但他们毕竟是父子，奥代德还是继承了摩西的一些容貌特征。至于是青出于蓝还是一代不如一代，旁观者也说不清楚。奥代德在村里的印度式摔跤比赛中拔得头筹，但却从没搬起过摩西的大石头。他不断地尝试，却屡战屡败。后来人们说起了闲话，他白天只好作罢，只在每晚出发前搬两下试试。

沙因菲尔德的帮工撞见过一回，问奥代德在干什么。

“把石头搬起来。”

“这种石头人哪搬得起来啊？”诺书亚道。

奥代德指指母亲那块褪色的牌子——它依然立在那里。别的诺书亚能模仿，认字却模仿不来。意大利战俘生怕露出马脚，赶紧跑回家问雅各布那牌子上写了什么。

雅各布将全村人熟记于心的那句话重复给诺书亚：“将我擎起的摩西·拉比诺维奇居住于此。”诺书亚一听来了精神，说要是这样，他自己也能搬起来。

“你肯定没戏，”雅各布告诉他，“很多人试过了，都没成功。”

诺书亚回到那石头跟前，试了几把，没成功。但他并没有因此而沮丧。改头换面的他已经在村里过上了规律的生活，现在，日常习惯中又多了一项：搬搬拉比诺维奇家的大石头。诺书亚早晨起床，来一杯菊苣汁，再加个生鸡蛋，穿上工作服，在院里和田间劳作。中午，他穿上自己缝制的衣服——那还是用丽贝卡的旧衣服改的，系上围裙准备午餐。下午，他再度换上工装在院里干活。傍晚，他喝下第二个生鸡蛋，走到石头那里，尝试搬起它，但没成功。

76

诺书亚一点点走进了雅各布的生活。

一天，雅各布几乎没动盘子里的食物，诺书亚发起牢骚："你不喜欢吃我做的东西。"

"东西是好东西，"雅各布道，"但它只适合意大利人的口味。人们总是更习惯吃家乡饭。"

诺书亚找到阿丽莎·帕比什，问可不可以看她做饭。第二天，诺书亚宰了一只鸡，炖出的鸡汤表面泛着金色的油花，香气扑鼻。他在土豆泥里加了炸洋葱、酸奶油和莳萝，还撒了些粗盐。

雅各布吃得津津有味。餐后，诺书亚在大手上滴了几滴绿油，让老板脱下衬衣，给他按摩肩膀和脖子。

"沙因菲尔德，你肩膀中间的肉可真够紧的。难道是你追求的女人不爱你？"

雅各布也有着情场失意男人的自尊。他不想承认，诺书亚也没再问。然而几周过去，一日，诺书亚正在切面团准备包三角馄饨时，突然有意无意地问了一句："那个搬起石头的男人叫什么来着？"

"我跟你说过，叫摩西·拉比诺维奇。牌子上写着呢。"

意大利人目光犀利地审视着他，惹得他心里发毛。

“我看见他家牛舍里有个女人在喝格拉帕酒。”

雅各布没吱声。

“那女人是谁？”

“拉比诺维奇家的朱迪斯。”尽管他严阵以待准备好了答案，可还是掩饰不住那问题带来的冲击与震颤。

“我还真没见过这村里有人喝格拉帕酒。她是从哪儿弄来的？”

“格洛伯曼带来的。”

“沙因菲尔德，为什么牛贩子会带酒给她？你为什么不去？”

雅各布没回答。

“她还有个不大的儿子，”诺书亚依然不依不饶，“每天都跑出来，看我如何举不起来他爸的石头。”

“那不是他爸！”一喊出口，雅各布便立即意识到了失误。

“那么谁是他爸爸？”

“这不关你的事。”

“那孩子就像还没决定好要长得像谁似的。”

雅各布不吭声。

“看来是戳中了你的痛处，”诺书亚道，“我可以帮你。”

“用不着。”突然，一句话从雅各布嘴里脱口而出，他甚至不敢相信自己的耳朵：“反正不管怎样，她都不会成为我的人。”

一时间，他多么希望说出这句话的不是自己，而是诺书亚在模仿自己的声音说话。意大利人望着他道：“沙因菲尔德，你也知道，我对女人没兴趣。但正因如此，关于普通男人有些事情我比你清楚。”

“我知道。”

“而且最关键的秘诀我都已经掌握，你却蒙在鼓里。”

“什么秘诀？”

“爱情是有规则的，并非世人皆可得。没有规则，爱情会像脱缰野马一样令你丧命。道理很简单。第一条规则：如果你真的渴望一个女人，就必须和她结婚。第二条规则：想结婚的男人不能坐在家里，等天上掉馅饼。”

雅各布笑了：“‘世人皆可得’，你从哪听来的？”

“别打岔！”诺书亚一脸正经，“这可是在说你的人生大事，所以别跟我抠字眼儿。爱情有规则，有规则的地方，事情就简单得多。男人要想结婚，就得知道婚礼上怎么跳舞，怎么准备客人的饭菜，怎么缝制结婚的礼服，而不是坐在家里，说什么‘反正不管怎样，她都不会成为我的人’。”

雅各布浑身颤抖。诺书亚把一切解释得清清楚楚，多年来脑海中关于驾驭命运的种种模糊构思都变得明朗起来，是他自己太害怕，一直不敢冲破束缚，翱翔天空。

“好好观察天上的乌鸦，无论这里还是意大利，所有的乌鸦都有着同样的习性。这些乌鸦是绝顶聪明的鸟类。观察它们，学习它们如何求爱。”

“我知道它们如何求爱，”雅各布有点愤愤不平，“我可比你了解鸟类。”

“这阵风来得正巧，他刚好可以行动，”诺书亚边向窗外看边说，“跟我出来，沙因菲尔德，咱们来看看你对乌鸦究竟了解多少。”

两人来到户外。一只雄鸟飞上高空，在和暖的空中打了几个趔趄，紧接着收回羽翼一路下坠。爱侣就在前方的树枝上兴奋地等待，他瞬间张开尾巴和翅膀。一声微弱的啪嗒声传来，那灰黑色的身影突然停在空中，转身再次向上飞去。

他身手敏捷，动作娴熟，转身之时甚至没有减速的迹象。如今他再次下坠，身体旋转着，挣扎着，仿佛受了伤堕入死亡。而就在触地前的一瞬间，他再次腾空而起。

“无论何时何地，乌鸦都是这样求爱的，”诺书亚道，“即使雄鸟和雌鸟终生相守，每一年他都会重新求爱。这就是规则。如果其他鸟给她唱夜曲或者送她格拉帕酒，她连看都不会看一眼。”

“从地上看，他可真丑啊。”雅各布道。

“所以啊，沙因菲尔德，他才会从空中求爱。求爱规则第一条：求爱必须在能凸显自己优势的地方。”

雅各布说不管在天上还是地上，自己都不好看。诺书亚却说：“每个人都有显得光鲜亮丽的地方。”

接着他又补充道：“爱情细腻而睿智。它讲的是头脑，就像开车、做菜和写书。要爱就得动脑筋。”

“是心，还是头脑，”雅各布有气无力，“管他呢。”

“的确，管他呢，”帮工还在继续，“你笑了，沙因菲尔德。这说明你在期望。”

在爱情毫无章法的海浪中随波逐流了这么久，如今在严谨而确定的规则的臂膀中，在这个深谙规则之道的大个子鼓励下，雅各布终于得到了一丝安慰。

“沙因菲尔德，在我最无助的时候，是你帮了我，我会回报你，会让你得到拉比诺维奇家牛舍里的那个女人。你只需学会跳舞、烹饪和缝纫。那些就是求爱的规则。”

“可我一个都不会。”

“跳舞和烹饪也有自己的规则，”诺书亚道，“只要有规则，就能学会。”

洗完盘子，诺书亚在池子里甩了甩手，在围裙上擦干。他突然走到雅各布跟前，抓住他站起："失礼了。"

他一只手放在雅各布头上，另一只抓住他肩膀。

"千万别摔倒。"他命令道。诺书亚轻轻一推，雅各布像陀螺一样打起转来。

眩晕的愉悦和黑暗中可怖的橙色条纹令雅各布不敢睁眼。他明明没开口，却听到自己的声音在说："你一定能学会跳舞。"

清晨，雅各布到旧鸟舍抓了几只成色较好的杂交雀，让格洛伯曼载他去海法。

"你又开始捣鼓鸟儿了？"牛贩子问。

"这回是拿去卖，"雅各布说，"我需要钱。"

一路上，雅各布都琢磨着如何找到那个买鸟的英国军官，他甚至不清楚对方的名字。然而，当他们到达海军基地，那个军官就站在门口，仿佛已经等候他多年一样。他还是当年造访白化病家鸟舍时的模样，只是袖子上多了几道金色条纹，头上也添了些银丝。雅各布将鸟交给他，军官出手十分大方。

之后，他们前往火车站对面的阿拉伯纺织品商店。雅各布按照诺书亚的指示，买了一大块颜色绚丽的布料。随后，他们又来到夏皮罗街上的音乐用品店。雅各布通过分期付款买了台铜柄留声机和一个硕大的听筒，又买了四张诺书亚提到的唱片。

见雅各布如此大手笔，格洛伯曼觉得挺有意思。他问雅各布买这些东西干什么。雅各布告诉他："爱情是有规则的。你以为只有你和拉比诺维奇是明白人吗？很快你们就会知道，这个我也懂。爱情讲的是条理，朱迪斯和孩子最终一定会属于我。"

回到村里，雅各布发现有一大群人聚集在他家门外。诺书亚从林子里砍了一棵年幼的桉树拖回院中。那树干纤细高挑，如桅杆一样插在坑里，被拉紧的绳子固定。帮工迅速展开雅各布买回的布料，娴熟地将其拉伸，并围绕桅杆固定住。一个颜色鲜艳的大帐篷渐渐成形，看上去仿佛一朵巨大的花朵，鲜艳而芬芳。

诺书亚像一只大猫一样爬上牛舍房顶的电线杆，兜里揣着改锥，嘴里还衔着镊子。

“小心触电。”雅各布叮嘱道。

“别担心，”诺书亚笑笑，“我看过电工干活。”

他剪线，拧螺丝，裹胶布，将一根电线从屋顶拉到帐篷。然后，诺书亚将留声机摆在木箱上，四张唱片放在一旁，点亮灯泡，合上帐篷帘子。他郑重其事地站到雅各布对面：“现在，我们正式开始。”

诺书亚说，全世界的舞蹈加起来也就四种，而其基本动作也不过四个。

“转，跳，进，退。”他列举道。

“那左跟右呢？”雅各布问。

“面左而退即是右，右侧左边即是前。”诺书亚细心讲解道，随后又说，其他的舞种无非是对四个基本类的演变、模仿和臆测：华尔兹，回忆之舞，战争之舞，以及触摸之舞探戈——舞蹈之中最极致也最酣畅淋漓的一种。“至于其他的舞蹈，”诺书亚不无轻蔑地道，“那些乡野村夫的舞蹈，什么雨中舞，酒之舞，什么拉手转圈之类的，都不算舞蹈。”

雅各布哈哈大笑。他突然意识到，自朱迪斯进村以来，这还是他第一次笑出了声。诺书亚也模仿着笑起来。那声音如此相像，仿佛那硕大的躯体反射出了一阵可怕的回音。

“正因为这样，沙因菲尔德，你才要学会探戈。不是为了取悦她或触摸她，而是因为这就是规则：新郎新娘一定要共舞一曲探戈。”

他摇了摇留声机，放上唱片。雅各布急忙站起身，以为马上就要被逼下场，不由觉得浑身别扭。诺书亚将一只胖手放在他肩头，告诉他坐下，让他聆听探戈的旋律，不用起来，也不用动。

“沙因菲尔德，你坐着仔细听，不要动，不然我还得把你绑起来，”诺书亚警告着，“仔细听，听，听，不要动。我们每天都这么做，直到你的身体充盈。”

起先，雅各布用耳朵聆听，然后是用横膈膜和腹腔。几个小时后，当他想要反抗起身，却为时已晚。他的身体瘫软松懈，肌肉根本撑不起一身的沉重。

他四仰八叉瘫倒在地，如同倒在温暖的雨中。晚上，诺书亚突然关掉音乐，扶着学生来到院子里。雅各布发现自己的肉体超越了原本的局限，脚下的步伐对他的身体来说如此新鲜，让他在惊喜中绽放出笑容，浑身的肌肉也跟着一同欢笑。

77

如今，在沙因菲尔德家中，一切都要听诺书亚的。

他负责安排日程，准备一日三餐，安排雅各布的学习内容，还要跟进他的训练。什么时候去，什么时候回，什么时候起身，什么时候睡觉，一切都要听诺书亚的。

他一再强调："日程安排至关重要。"

有时，雅各布觉得诺书亚在打量自己——甚至是用鼻子嗅他。那表情可能是从橘农那儿学来的。仿佛雅各布是树上的橘子，摘下之前要闻闻看到底熟没熟。

"爱情是有规则的，沙因菲尔德，"他不断重复，"其中重要的一条我已经告诉过你：爱讲的是头脑，不是心。现在说另一条：爱一个人，你要付出很多，但绝不能全然袒露，更不能和盘托出。我已经告诉过你：爱与所有的工作、运动和艺术一样，需要规律的生活，需要休息，需要补充食粮。"

"从现在开始，你不上街，不见人——尤其不可以见她，只准在家里、院里或田里走走。就这样，一、二、三、四，一、二、三、四。不对！你别数！我会跟你一起走，由我来数节拍：一、二、三、四。数字来自头脑，别忘了，头脑对探戈没有帮助。跳华尔兹需要动脑，一步舞需要动脑，查尔斯顿舞需要动脑——尽管动的是笨脑筋，但毕竟也是动脑。甚至我们意大利人的塔朗泰拉舞也要动脑。但探戈讲的是触摸，讲的是这里，这里……”

突然，诺书亚的身体舞动着，如一道宽阔、无声的闪电。他站在学生的身后，强壮的前胸紧贴住雅各布的后脖颈，肚子顶住他的后背。诺书亚双手卡住雅各布的肋扇，手从那里猛地滑至腰部和凸骨，然后滑向敏感害羞的大腿内侧。

“这样，”诺书亚道，“这才是探戈，才是触摸。”

他的手用力收紧：“从这里来，到这里去。”

雅各布感受着身后的力量，害怕得瑟瑟发抖，胸口猛烈起伏喘着粗气。

“别用脑子，”诺书亚在他脖子后提醒，“如果你用脑子，就不会找上我，沙因菲尔德，而我也不会来。”

雅各布很想说自己并没有找他。然而，这个想法仿佛从肚子里生出一样毫无意义。诺书亚用手抓着他，双腿引领着舞步。仿佛有大量黄绿色的春水在身边流动，然而并未将他包围。

78

日子一天天过去。世界大战宣告结束。雅各布琢磨着如何对萨尔瓦托雷隐瞒这个消息，但最终还是不忍心告诉了他。

战俘深吸一口气道："我出去走走。"一个小时后，他回来并告诉雅各布，他想留下来。

"我以为你肯定想回家，想回你的村子。"雅各布说。

"父母双亡，没有妻子在等他，将来也绝不会有孩子的人，没什么回家的必要。他们叫我约书亚。我替人修东西，为人疗伤，洗衣做饭，缝缝补补，还会跳舞。好了，沙因菲尔德，我们还有事儿要做呢。"战俘说。

战争结束，那些被调到英国军队的年轻人也返回了家园。他们为村里带来了新风气：这些人喝啤酒，唱英文歌，讲述悲欢离合的故事。偶尔会有客人造访村子，来的都是当兵的。一天，从耶路撒冷来了个小伙子，名叫梅尔·克雷巴诺夫。

那天，奥代德在外跑车，朱迪斯在家做饭，摩西去了饲料栈，娜奥米坐在牛舍屋顶，更换破碎的瓦片。当她直起身子，擦擦额头的汗水时，看到远处的一辆小汽车反射出亮光，仿佛眨动的眼睛一开一合。

那时候，小汽车还是个新鲜玩意儿。娜奥米见车子在公路上老警察局旁停了下来。

一个小点下了车，径直走开了。目睹这一幕的娜奥米并不知道：十五分钟内，那个点会来到自家院中；而几个月后，她会嫁给那个点，并随他一起去耶路撒冷。离得那么远，娜奥米甚至分不清那个点是男是女。

小点沿高粱地边缘移动，顺着河谷外橘园的那排柚子树越变越大。那个点过了河，逐渐变成个年轻人。虽然名字还不清楚，但他的容貌特征却逐渐清晰，步伐也渐渐轻快起来。

尽管娜奥米听不到，但他的步调告诉她，这个人一定在吹口哨。现在，她已猜出，这个人正往她家的院子走来。的确，口哨声逐渐响亮，娜奥米知道，那是返乡的士兵传入当地的歌谣之一。

来人越走越近，娜奥米也越看越清：他二十七八岁，头发光滑浓密，跟城里的小伙子一样梳着中分；他皮肤细嫩，虽算不得英俊，但也绝非丑陋，卡其裤上的折痕鲜明而整齐。

他从牛舍旁经过，娜奥米问："你找人？"

口哨声停止。小伙子的眼光四下搜索着。他的胶底皮鞋擦得油光锃亮，即便穿土路而来也没有失去光泽。

"这儿是私人院落。"娜奥米道。

小伙子这才明白，原来说话人站在屋顶。他抬眼向上看去。

"不好意思，"他说，"我想找利伯曼家。"

他的声线有着男中音的悦耳清晰。突然刮起一阵风，娜奥米赶紧用手把裙子按在腿上。

"出了院子上路左转，第六个院儿就是。"

“谢谢，”小伙子走出几步又停下来，转过身问，“你什么时候下来？”

“一会儿。”

“我本想上去找你，可我恐高。”

“那你最好还是待在下面。”

“你叫什么？”

“埃丝特·格林菲尔德。”娜奥米回答。

小伙子掏出笔记本和钢笔写了些什么，然后撕下一页放在地上。他在纸上压了一块小石头，免得纸被风吹走，然后站起身：“左转第六个院儿，利伯曼家。”说完离开了院子。

两人都知道，娜奥米迫不及待想从屋顶下来，看他在纸条上写了什么；他们也都知道，她会等他离开院子，完全消失后才下来，免得让他看到自己从房顶跳上草垛，又从草垛跳到地上着急抓纸条的样子。

纸条上写着：“以后寄给你的信要是落在埃丝特·格林菲尔德手里，那就太可惜了。”

两个小时后，小伙子再次来到院里。他四下搜寻，围着牛舍边走边往上看。娜奥米道：“我在这儿呢。”

她已经换好了碎瓦，如今正坐在奥代德的“泰山小屋”里吃石榴。桉树的枝杈将她隐藏，不让来人找到。树叶的缝隙间，她看到小伙子渐渐靠近粗壮的树干，绕了个圈，抬头往上看。

“你就没有待在地上的时候？”

朱迪斯从屋里出来，没好气地问他找谁。

“我找埃丝特·格林菲尔德。”

“这里没人叫这个名儿，”朱迪斯道，“这村里就没有埃斯特·格林菲尔德。要找你上别处找去。”

朱迪斯的火药味令娜奥米大吃一惊：平时，她对过路人总是十分热心，还会端出一杯冰水招待。

“听见了吗？这儿没有埃丝特·格林菲尔德这个人！”小伙子抬头喊道，声音嘹亮而轻快，“你叫娜奥米·拉比诺维奇。我在利伯曼家时，打听过他家右手边第六个院里的姑娘是谁，他们已经告诉我了。你叫娜奥米·拉比诺维奇，我会给你写信的。”

他边说边往后退，朱迪斯迎上去，仿佛用眼神将他往外推。她的手在围裙上来回摩擦，坚定的动作明摆着准备开战。

“我会回来的，”小伙子大喊，“我叫梅尔·克雷巴诺夫，我一定会回来的。”

就这样，他沿原路长途跋涉返回，身后被一张看不见、摸不着、坚不可摧的大网拽着。他不断挥舞双手，抛出飞吻，偶尔还会绊个趔趄。他越离越远，越变越小，直到再次变成那个小圆点，跨过河床，沿橘园里那排柚子树和园后的高粱地边缘渐行渐远，最终走上大路，被三点钟的公共汽车吞没。

两天后，来自耶路撒冷的第一封信到达，由此开始，书信络绎不绝。村里人都开始议论，说娜奥米·拉比诺维奇有了个“耶路撒冷的心上人”。几周后，梅尔再度来访。

这次，奥代德又出了车。朱迪斯显然还是没给好脸色：“诺米尔，那个家伙跟你不合适。”她甚至不准娜奥米请他进屋。

娜奥米拿了两份吃的来到院里，和梅尔在桉树的树荫下分享。

“你妈妈可真有个性。”梅尔道。

“确实有个性。可她不是我妈妈。”

梅尔享用着食物，并没有继续追问。然后，娜奥米送他上了公路，在满是尘土的木麻黄树下亲吻了他。

“一分钟以后，我从特拉维夫开着‘老麦克’回来，”奥代德不无悔恨地告诉我，“马路对面有个人搭车。可娜奥米已经不在那儿了，我也不知道那是谁。区区一分钟就能铸成大错啊。”

79

“这房子里有点别扭的东西。”诺书亚又开始发牢骚。

找了半天，诺书亚发现了以前雅各布写给朱迪斯的那些黄字条，板着脸命令雅各布把它们全部烧掉。

“看到了吗，沙因菲尔德？”他在那一小堆篝火前暖着手，“认真观察，你就会发现：情书和其他纸张一样，烧起来没什么区别。”

中午前，诺书亚会在院子里干点活，或者从其他农民那儿接点散活。不过，白天的大多数时间，诺书亚都和雅各布在一起。黄昏到来，诺书亚就会来到拉比诺维奇家门前，尝试举起石头。

那时我五六岁，到现在还清楚地记得：那个帮工从沙因菲尔德家出来，搓搓双手，大喊一声给自己鼓劲儿。他走路飞快，到后来简直是飞奔到拉比诺维奇家，全村的孩子都跟在他身后。诺书亚步子很大，走起来一颠一颠的，没人料到一个胖子居然这样走路。跑步时，他弓着腰，样子十分滑稽，两只拳头在空中紧握，准备迎战想象中的对手。

“简直是跟麦克斯·施梅林[1]一个模子里做出来的！”村倌儿帕比

1.麦克斯·施梅林（Max Schmling）：德国拳击运动员。

什惊叹。

诺书亚来到石头跟前，一秒钟都不愿耽搁。他弯下腰，抓住石头大吼一声。只见他憋得满脸通红，两手紧抠着，一边呻吟一边喘着粗气。而拉比诺维奇的石头已经打败了诸多犹太屠夫、切尔克西亚[1]的铁匠、卡梅尔山的伐木工和海法港的萨洛尼卡[2]人，知道如何分辨真实和模仿的力量。自始至终，石头纹丝不动。

村里人满以为诺书亚也会猛踹石头而伤了脚趾，但他既不生气，也不踹石头，没伤也没跛。

“不能对石头发火，”诺书亚道，“这事儿不能怪它，石头又不会思考。这就是所谓的智商。我一定会把它举起来，就像拉比诺维奇那样。”

然后，他回到帐篷里，回去找他的学生和唱片，回去教他的舞蹈。

“整天我就只是跳舞，”雅各布抱怨，“我们还说过要学做饭和缝纫的。”

诺书亚说：“快了，快了。”

他们在田里散步时，诺书亚说：“沙因菲尔德，这个橘园你再也用不着了。”

的确，柚子和橘子纷纷从枝头落下，树间果蝇滋生，杂草疯长。

“橘树的木头是很好的烹饪燃料，”诺书亚继续道，“烧出的木炭温度高，味道也好。这些树差不多也该砍了。等木头晾干了，我

1.切尔克西亚：高加索西北部地区名。

2.萨洛尼卡：希腊北部港口城市。

们就开始学如何用它们烧火，准备婚礼的食物。”

雅各布从货栈买了两把斧头和一把两人用的大锯子。诺书亚和雅各布合力砍倒了橘树——这还是当年雅各布和妻子一同种下的。朱迪斯进村时，雅各布就站在树下；而就在第三排第三棵树下，丽贝卡找到了情敌的蓝头巾。

雅各布浑身酸痛，手上磨出一个个水泡，眼睛也被树桩渗出的刺鼻汁液呛得生疼。诺书亚看了看他，笑着说；“跟我学，试着模仿不知疲倦的人。”

诺书亚将树枝砍掉，紧紧捆成一捆。“好了，沙因菲尔德，以后再也不用惦记你的橘园了。”

我起身在锅里烧了点水，在手上打了两个鸡蛋，分开手指让蛋清顺指间的缝隙流进水槽，然后将蛋黄、酒和白糖混合打匀，也加入了脑海中一直珍藏和期待的甜美记忆。

差不多一分钟后，我把碗支在沸水上，如此持续了两分钟。蛋黄逐渐升温，同时吸收了酒和自身的液体，生出光滑的气泡，萨芭雍的浓香立刻弥散开来。用手指蘸了，尝过后，我站起身，用舌头舔舔上牙，从右到左，然后从左到右，甜美，甜美，甜美，甜美，甜美，甜美，甜美，甜美，甜美，甜美，甜美，甜美，甜美，甜美，甜美，甜美，美甜，美甜，美甜，美甜，美甜，美甜，美甜，美甜，美甜，美甜，美甜，美甜，美甜，美甜，美甜，美甜。

我的舌尖顶住上颚，吞咽着口中满溢的口水。

我再一次坐在桌边，酒足饭饱，略觉眩晕。然后，我将碗碟放入水槽清洗。

水槽边透亮的窗外，和煦的阳光抚慰着花园，仿佛在说“傍晚七点了，我就要下山了”。记忆的气泡一个个破碎，不停展现着，爱抚着。窗前阳光里，雅各布的脸上少了悔恨，多了慈祥。

“你问我为何会爱上她？”他自嘲般地笑了，毕竟我没有问——至少没问出口。

“不光是我，”他继续道，“格洛伯曼、拉比诺维奇、娜奥米，我们都以自己不同的方式爱着她。所以你才会在一位母亲和三位父亲的呵护下长大，却不与任何一个父亲相认。从你出生那天起，这三个男人就把你当作自己的孩子尽心守护，同时彼此防范着。格洛伯曼去世时，我去参加葬礼。不光是出于礼节和悲痛，也是为了确认：他是真死了，而不是为了给牲口压价玩花样儿。你以为拉比诺维奇不是为了同样的目的吗？我们注意着彼此，村里人也在看着我们。所有人都在议论孩子究竟是谁的，只有我不明白，这有什么大不了的。只要有爱，做着梦都可能怀孕。为了保险起见，一天我在路边等着，朱迪斯一来我就抓住她，当时我是这么说的：‘朱迪斯，拉比诺维奇卖牛的那天晚上，你是不是来找过我？是我没注意吗？’有时一个女人想孩子想得发疯，这种事就会发生。她趁夜而来，而男人却毫无知觉，或者以为自己在做梦，害怕突然惊醒。我就经常这样睁着眼睛躺着，梦想着她会来找我，和我在一起，用她的手抚摸这里，还有这里，她的唇压着我的唇，还有——萨义德，你别见笑——她的乳头贴着我的乳头。人们总纳闷男人胸口为什么长乳头，答案五花八门：有人说是为了提醒我们从哪里来，有人说是为了提醒我们自己也差点成为女人，还有人说这样一来，兴许某一天我们也能奇迹般地出奶。有时，你想创造奇迹，却没有任何资本，而犹太人的上帝早有先见之明，所以才让我们长乳头。如果上帝能让石头出水，为什么不能让男人出奶？跟你说，这些都只是故事。男人长乳头，无非是为了和女人契合。如果四唇相接，乳头相对，那眼睛也能锁定对方，身体的其他部位也会相称。所以说，也许就在这样的梦中，你真的来到我身边了？我睁大眼睛梦见与你团聚。朱迪斯，你环住我的脖子，搂着我的腰，用你的手臂，你的双腿，你的全部。这样的梦我做过好多次，可在那天夜里，我闭着眼睛，居然发现它变成了现实—— 一切都完美相称：我们胸口对着胸口，两口相接，四目相对，她用双手爱抚我全身，如流水掠过肌肤，在我耳畔轻语：'我在这儿，嘘……雅各布……嘘……嘘……我在这儿……你并不孤单，睡吧，雅各布，睡吧。'就这样，我终于从梦中醒来，半睡半醒地随她到牛舍帮忙挤奶。后来，眼看她的肚子一天天鼓起来，我告诉自己：也许那个梦是真的，也许她真的跟我在一起了。你也知道：等你最终醒来，她已经不在身边，但你能感觉到——原谅我的粗俗——身下黏糊糊的精液，闻到弥漫的秋日味道。真正懂得的人会知道，那是爱情到来的信号。梅纳汉姆·拉比诺维奇就是这么说的。秋天，动物觅食贴秋膘准备过冬，而人类也在寻找冬日相拥而眠的伴侣。到了春天，他们可以尽情雀跃，幸福地孕育新生命。这就是为什么人们会在春天自杀，因为不是所有人都愿意全心享受那个历程。以前普林节时人们会唱'你一定要幸福'，直到那次拉比诺维奇穿着托妮奇卡——那个与他长得一模一样的亡妻的衣服蹿上舞台，让所有人看看'一定要幸福'所付出的代价。为什么会说起秋天？因为长角豆的味道？还要什么证据，证明你曾与我同眠？难道身下那滩精液会无缘无故自己跑出来？我就这样当街质问她，可她狠狠把手抽回，对我说：'沙因菲尔德，别让人笑掉大牙了！我从来没去找过你，白天没有，晚上也没有。这肚里的孩子与你一点干系也没有，你少动歪脑筋！’‘那跟谁有干系？你快说啊，朱迪斯，跟谁？’我急得浑身颤抖。她告诉我：‘你不认识，跟你无关。别以为我半夜敲过你门，你早上帮了点忙，就可以得寸进尺。’可我并没有放弃，怀孕的是她，生气的是她，可那个梦，那滩黏稠是我的。我去见她，她把我拒之门外。一次她对我说：‘沙因菲尔德，看见这个草叉没？你要是再拿我的孩子说事儿，哪怕是一分钟，我就把它捅进你的肚子！’我无法忍受她叫我沙因菲尔德。她曾三次叫我雅各布：我为她放掉所有的金丝雀时，那晚她来到我身边时，另外一次我一会儿告诉你。你以为我害怕了吗？她一说完，我立马扯开衬衣道：‘来吧，朱迪斯，往这儿刺。’有一点必须考虑到：怀孕的女人有时情绪来了，会一阵一阵地发疯。她想吃什么，就让她吃；她想闹，就让她闹；她想叉你，就让她叉。可她笑了，笑得像个疯子：‘你可怎么办啊，雅各布？’就这样，她手里擎着干草叉，第三次叫我的名字。临盆前的几天，我买了一些给你的婴儿用品，还有我亲手做的小黄鸟儿，好让你有的玩。你出生后，我一次次登门，一次次问她：‘我原谅你，朱迪斯。你就告诉我吧，这孩子是谁的？’直到某一天，她忍无可忍，举手给了我一巴掌：‘傻瓜！讨人嫌的东西！我用不着你原谅，用不着任何人原谅。’‘傻瓜’在爱情的语境中很伤人，她也没回答我的问题，至死都没说。我们到达时，只见半棵树倒在地上，乌鸦蛋在雪地里碎得到处都是，散落在地的还有黑色的羽毛和蓝色的头巾，都在那儿了，就是没人应声。拉比诺维奇已经铆足了劲儿在磨斧子，仿佛那样能改变结局，仿佛那棵树是有意而为。转念想来，也许这并不是‘命运’使然，而是命运的兄弟‘偶然’在作祟。我是不是给你讲过？命运有两个兄弟，好兄弟‘幸运’和坏兄弟‘偶然’。三兄弟一笑，整个地球都会震颤。朱迪斯因‘幸运’来到这里，因‘偶然’而丧命，因‘命运’而穿上我缝制的礼服，奔向我们的婚礼，并在路上发生变故。以色列地长出这样一株桉树，这难道不是‘偶然’？还有你，朱迪斯，你那晚来到我身边，究竟是‘命运’还是‘幸运’？那样一艘纸船漂到这样一位姑娘面前，是故意还是‘偶然’？萨义德，我只能说，这些都不重要了，如她所说，管他呢。全村人都参加了她的葬礼，只有我没去。来，快问为什么。这么说吧：我觉得如果葬礼是一场婚宴，他们一定不会请我。你明白吗？所以我没去。这个老头儿一辈子孤身一人，他的心还要继续孤独。那颗心已经习惯了，就让它再孤独一段时间吧。”

80

“那我们什么时候缝制新娘的礼服啊？”雅各布不无担忧地问。两个人已经把院子里的橘木砍好，树枝也归拢整齐。

诺书亚答道：“沙因菲尔德，万事都有时机。”

“那我什么时候能跟女人跳上舞？”

“时机成熟的时候。”

“你为什么总叫我沙因菲尔德，而不是雅各布？”

“万物各安其位。礼服，女人，名字。”

“你倒是在所有游戏里都玩得挺享受。可我一辈子也学不会你那些把戏。”

“第一，享受又不是什么丢人的事；第二，你能学会，能明白；还有，你不用非得找个女人跳舞。跳探戈，有没有女人都不要紧……”

“可你说探戈讲的是触摸啊。”

诺书亚笑了：“沙因菲尔德，女人都差不多，所以无所谓。探戈是要触摸，但它的触摸与其他的舞蹈不同。你可以互相触摸，也可以独自触摸，跟男人可以，和女人也可以。”

又过了几星期，雅各布的舞技渐渐进步。诺书亚满意地看着，越看越高兴。他表扬雅各布的进步，随后又扔出几条莫名其妙的规矩和说法，比如“跳探戈时，你们虽近在咫尺，却是咫尺天涯”，还有“你不是在带她，而是带着自己，跟她一起”，搞得雅各布心绪不宁，脚下章法大乱。

不过，这个意大利人心中有数。一天早晨，他起身宣布：“时机到了！”雅各布知道，诺书亚老师前一天去拜访了村倌儿帕比什，因为帕比什第一次进禽舍给幼鹅填食的时候，也庄重地说了相同的话。

雅各布以为自己终于可以和伴侣共舞了，可诺书亚自己却深鞠一躬，伸出了他的肥胳膊，眨眨眼睛道：“能请您跳支舞吗？”他的举止十分优雅，雅各布尽管浑身紧张，但还是忍不住哈哈大笑。

他集中精神走向老师，一瞬间便被意大利人自信而舒适的拥抱包围。

他的心怦怦直跳，但脚下和臀部已经适应了节奏；而他的身体突然间紧紧贴住诺书亚结实的大肚子，变成自己的主宰。两个人真的跳起舞来。

“跳探戈就是这样。有时你是男人，我是女人，有时角色对调，有时我们俩都是女人，有时都是男人。”说着，诺书亚笑了。

诺书亚的口气很好闻，他娴熟的动作、庞大的身躯、身体的触摸都令雅各布觉得不好意思。架在雅各布背后的手带动着，紧贴的腹部牵引着，挑逗着，也令他十分尴尬。最令他难为情的是越来越密集的指令：

“女人不是钢琴，不用推！”

“女人不是瞎子，不用领！”

“女人不是石头，不用捡！”

“女人不是气球，不用抓！”

“那女人是什么？”雅各布突然大喊。

诺书亚咧嘴笑了。他旋转、下蹲、牵引、挪步，对雅各布耳语道：“一，二，三，四。你就是女人，女人就是你。”

白兰地酒杯从我手中滑落，清脆的破碎声响起。一小股鲜血涌出，将肥皂泡染得粉红。

窗外，猫头鹰嘶嘶地叫着，窸窣间扇动着翅膀，迅捷而致命。清风拂动枝叶，仿佛在说“凌晨四点，我将平息”。

我回到雅各布的床上，吮着割伤的手指，难以入睡。我下地关掉留声机，在新家的各个房间徘徊。

阵阵寒意告诉我：再过二十分钟，鸟儿将唱起晨曲。而我——正如之前所说——只需聆听那第一声鸟鸣，就能判断出季节时辰以及生命所剩的时日。冬天的凌晨五点，知更鸟第一个展开歌喉，叫醒燕子和林莺与它共同歌唱；到了六点钟，燕八哥与松鸟也加入了乐团。春末，云雀和猎鹰第一波醒来；盛夏，林莺是最早起的一个。和人一样，乌鸦起床不定时，不过只要其中一只醒来，它的伙伴们都会相继睁眼。

一天早上，当母亲起身搅拌食槽中的饲料时，却发现小萨义德已经苏醒，这个长命百岁的野孩子正竖着耳朵仔细聆听。于是，她对我说：“夜晚，全世界都盖好被子，进入梦乡。而在清晨，小鸟跳上它的被子，在上面啄出洞洞。”

81

有时候，雅各布觉得诺书亚比他自己还了解家中的屋院。

“你是不是以前来过？”他总是假装说笑着打听，极力掩饰着心中的恐惧。

“也许吧。”一天，他从拉比诺维奇家搬完石头回来，径直走向院里的仓库，像心中有数的预言家一样翻找寻觅，终于发现了他的目标——白化病那些笨重的旧锅具。

根据锅的厚度，诺书亚大概估计了一下分量，接着得意地一笑。

“这些锅具是你的？”

“是以前邻居的东西，现在归我了。”

锅子上满是污垢。诺书亚用指甲抠了抠，眼睛发亮。

“一个好厨子，如果遇上这样的好锅，卖了儿子来换他都乐意。”

他让雅各布找来些钢丝球，自己则将油与灰混合，加上柠檬、沙土和各种擦锅的用料。诺书亚一直擦，锅子本身的光泽逐渐显现，直到绽放出绚丽的暗红色——那也是所有金属中最振奋，最温暖，也是最有人情味的一种。

诺书亚解释说，铜锅是坚忍女食客的福音，也是顶级厨师的利器。这些厨师往往冷血无情，脾气暴躁。他在厨房墙上钉了些钉子，挂上平底锅，仿佛升起三轮傍晚的红日。

“我来给你做点特别的，”诺书亚道，“沙因菲尔德，你出去。准备好了我会叫你。”

雅各布离开厨房，但马上绕到屋后透过窗子往里看：只见意大利人系上丽贝卡的旧围裙，敏捷的大手切剁混拌，每一个动作都充满自信，看得雅各布眉开眼笑。他知道，诺书亚之前一定观察过厨师掌勺，如今正模仿得起劲儿呢。

突然，就在雅各布眼前，意大利人想也不想就将指头伸进了翻滚冒泡的锅里，却没见他疼得龇牙咧嘴。他让酱汁在手指上停留了几秒，然后放进嘴里，他的表情就像一个好奇的孩子，变得若有所思。诺书亚又加了些调料搅拌，再把指头伸进去，舔一舔，点点头，然后叫雅各布回来。

味道香甜可口。雅各布从未吃过这么好吃的东西。

“沙因菲尔德，你要少吃，多咀嚼。多留点东西在盘子上也没关系，这是个好习惯。”

看雅各布一脸疑惑，诺书亚又补充道：“恩爱的夫妻从来不会吃太多。如果在餐厅看到一对夫妇大快朵颐，那他俩一定憎恨着彼此，恨不得将对方煮着吃了。他们把自己喂到撑，这样回了家就有理由不在一块儿睡觉。”

诺书亚稍微顿了顿，又继续道：“最重要的是，无论是美食还是恋爱，它们都有自己的规则。一个家里如果没有规矩，‘命运’就会随心所欲，‘好运’就会迟迟不来，‘偶然’就会乘虚而入。有规矩的地方，‘命运’会遵守其道，‘好运’变得无关紧要，而‘偶然’则会被拒之门外，只能徒劳地砸门大吼。”

家里还剩下一些大黄纸，没有被沙因菲尔德裁成小块。诺书亚将它们找出，指导雅各布在上面记下烹饪的要领和忌讳，写好后挂在厨房的墙上。其中的几条十分古怪：

不要把面粉和调料放在一起。

刀要长过蛋糕的直径。

芫荽是香菜的疯姐妹。

读书的灯有多亮，吃饭的灯就得多亮。

梨子要独立贮藏，彼此别挨着。

冬天吃牛的前半身，夏天吃牛的后半身。

不同的饮品各有不同的配菜。

一个夏天的早上，发生了一件意料之外的事儿，当两人正穿着短裤在帐子里背诵“先把鸡蛋打进小碗，然后才倒进大碗”的规则时，意大利人突然一拍脑门儿，大叫：“笨蛋！笨蛋！笨蛋！怎么我之前没想到？这回我知道怎么举起拉比诺维奇的石头了！”

从那天开始，他不再模仿任何人、动物或鸟，甚至一段时间内还用一种陌生的腔调说话。那声音听起来怪怪的，雅各布怀疑那才是他本来的声音。

一个新的阶段宣告开始。诺书亚再也不跟村里的孩子嬉戏，不再逗牛追鸟。从那时起，他把所有的时间都用来观察拉比诺维奇的一举一动，牢记他的每一个动作方法。

82

一日，娜奥米的一位朋友突然来信，请她进城“小住几天”。这位姑娘来自纳哈拉尔，当时正在耶路撒冷的莫夏夫师范学院念书。

“你要去找他？”朱迪斯问。

“我不是去找‘他’，”娜奥米火了，“‘他’是谁？我去找朋友，还真没准儿也去看看‘他’。”

奥代德开着运奶车把她送到耶路撒冷。

“你们睡在哪儿？”他耐着性子问。

“睡大街。”

“我问你正经话呢，娜奥米。别跟我打哈哈。”

“我要在街上找个镶金牙、胡子一股烟熏味儿的陌生男人，问问能不能在他那儿睡。要是人家说没地方，我就说：‘没关系，先生，那咱俩挤一张床吧。’”

“你要是再继续这样，我就立马掉头把你扔回村里。”

“才怪！等你回去，车上的牛奶都馊了。”

沉默了三个钟头之后，耶路撒冷的晨光降临，奥代德又问：“你的朋友人在哪？”

“她马上就来。”

那位纳哈拉尔的姑娘果真来了，还将娜奥米带到不远处布哈拉聚居区的家中。梅尔正在那里等候。他带娜奥米来到“以色列之家”，在夜班工人时常光顾的餐馆喝了一杯浓郁的甜茶。

空中弥漫着黎明的寒意。娜奥米双手捂着厚实的小茶杯，它跟家里用的薄薄的俄式茶杯截然不同。

太阳渐渐升高，钟声响起。两人买了些新鲜的百吉饼，准备去梅尔的住处。路上，娜奥米忍不住吃掉两个。他们沿玛丽公主大街前行，梅尔帮她弄掉粘在嘴唇上的三粒芝麻：一粒用手指轻轻抹掉，一粒用嘴唇轻轻一吹，一粒用舌头温柔舔舐。

梅尔租住的地方离路德维克·麦尔书店很近。房子墙体厚实，矮床、红毯、大窗台，娜奥米一见就喜欢上这里。床上的枕头散发出梅尔身上的味道，也不知那味道最初究竟来自哪里——是梅尔，还是枕头？

“诺米尔，你太傻了！”母亲道。

“你才没资格对我指手画脚！”

她们的哭声很接近，但并未不分你我。几个月后，在1946年春天，婚礼在拉比诺维奇家的桉树下举行。

我依稀记得从耶路撒冷和特拉维夫来了许多衣着怪异的客人，还有野生金丝雀突然高唱，欢欣鼓舞的金翅雀和绿毛雀也加入了它们。雅各布的帮工从彩色帐篷里扛来了大留声机，放在牛舍的墙根下，婚礼中不停摇动手柄播放着音乐。

雅各布没有在婚礼上跳舞，而是一直坐在旁边。突然，他招手叫我过去。

梅尔和娜奥米结婚时，我只有六岁。好像就是那个时候我第一次听雅各布长篇大论。当时，他把我抱到膝盖上坐下，说出的话让我似懂非懂："萨义德啊，每一个人，当他有了孩子，当自己的孩子结婚，当自己的父母离世时，就会感受到死亡。你知道吗？"

"不知道。"

"现在你知道了。"

我想从他身上下来，继续在桌子之间乱跑，引人注意，赚取糖果。可雅各布紧紧抓住我，继续着他的奇谈怪论："你有三位父亲，他们都会先你一步死去。你有个和死神作对的名字，而且依我看来，你可能不会有孩子。这一点你随我，我没有孩子，只有孩子的一部分，你的百分之三十三点三三。可你出生那会儿，我却像个实实在在的父亲一样痛哭流涕。人们说那是喜极而泣，但那不是欢喜，而是悲伤。死亡天使留下的许多征兆我们都没能会意，但那个征兆我们都知道。他在宣告：现在轮到你了。看来你是不想跟我待了。玩去吧，萨义德，高高兴兴地玩儿。今天办婚礼，我们得高高兴兴的。"

梅尔家的亲戚盯着我，一脸嘲讽与好奇，见拔示巴伯母一袭黑色丧服也是窃窃私语。他们也害怕蕾切尔。这头牛突然冲出牛舍，嗒嗒地来到母亲的身边，吓得人们赶紧向两边散开，桌子碰歪一地。

离婚礼还有三天时，梅纳汉姆伯伯春季的毛病再次发作。婚礼上，他举着个本子见人就晃："我失声了。我是新娘的伯伯，那位寡妇的丈夫。恭喜恭喜！"人群里有人咯咯直乐。

伯伯把我召到身边，鼓励地拍拍我的肩膀，我眼前的纸上写着："管他们呢，萨义德，让他们看去。"

梅尔的妈妈丰满得像只老母鸡。她不停地抱怨村馆儿帕比什院里鹅圈的臭味，还有蹭在她鞋上的烂泥。终于，格洛伯曼抓住她的胳膊请她跳舞，让她满脸通红—— 一来跳舞太累，又离得这么近；二来突然有人碰她的身体，令她好不习惯。格洛伯曼的大脚在她周围和双脚间闪转挪移，如野生动物一般敏捷；他的手探索着她僵直的脊线，手指估量着她腰下脂肪的厚度。

“您不该在意年龄，克雷巴诺夫太太，”牛贩子轻声道，“您温柔、美丽而且富有品位，后腰曲线这么迷人，不该这样对自己。”

克雷巴诺夫太太怎么也不会想到，这个男人脖子上散发的奇怪而诱人的香气其实是血的味道。他的手再次举起，透过裙子的布料摸索着她脊背上的凸起。太太突然轻叹一声，无意中，温暖的汗液居然厚着脸皮，从体内顺着毛孔偷偷溜出。

她红着脸问：“您是谁家的宾客？”

“拉比诺维奇家的。”

“是他兄弟吗？”

“不是，”牛贩子礼貌地答道，“我是他儿子的父亲。”说着，他指了指我，“萨义德，快来跟梅尔的妈妈打个招呼。”

两个戴着深蓝色贝雷帽、脚穿浅口鞋的小家伙掏出刀子，想把自己的名字刻在桉树的树干上。梅纳汉姆伯伯打趣地管他们叫“小资产阶级”。妈妈走到他们跟前，用只有我能听到的声音说：“你们两个小畜生，离那棵树远点儿。不然我用这刀把你们耳朵割了。”

蕾切尔低下头，两个小孩转身就跑。乌鸦们天不怕地不怕，一个个飞下来啄着餐桌上的残羹剩饭。

两天过后，乌云开始在春日的天空聚集，大雨如注。而就在那个四月末的雨天，梅尔和母亲发生了第一次争吵。

我已经不记得争吵的原因，只记得一大清早，娜奥米把衣服装进行李箱，又往水果箱里装了些书。奥代德气得脸色发白，板着脸将妹妹和新妹夫送到耶路撒冷。

即使是在婚礼上，诺书亚依然密切观察学习着摩西·拉比诺维奇的一举一动。此时的他已没再尝试举石头，而是将注意力全部放在摩西身上。那一年，他已经掌握了拉比诺维奇的多数动作——从明显的到细微的都不放过。然而，诺书亚并没有向任何人展示，连雅各布也蒙在鼓里。

住棚节一过，白天变短，空气中湿冷愈重。一天夜里，摩西从奶厂往家走，诺书亚跟在身后。

摩西隐隐觉得有点不对劲，但又说不清是什么。一次，两次，他回过头去，想要看清楚，搞明白。此时，他的整个躯体都感受到托妮奇卡的存在，感受到他的双生。她从死亡的沉睡中苏醒，此刻就走在他身边。摩西不由得浑身发抖。

诺书亚对于这些隐秘的旧事毫不知晓，更想不到模仿摩西也会重现他亡妻的样子。第二天夜里，他照样跟着摩西。

当同样的感觉再次席卷全身，拉比诺维奇毫不犹豫，转身冲向身后的阴影。他掐住帮工的脖子，对着目瞪口呆的他大吼："辫子呢？快告诉我辫子在哪？"

诺书亚吓得几乎摔倒。尽管摩西比他矮一头半，手却像老虎钳一样有力。

"要是你早告诉我，也许现在都还活着！"摩西大喊。

他突然绝望地松开手，虚弱地瘫在地上。诺书亚撒腿就跑，他嗓子发堵，心中却十分庆幸，一路边笑边咳嗽，跑回了他的学生家。

与此同时，雅各布也开始了新一阶段的探戈舞蹈练习。这一部分难度很大：跳舞时，诺书亚会给他出谜题、讲故事，还会问他问题，跟他争论，好让他分心，将注意力从身体转移开。

一开始，雅各布晕头转向。比如，诺书亚若问235减去117等于多少，雅各布会立马愣住，两个膝盖扭在一起。还有一次更滑稽：一天跳舞时，诺书亚抛出个众所周知的谜题——关于一个男人在十字路口碰上了只会说谎的人和只会说实话的人，雅各布索性双膝一软，摔了个狗啃屎。

不过，他的双腿渐渐有了经验，如今也能摆脱头脑的约束，自信地移动了。短短几个月时间，他已能够一边背诵全等三角形的六条定律，一边跳阿根廷斗牛舞了。他能一边和诺书亚激烈争论关于身体与灵魂的和谐统一，甚至还开他几句玩笑，一边完成“妒意”中的激烈旋转。

83

当时我已入学。学校里大大小小的孩子都取笑我的名字，我的三位父亲，我的母亲。他们的残酷和纠缠令我十分苦恼，只能在村里的柏树和桉树上寻求庇护。树顶太高，那些名字普通的人根本不敢攀爬。我就是这样发现了乌鸦，发现了它们的巢穴和幼鸟。

“萨义德啊，”雅各布·沙因菲尔德当街一把抓住我，“你是不是想从乌鸦那儿挖来金银珠宝送给你妈妈呀？”

我一脸稚气地纠正他，说没有任何科学证据表明乌鸦会偷珠宝。雅各布哈哈大笑：“乌鸦又不讲科学。”

我们来到他家门前，雅各布问我：“进来吗？”

他家的帮工正在厨房做饭。我一进门，他就滑稽地鞠了个躬，还学狗汪汪叫。雅各布给我倒茶，告诉我在那个科德马河畔的村子里，有个年轻的外族人。他每年都会坐火车进城，“因为那里有些人非常非常有钱”。在城里，年轻人四处搜寻，找到许多乌鸦的弃巢。他拿走了鸟巢里藏着的金银珠宝，都是乌鸦从忘记关窗的富婆房间里偷来的。

“偷贼的东西不叫偷。”诺书亚在灶台旁声明。

雅各布解释道：“只有雄性乌鸦才会偷珠宝，偷来也不会藏在自家的鸟巢里。珠宝只会藏在旧巢里，甚至是地下，因为他们谁也不相信任，包括乌鸦太太，小乌鸦就更别提了。他们会趁人不注意独自来到藏宝的地方，把宝物拿出来赏玩一番。而你要知道，那个年轻人有时买不起票，就扒在车顶上进城，而回来时却坐着头等车厢，箱子里塞满金银珠宝，腿上还坐着两个吉卜赛女人。”

隆冬时节，大雨依然时时造访，但白昼开始变长，乌鸦折下干燥的树枝为自己筑巢：搭好雏形后，在上面铺上细枝，再用干草、细线、绳子和羽毛垫软。他们意志坚决，胆量惊人。我经常看到乌鸦猛扑向奶牛，从她们身上拔下一撮撮牛毛。乌鸦不用了的旧巢依然十分坚固稳定，常常被猎鹰和猫头鹰据为己有。

巢穴建好，雌性乌鸦开始孵化幼鸟，而雄鸟则站在附近树上的瞭望点站岗守卫。

此时，我已经能够分辨他把守的方向，也能认出雌鸟的大尾巴。那尾巴像一根黑色的棍子，斜着伸出鸟巢边缘。当我爬到树上，想一窥巢中究竟，雄鸟们立刻围上来，站在附近的树上大声抗议。有一次，我在树干里发现两只幼鸟，是布谷鸟将它们丢到那儿。它们又小又丑，蓝色的眼睛，翅膀上的羽毛刚刚开始丰满。

有个比我高两级的孩子，经常找我麻烦，给我起各种外号。我告诉他：可以将小乌鸦带回家里抚养，这样长大的乌鸦会很温顺。他一抓起小鸟，乌鸦们便愤怒地群起而攻，用翅膀拍，用喙啄，直到他哭着喊着跑回家。整整一年，乌鸦们都埋伏在学校操场和他家附近，一有机会就发动攻击。

这些都与我母亲的故事无关，所以就一笔带过。那是我第一次，也是最后一次报复他人。我发现，尽管我理解报复的本能，但它并未带给我丝毫快感。

有时，我们会站在雅各布家院里，希望帮工能出来，给我们演上一小段儿，或者再跑去跟拉比诺维奇的石头较较劲。我们试着透过帐篷鲜艳的帘布往里窥视，鼻子也尽力捕捉着锅盖下溢出的美味。诺书亚做出的菜肴比我们在家吃过的任何东西都要美味，而且，他的手法独具一格，十分吸引人。我们都知道他是外国人，但没人会想到沙因菲尔德家的这个帮工是意大利战俘营逃出的囚犯。当时战争已经结束，营房也已经拆除，变成了农田。这个帮工说我们的语言，跟我们也打扮得差不多。后来我们才发现，原来是雅各布拜托格洛伯曼帮他办好了所有的证件手续。

突然，沙因菲尔德来到院里。他步伐古怪，还时不时转个圈。身边的孩子们都盯着我，仿佛想知道我对这个妈妈的追求者是什么看法。他们的父母也盯着我，好奇着我如何看待自己的母亲。可我并没什么特别观点。母亲没告诉我任何关于她的三个爱人的事，我也从来不问。

“萨义德，也许你知道自己是谁的孩子。也许在她去世多年后，终于有人说出了真相？也许你会去医院化验？我听说他们有专门做这个的显微镜。然而，即使不用显微镜，他们也能把你看得一清二楚。看看你自己，你就会明白什么叫遗传。你有格洛伯曼的一双大脚，有拉比诺维奇的蓝眼睛，还有我的小溜肩。真可惜，如果不是这样就好了。甚至在普通的家庭里，孩子也不一定就像爹妈。有的像舅舅，有的像曾祖父的兄弟。以前在老家，有人生了个女儿，长得跟丈夫的第一任妻子一模一样。这种事你怎么解释？如果生下的孩子像自己的前夫，虽然有点尴尬，但至少还说得通。长得像丈夫的前妻？怎么可能呢？长得像谁有时候还真难预料，真有意思。你看，人们说，不光孩子长得像父母，日子过久了，夫妻俩也会越长越像。是血液交融？是妻子吸收了丈夫的精子？是丈夫吸收了妻子的体液？要知道，男人和女人下面的皮肤都很细嫩，有些女人的那里简直就是甜美的河流，我不骗你！每次完了事儿，还得把床单挂出去晒干。我们村里就有这么个外族女人。全村都在数她家一周晒几次床单。教会里的那些小丑还会议论他们夫妻，说什么‘马儿把骑手扔进海里啦’。夜里，有蛾子扑在床单上死去。甚至很多远村的狗都跑到他家，又是发癫又是嚎。所以啊，如果我这些年都跟丽贝卡一起过，兴许能沾染些她的美貌，变成个英俊的男人，你说是不是？摩西和托妮奇卡就长得很像，不过他们认识之前就这样。打一生下来，两人就彼此相像，可能这就是他们相爱的原因——没有能比与自己相像的女人更令男人着迷的了。一旦相遇，他就想立即进入她的身体，连门也不敲。突然间，他感觉自己得到了上帝的许可，可以为所欲为。真希望我的爱情也能有如此简单而满意的答案。萨义德，我只能说，这种相像的事很复杂。发生在拉比诺维奇身上的事就更离奇了。朱迪斯和托妮娅的女儿长得也连相。小姑娘走路的姿势和长相都酷似朱迪斯。别跟我说你从没注意到。相像是一个慢慢演变的过程，直到最后，你看上一眼，立马会赌咒发誓，说朱迪斯和娜奥米一定是亲生母女。”

太阳出来了。我打开衣柜，巨大的穿衣镜注视着我黄色的头发，下垂的肩膀和一双大脚。

事实上，我大声地自言自语：在我身上找不到任何答案，只有问题。

沙土从她眼窝中溢出，柏树的树荫爬上她的坟头，遮住她裸露的白骨。

“能跟我跳支舞吗？”

他向我伸出衰老、僵硬的枯手。

他的脚下有些蹒跚，冰冷的手在我的后背寻找支撑，脆弱易碎的下巴轻轻点在我的肩头。太阳升起，我一把将他甩开，回到床上闭起眼睛，准备进入短暂的梦乡。

“萨义德，你也知道，她没来参加婚礼。所有人都来参加我筹办的婚礼，都吃了我准备的菜肴。她穿上我亲手缝的礼服，却让我一个人跳完辛苦学来的舞步。为什么会这样，萨义德？她明明向我走来，路上究竟发生了什么？”

84

诺书亚继续翻找，这次拿出了白化病的大镰刀。他将刀刃磨利，给院子除草。然后把除下的聚成一堆，跟干草和之前累积的荆棘并排堆好。他从衬衣口袋里取出一根压瘪的香烟，点着。之前没人见过他抽烟。诺书亚陶醉着吞云吐雾。他没有将火柴吹灭，而是扔进了草堆。火焰呼啸着燃起，将孩子们一张张好奇的脸映得通红。

诺书亚宣布：“现在轮到准备婚宴上的食物了。”

他用干草叉把土翻松，插上杆子，扯上线，挖了坑，撒上菜种。鸟舍后，洋葱、茄子、辣椒和南瓜迅速发芽。菜地的前面种着大蒜和香菜，还有许多香草植物，宜人的香气与探戈音乐、金丝雀的歌声相互交织。还有几株旧时的罂粟，它们无视律法，一直在土壤里静静守候，如今也决定在一众食材中露个头。

诺书亚让雅各布给菜地施血肥，雅各布听了害怕：“为什么要用血？这么多牛啊鸡啊的，难道家里还少粪肥吗？”

“那为什么用粪？如果你是番茄，你愿意吃哪种养料？”诺书亚惊讶地反问。

屠宰场在桉树林的另一边，屠户与牲口贩子整日在此喧嚣。每周三次，雅各布会担上两个小罐子，出现在这个忙碌的小王国。

贪婪躁动的丽蝇在他身后飞舞，仿佛扯起一张绿色的死亡头纱。貂和胡狼闭着眼在他腿上狂蹭，为罐子中飘出的血味而疯狂。

那时，雅各布已将观鸟暗箱送给我，所以我时常隐藏在附近，看鸟儿啄食屠户清剩的内脏。

我还见到过人。我观察，倾听，铭记。

“要是朱迪斯小姐知道你用牛血灌溉园子，以后你再也别想见她了。”格洛伯曼对雅各布说，当时他们在林中的小路碰面了，“请你记住格洛伯曼说的话。”

雅各布没回答。

“怎么，沙因菲尔德，”牛贩子转移了话题，“你最近还跳舞吗？”

“是啊。”雅各布一脸认真，以恋爱中人的天真抵御所有嘲讽。

“沙因菲尔德，你真是个傻瓜。不过无所谓，反正傻瓜多的是。傻瓜从来都不是一个人，而是属于一个大公司！”

“在朱迪斯面前，我们都是傻瓜，”雅各布突然壮大了胆子，“在朱迪斯面前，即使是你，格洛伯曼，也是个傻瓜。”

我的心怦怦直跳，直震得肋骨和箱壁也跟着颤动。格洛伯曼手杖的铁头轻轻点在雅各布的靴子头上。

“是啊，沙因菲尔德，”牛贩子细声道，“在朱迪斯面前，我们都是傻瓜。不过，只有你不光是傻瓜，还是个蠢货。你做事蠢，爱得也蠢，最后只能落得个蠢货的下场。”

“蠢货能落得什么下场？”

“蠢货的下场和傻瓜一样，只不过蠢货是在众目睽睽之下。就这么简单。”一阵短促而冰冷的停顿过后，牛贩子继续道：“既然你都蠢成这样了，我就帮帮你，给你举个你这种蠢货都能懂的例子。

你的爱就好像兜里揣着张一百镑的票子在外面走。不少钱，对吧？你觉得能用这些钱干点事儿，对吧？可你什么都做不了。这一百镑买不了一杯啤酒，买不了一根香肠，甚至看不了一场电影，招不来一个妓女。因为没人找得开，所以人家什么都不卖给你，就这么简单。你的爱就是这副德行。”

“伟大的爱只会成就伟大的事，”雅各布骄傲地说，“不是小打小闹。”

牛贩子的语气中既有同情，又有鄙夷：“我不知道那个教你跳舞的帮工是怎么教你的，也不知道梅纳汉姆·拉比诺维奇在你找他哭诉时说了啥。你要知道，爱情得化整为零，而不是只想着伟大，不是只谈崇高，不是一股脑把一辈子搭进去。为了她，你把所有的金丝雀都放了，结果什么都没换来，没得到她，也没拿到放鸟的钱。”

“你闭嘴！”

牛贩子假装无奈地挥了挥手：“我也不知道为什么跟你说这些。毕竟，我也爱着那个女人，也想要她的儿子。但我觉得你可怜，沙因菲尔德，因为你是一个头脑不清不楚的蠢货。我爸以前说过，上帝对你这样的人特别照顾。他专门把你的蛋蛋装在袋子里，怕你弄丢。所以，你好歹放聪明点，好好利用我给你的建议。这次准备个小礼物，下次讲个小故事，这才有效果，沙因菲尔德，从小事做起，积少成多。”

85

以色列独立战争爆发。男人们开始从村里消失。路上传来枪声，远山腾起浓烟，村里的墓地又起了新坟。然而，走路光脚留印、带着地道加利利口音的诺书亚去了附近的阿拉伯村庄，又平安返回。他学母羊咩咩地叫，一只小羊羔居然信以为真，一路跟在他身后。

诺书亚带着小羊在田野里蹦蹦跳跳，带它玩捉迷藏的游戏。养了两个星期膘后，诺书亚把羊羔引到胡桃树下，用绳子绑住它的后腿，将它倒吊在树枝上。在羊羔意识到这不是一个新游戏之前，诺书亚便操起一把锯齿已经被磨掉的旧镰刀，抻开羊脖子，一刀斩下羊头。

尸身的痉挛尚未停止，意大利人已经切断四蹄上方的关节。他将嘴唇贴近四肢的断口，使劲吹气。

“沙因菲尔德，注意看。”说着，诺书亚用双手拍打着羔羊的身体。

吹气有助于肉皮分开。诺书亚将羊羔的腹部纵向切开，像脱衣服一样将羊皮扒下。

“如果你学会做这个，就会得心应手；学不会，就始终无从下手。”

闻到附近有死亡的香味，兴奋的乌鸦开始在周围雀跃、盘旋。渴望与急躁令乌鸦胆子越来越大，有几只甚至凑到跟前，啄食诺书亚被血浸透的鞋子。他把羊肠扔给乌鸦，将羊肉放在芳香的木炭上烤。这些木炭还是用橘园砍回的树枝做成的。

“沙因菲尔德，你坐下，”诺书亚用手扒下一小块鲜美的羊肉，吹了吹，送到学生的嘴边，“别忘了，爱情是有规则的。你看着她的眼睛，那眼睛也会看着你，接着，眼睛会慢慢闭上。这说明她信任你。然后，她的嘴唇会慢慢张开，你要小心翼翼地把肉送出，但不能真的送进嘴里。要等一分钟，会有信号：她的舌头会略微伸出，像一只小手接住礼物。然后你用手里的肉去触碰那舌尖，她会张开嘴把肉吃进去。你要知道，那才是完全的信任和理想的爱情。闭着眼睛张嘴接受食物，所需的信任可比闭着眼睛同床共枕多多了。”

雅各布闭上眼睛，嘴巴大张着伸出舌头。他相信着，摸索着，感受着食物的芳香与温暖，舌头承载着战利品，将其收入口中。

“吃吧，沙因菲尔德，吃吧。”又一小块肉送到他嘴边。

“婚礼过后，你们会一起坐在桌前，你要在全村人的注视下这样喂她。不用太多，也不用叉子，就用手指喂一点点。你看着她咀嚼，她也会望着你。”

雅各布睁大眼睛，一边看，一边咀嚼吞咽，那道疤在前额发亮。唾液和眼泪是体液中最为温和的两种。口舌的狂喜化作眼泪流到下颌边。他的大腿颤抖着，内心几乎融化。

诺书亚留意到学生唇边洋溢的喜悦与爱意，在雅各布咬合前赶紧将手指抽回。他站起身，在留声机上放上一张唱片。雅各布分辨不清，究竟是旋律配合着老师的舞步，还是他的动作在配合旋律。

意大利战俘仿佛玩跳绳的小姑娘一般，跳得娴熟自如。

接着他转向雅各布，问："吃完了？"

雅各布点点头。

"现在你们俩要跳舞了。"

诺书亚用双臂架起雅各布，两人身体紧贴着，共舞了一段探戈，那舞蹈中有着克制的欲望，让人口干舌燥，饱含着悔恨带来的痛楚。

无尽的旋律，烟雾与香料混合凝结的味道，从沙因菲尔德家的院里飘散而出，笼罩着大地。所有人都知道这意味着什么，也知道所为何故。然而，神秘的氛围依旧笼罩着沙因菲尔德家的宅院，笼罩在帐篷的上方，笼罩着这两个在这里共同生活、学习、训练、准备的男人。

一层纤薄的屏障笼罩着他们的一切行动，如同笼罩着雇佣杀手、炼金术士和年轻寡妇的衣衫。

很多人在沙因菲尔德家门前驻足，想用窥探的目光推倒神秘的围墙。其他人仅仅是放慢脚步，呼吸着房子周围的神秘空气。

"在以色列地，年轻的男人们正在失去生命，而这两个人却围着那个女人转。"抽几个小时空回来探望的奥代德愤愤不平。他正在哈雷尔旅[1]服役，当护送卡车司机，还时常帮身在被围困的耶路撒冷的娜奥米送信。

雅各布说他想入伍参战。官方通知他，他年龄太大，不能入伍；工作人员私下里又告诉他，这么做纯粹是不要命。他这才放心回到他的帐篷里，跳他的舞，做他的菜。

1.哈雷尔旅：以色列国防军的预备部队，在1948年以色列独立战争中发挥了重要作用。

美食的味道并不理会风向。雅各布家菜肴的香气总会飘进我家的窗户。但母亲完全无动于衷，她从未在帐外驻足，也不理会那音乐声。更有甚者，她甚至不屑于改换平时的路线，以避免从那里经过。她昂首挺胸，那熟悉的轮廓、摆动的裙裾瞬间从两人身旁飘过，只留下决绝的背影和冷漠的聋耳。

朱迪斯在拉比诺维奇家挤牛奶，给他洗衣、做饭，从他那里拿工钱。每周她和格洛伯曼见一次面，喝同一瓶酒。每周两次，我和她一起带蕾切尔出门散步。那时候的蕾切尔已经上了岁数，有时记性不好，得要人领着才能回家。

以前的牛舍如今变成了惬意的小屋。墙上攀着三角梅，仿佛卷曲的鬓角。燕子在窗边拍打着翅膀，柔和的奶香从墙缝里渗出。拉比诺维奇家的朱迪斯就在这里把儿子抚养成人，毫不理会世人的目光。

这样的做法自然会令雅各布心中不安，而诺书亚则对朱迪斯这个人和她的行事风格毫无兴趣。诺书亚按规则做事，任何女人都无法逃离规则；他照周密的计划行动，任何偶然与时机都无法干扰。

第一次停火期间，他们两个到海法买了布料，准备制作新娘礼服。雅各布体会着不同布料的手感，而诺书亚则仔细地观察着裁缝师的活计。

诺书亚用胳膊肘指了指雅各布，对店里的女裁缝说："他要给我缝裙子。"雅各布羞得无所适从。

她们都笑了，诺书亚用村里幼儿园老师的嗓音高声唱起了歌谣：

巧手衣匠坐工房
日日辛勤为何忙
穿针引线密密缝
缝纫踏板踩不停
挥汗若甘霖

女工们一边喝彩，一边跟着唱起来，尽兴的同时丝毫没有起疑，任他在一旁流连观察。夜晚，诺书亚返回村里，此时早已将量体、裁剪和缝纫的技巧烂熟于心。

“咱们现在开始缝制礼服，明年就会万事齐备。”他说。

“不用给新娘子量尺寸吗？”雅各布问。

“行了，别新娘子新娘子的！”诺书亚突然厉声道，“这跟新娘子有什么关系？你不用见她，不用跟她练跳舞，也不用给她量尺寸！”

他在地上唰唰铺开几张大纸。

“给我说一下她的体形。”他命令道。

根据雅各布的描述，诺书亚俯身用铅笔将礼服的各部分一一绘出，剪出纸样，然后将布料铺在地上。

整个阶段在故事中只占据几行文字，几秒钟就能说完，实际上却持续了数月之久。先是买了布料，随后是准备、计算、绘图和裁剪。与此同时，雨水落下，果实成熟，月盈月亏，候鸟迁徙。最终，雅各布洗了脚，用布擦干。他先踩踩白纸，向诺书亚证明脚上没有脏土，这才放心地踏在布料上。

他的脚跟和脚趾感觉到灼烧的刺痛，但说不清是因为高温还是寒冷。雅各布将纸样铺在料子上，依着纸样的形状裁剪出布料。他伸着舌头，屏住气息，全身只有手指在动。

过后他身子一软，倒身就睡。几天后，诺书亚找到阿丽莎·帕比什，跟她借那台“胜家”牌缝纫机。

“给他，给他，”村倌儿帕比什告诉妻子，“省得又让动物遭殃。”

诺书亚扛着沉甸甸的缝纫机回到家。接下来的几天里，他将一块块布料拼接缝合，雅各布就在一旁，不断描绘出朱迪斯的轮廓。

白色的裙子渐渐成形，纯洁而空洞。

“感觉到了吗？感觉到了吗？”诺书亚问。雅各布全身心地感触，和衣料一起渴望着肌肤与肉体，期待着这份渴望——这份自以为独有的渴望——能得以满足。

诺书亚粗略缝出裙形，笑着让雅各布穿在身上试试。尽管面料清凉，雅各布的肌肤却像着火一般，疼得他不禁大声惊叫。没穿两分钟，诺书亚便要他脱下，两人用缝纫机合力完成收尾工作。

只有格洛伯曼看出了其中的门道。他饶有兴致地观望着，为雅各布介绍食品暴利商中的“重要大户”。独立战争期间，牛贩子依靠他的绿皮卡、狡猾和关系网“随时为国效力”，并在物资缺乏的困难时期做起了老本行。他在黑市倒卖，将肉卖到政府高官经常隐秘出没的高级餐厅，从中赚了一大笔。所以，对于哪里可以买到婚礼用的食材，牛贩子一清二楚。

他答应帮雅各布争取折扣，甚至许诺借给他婚礼所需的全部餐具——那些曾属于德国圣殿骑士、来自德累斯顿和布拉格的精美餐盘。如此一来，当年圣殿骑士遭驱逐后牛贩子入室洗劫的传言也得到了证实。

“帮你对我没有一点好处，”他说，“不过到了我这个年纪，有时爱情会敌不过好奇。”

与此同时，村里人都说已经很久没见过雅各布：没见他再纠缠朱迪斯，没见他守候在拉比诺维奇家门外，没见他四处张贴黄纸，没见他躺在路边等朱迪斯经过……到处都不见他的人影。因为他闭门不出，正忙着学习，忙着准备“考试”。

他一天到晚要么围着锅台，要么跳舞、做针线。他播种、施肥、浇水、培育。他午夜上床，时梦时醒，时而自言自语，睁眼闭眼间，他反反复复，来来回回：朱迪斯，朱迪斯，朱迪斯，朱迪斯，朱迪斯，朱迪斯，朱迪斯，朱迪斯，朱迪斯，朱迪斯，朱迪斯，朱迪斯，斯迪朱，斯迪朱，斯迪朱，斯迪朱，斯迪朱，斯迪朱，斯迪朱，斯迪朱，斯迪朱，斯迪朱，斯迪朱，斯迪朱，朱迪斯，朱迪斯，朱迪斯，朱迪斯，朱迪斯，朱迪斯，朱迪斯，朱迪斯，朱迪斯，朱迪斯，朱迪斯，朱迪斯，朱迪斯。

橱柜散发出夜晚的气息，架上精致的酒杯余韵未停，铜锅在墙上泛着红晕，绘出一轮轮不落的夕阳。

细密的针脚不断延伸，礼服渐渐完成，等待着渴望已久的躯体来接受它，充实它，成全它。

诺书亚将礼服抚平折好，放进长长的白色的硬纸盒中。

他将盒子放进衣柜：“现在一切准备妥当，就等吉兆出现了。”

86

和所有苦苦等待的人一样，雅各布不断追问着吉兆何时到来——问诺书亚，问自己。

是燕子反常的尖叫？是燕子寻常的尖叫？乌鸦会是信使？是冬天成熟的桃子？是傍晚不落的夕阳？是照常升起的朝阳？是某棵苹果树的叶子？还是秋日果园里，和它千万兄弟姐妹一样落下的某片普通的黄叶？

要如何为之准备？是坐在家里干等，还是进进出出，生活劳作？

和所有苦苦等待的人一样，诺书亚和雅各布等待着吉兆，而吉兆却和所有的征兆一样，迟迟没有出现。

“以前，天使正是因此而存在的。可如今，天使早已不理会这些，征兆都要人们自己去揣测。所以，我把整个计划告诉两个人——格洛伯曼和梅纳汉姆·拉比诺维奇，好让他们帮我。梅纳汉姆说这计划很美好，我问他什么意思，他说：‘赢得女人芳心的计划都是美好的，从你的角度出发，我祝你成功。’他已经不再是以前的梅纳汉姆了。自从小儿子在独立战争中丧生，他肝肠寸断。儿子死后不久，他的失声病也没再发作，这令他更加伤心。他告诉我：‘如今，我春天也能开口了，可再也没有一个野女人来听我说话。’牛贩子一听我的计划就乐了。我告诉他：‘既然你我爱上了同一个女人，你以后能不能好好听着，不要笑，并告诉我你的看法？’我把整个计划一五一十地告诉了他：如果我把一切都备齐——婚礼、食物、舞蹈、礼服、拉比、华盖、宾客——朱迪斯一定会来。如果说万事俱备，只欠东风，那么东风也一定会来，这是自然规律。我好心告诉他，他却笑破了肚皮：‘沙因菲尔德，看来你是要把一切都倾注在那女人身上：你的钱，你的人生，你的经历，你的一切。’他说得没错，我的确用尽了所有。正如我给你讲过的那个人，我也将死前所需的花费都做好了规划。我就像法国故事书里的那艘船——那本书叫什么来着——在大海中用尽了燃煤，只好用船身的木材当柴烧，最终抵达时，只剩下一副‘船尸’的钢架。但在我的梦中，我看到朱迪斯其实毫无选择，‘命运’的绳索已经牢牢将她套住。这一点格洛伯曼并不明白。如果不是命运，为什么一个从意大利远道而来，在沙漠打过仗，进了监狱又逃出来的人会出现在我家门口？他来就是为了帮我准备婚礼——教我如何准备婚宴，如何跳探戈，如何缝制礼服。可我一说这话，格洛伯曼突然翻了脸。他嘴巴绷得紧紧的，冲我大吼道：‘沙因菲尔德，接下来你是不是想说：那个天杀的希特勒折腾出这么大一场战争，就为让那意大利八哥逃出监狱，来这儿给你办婚事？’他真的发火了。也许是因为他有许多拉脱维亚的亲人都死在德国人手里。他的脸像纸一样惨白：‘孩子被丢进焚尸炉，士兵战死，孩子失去父母，妻子失去丈夫，还有集中营的大屠杀，这些全都没发生，只是来了个操蛋的意大利佬，千里迢迢来给雅各布和朱迪斯小姐举行婚礼，是吧？’可我没理会。并不是所有贩牲口的人都懂人性。再说，牛贩子有什么资格高谈战争、生命和死亡？对于奶牛来说，他才是希特勒。”

某日，一场再平常不过的午休过后，诺书亚忽然翻身下床，仿佛心中的气泡突然迸裂。天使的吉兆并未出现，但诺书亚穿上衣服离开家，沿着许久未走的道路走向拉比诺维奇家的石头。他已经很久没来了。

他走得平静而缓慢，不跑不跳，也不握拳使劲。他的前胸随着深呼吸一起一伏，小眼睛几乎要闭上。

几个孩子一见他，便奔走相告：“诺书亚要去搬石头啦，诺书亚要去搬石头啦！”等他到达拉比诺维奇家的大院时，人们早已聚在那里。

他毫不犹豫地走到石头跟前，对它道：“请先等会儿，我马上去叫我的摩西，他会把你搬起来。”

所有的人都惊呆了，连那块半埋在地里的石头也仿佛抖了一下。诺书亚自己也吓了一跳，他根本不知道这个声音、这些话语究竟从何而来。

他在裤子上蹭了蹭双手，与那位故去的妇人的动作一般不二。接着，他屈膝抱住石头，像拉比诺维奇一样大吼着将石头搬起，然后像抱小孩一般搂在胸前。

他就这样抱着石头走在村里，所有的人都欢天喜地地跟在身后。

妈妈透过牛舍的窗户大喊：“萨义德，别去凑热闹，赶紧进屋！”

我既没跟出去，也没进屋。乌鸦从桉树上纵身而下，聚在石坑边缘，我也跑了过去。惊慌的蚯蚓拼命往湿土里钻，苔藓与露珠四下滚动着。晶黄的大肚蚂蚁爬过，被乌鸦逮个正着。乌鸦们啄着，吞咽着。突然，只听一只乌鸦嘴边砰的一声，我弯腰伸出手，想要一探究竟。

我的大脑一无所知，全无预料，可在手指告诉我它们摸到什么之前，心却怦怦直跳。我用手擦掉表面的湿土，摸到盒子的一角。在清走土块之后，木头和珍珠母露出地表。

诺书亚搬着石头来到村子中心，绕着社区中心旁的几棵榕树转了个圈，然后原路返回。他大吼着将石头放回土坑，转身回了沙因菲尔德家。他完全不理会目瞪口呆的追随者，进门便说："雅各布，那就是吉兆。是时候了！"

他将炉子里的木柴点着，烧了水，冲了澡，吃了饭，然后倒头便睡。

晚上，他起身换上战俘营的囚服，拆掉帐篷，拿出装着礼服的白盒子。

"再见，雅各布。"

"再见，萨尔瓦托雷。"

意大利人来到拉比诺维奇家，敲敲牛舍大门，将白盒子交给朱迪斯。

"Questo per te[1]，这是给你的，朱迪斯。"

他没有等待回答，而是在等她接受。朱迪斯情不自禁地举起双手，伸向他，诺书亚将盒子放上去，转身来到村中心，将一张大黄纸贴在公告板上："拉比诺维奇家的朱迪斯与其心仪伴侣雅各布将于本

1.Questo per te：意大利语，"这个给你"。

年细罢特月[1]十四日，公历1950年2月1日，星期三，下午四点喜结连理。恭请各位亲友届时出席。”

随后，萨尔瓦托雷上了公路，离开村子，再也没有回来。

1.细罢特月：犹太教历11月，公历1月至2月间。

87

“那时候，我已经学会了跳舞和烹饪。菜肴已经齐备，礼服也已准备好。意大利人搬起了石头，还第一次叫我雅各布，仿佛给我升了职。我从沙因菲尔德变成雅各布，从贫苦的大头兵当上了爱的大将军。全村人都跑来看婚礼告示。那些文字简洁而优美，喜结连理……心仪伴侣……还有日期——犹太历和公历都有，还有年、月、日和具体时辰，一切都清清楚楚，‘命运’、‘好运’和‘偶然’三兄弟绝无可乘之机。几天后，我带了一只嫩鸡，坐公共汽车去海法见拉比。我把婚礼的日期告诉他，让他千万别忘记出席。你也知道这些迂腐的老东西，支持仪式不能收钱，可为给仪式提个醒儿，收只肥鸡却觉得无伤大雅。还有，萨义德，你不是一直问我从哪里学会烹调、缝纫和跳舞吗？现在你知道了。你别理格洛伯曼那些关于战争的言论。英国人在沙漠里活捉了萨尔瓦托雷，把他带到这里，关进战俘营，他逃到我这儿，教会我那些本事和道理。如果战争的意义不在于此，那又能在哪？我问你，在哪？难道我的爱还不值一场战争？一开始，我以为他会教我做意大利菜——什么意面、番茄、奶酪之类的，然而没有。他告诉我，犹太人办婚事就要做犹太人的美食。他仔细观察阿丽莎·帕比什的手法，不一会儿就摇身变成地道的乌克兰大厨，还把这手艺传给了我。就这样，我做出了三种鲱鱼：一种配酸奶油和青苹果，用来开胃；一种配洋葱、橄榄油和柠檬，用来抚慰灵魂；一种配黑醋、橄榄油、辣椒和月桂叶，用来平复悔恨。鲱鱼还配上了面包、黄油和杜松子酒。我在鸡汤里加了三角馄饨，又滴了几滴油花儿，它们如金币般向你绽放微笑。汤里还加了莳萝，那叶片纤薄无比，突然间你会听到所有人都对着汤碗叹气，因为他们都在那摇曳的叶片中看到了自己的母亲。包馄饨的面是我亲自和的。做三角馄饨，外皮比内馅更讲究。我还做了'塔甘卡'，这道鸡肉在俄国只有基辅那些富裕的外族人才吃得起。此外，还有乌克兰风味的罗宋汤，里面放了土豆、卷心菜、甜菜和牛肉。那个意大利人真是精通此道，他还做了记录，提醒我别忘记在每位客人的罗宋汤碗边配上半叶生蒜，用来抹面包。还有一道腌萝卜沙拉，萝卜用大孔擦板搓成丝，配上热油煸的洋葱。每个人的手边都放着一点辣根——不是红色那种，是白的——它的劲儿大到让你涕泪横流，大到令你觉得它不是从喉咙而是从其他什么地方进了你的胃。至于饮料，我准备了冷甜菜罗宋羹，上面再配一勺酸奶油，仿佛血泊中的一峰细雪。还有意大利人入冬前做好的石榴汁，因为我告诉过他，朱迪斯有多么喜欢石榴。我做了三种果酱——草莓、覆盆子和黑李，李子还是从进山路上的那棵茂盛的李树上摘的呢。所有的美味都盛在德国人那些精致的餐具里——这些天杀的德国人！餐具都是牛贩子提供的。跟你说，萨义德，这些东西可花了我不少钱，为此我卖了很多鸟儿。很多东西都是格洛伯曼给的。尽管他贪财、冷酷又愤世嫉俗，但归根结底还是个好人——这混蛋比我们所有人都好，很多食材都是他当作礼物送我的。在物资匮乏的年代，他赚了一大笔钱。格洛伯曼很会耍手段，知道如何在汇报宰杀数量的文件上造假，那些政府的监管员心知肚明，但从来抓不住把柄。我准备了一百人的宴席，可整个山谷的人听说后都来参加婚礼。一百个人可以坐下吃饭，剩下的人只能站在一旁闻味儿。没人有一句怨言，因为他们并非为吃饭而来，更多是出于好奇和爱，也是被我的真诚所打动。萨义德，当爱与真诚结合在一起，就会无往不胜。那个冬日阳光灿烂，这不奇怪，因为我们把婚礼筹备得天衣无缝，天气也自然会好。我从村里的木工坊取来木板，平放在支架上，给板子铺上白色的台布，为客人摆好椅子，所有的事都亲力亲为。然后，我洗漱干净，换上她喜欢的蓝裤子和白衬衫，四点钟出门迎接客人。我对宾客们说：'快请进，快请进，我的朋友们。我们这儿今天正办婚礼呢，多谢捧场！快请进。'所有人都一脸庄重地走进来，食物的味道就像悔恨一样，飘在头顶——《圣经》中对灵魂的食粮是怎么描述的，难道不是悔恨的味道吗？这里有身体的食粮，比如肉和土豆；也有灵魂的食粮，比如伏特加和鲱鱼。拉比也带着华盖和支架从海法赶来。不用我说你也知道，村倌儿帕比什有多喜欢巴结这些迂腐的老家伙。他告诉拉比：'长老，这里的吃食很多都不洁净，很多都是异教的东西。'说着他还冲我眨眨眼。别人眨眼眨一只，帕比什两眼一起眨。我最怕他提'异教的东西'，是不是他发现所谓的约书亚并不是我的帮工，而是个意大利外族人？但这位拉比很精明，他看了帕比什一眼，问：'老爷，我问过你食物洁不洁净吗？'帕比什回答：'您没问。'拉比又问：'既然我没问，你为什么要回答？'那天拉比狼吞虎咽，仿佛第二天'赎罪日'和'圣殿被毁日'的斋戒要一起到来。他嘬嘬手指，用一片面包把盘子蘸得干干净净。别的不敢说，这些拉比可绝对不是傻瓜。一吃饱，他就开始唠叨：新娘是哪位？新娘人在哪儿？新娘怎么还不来？我告诉他：

‘我们把一切都准备妥当，现在就看她赏不赏脸了。’拉比看看我：‘这位老爷，’——他好像特别喜欢管人叫‘老爷’——‘你是迎娶妻子，又不是迎娶弥赛亚[1]。’我答道：‘对我来说，这位新娘就是我的弥赛亚。’这下惹毛了拉比，他一下子站起来，气呼呼地说：‘弥赛亚我没看到，蠢驴倒是有一头。’这是个很老的笑话了。拉比起身想走，却被四个男人抓着胳膊按在椅子上。他只好乖乖坐着，和我们一起恭候她的到来。大家等了又等，不知为什么，朱迪斯一直没出现。等了半个钟头，却只等来了萨义德。小男孩就这样抱着装礼服的白盒子，大摇大摆进了院子。你还记得吗？这种事你怎么能忘？你突然跑来，所有人都一声不吭地盯着你。你径直向我走来，现场安静得可以听到我们的心跳。你把装礼服的盒子交给我，然后扭头就走，连看也不看我一眼。当着所有人的面，我像个疯子一样大吼：‘萨义德，萨义德，怎么回事，萨义德？’可你还是头也不回地跑了。你没听到我喊吗？你不记得了？这种事你怎么能不记得？你走后，我把盒子打开，当着所有人的面拿出礼服。没有朱迪斯穿着它，这件纯洁修长的礼服显得空荡荡的。所有人都在感叹——他们感叹的是礼服，里面有没有新娘无关紧要。接着，那四个人将拉比拖到我面前，用四根支架撑起华盖，我拿着礼服站在下面，对拉比说：‘新娘来了，开始吧。’那时我已泪流满面，就像现在一样。萨义德，怎么你也掉泪了？事情明明没牵连到你——甚至可以说这样对你来说更好。拉比看着我道：‘老爷，你可别拿拉比和犹太人的婚礼当儿戏。’说着他再次想走。可那四个汉子再次围了上来，抓住了他的胳膊。这回他明白了：犹太人的上帝正守护着这个婚礼。他像

1.弥赛亚：希伯来语原意为“受膏者”，引申义是指受上帝指派，来拯救世人的救世主。

个毛孩子一样乖乖唱颂着祷文，履行他应尽的义务。我比画着给空气戴上本应戴在她手上的戒指，然后毫不迟疑地说：‘今日，遵从摩西与以色列之礼，你嫁为我妻。’尽管她不在场，所有人都知道我在对谁诉说；尽管她不在场，她仍然与我成婚，做了我的妻子。全村人都做了见证，大家都知道，即使人没来，我的朱迪斯仍然和我在一起。”

88

拉比诺维奇家的朱迪斯与雅各布·沙因菲尔德的婚礼依然深深印在村里人和附近村民的记忆中，甚至连当年的幼童和他们的后代都记忆犹新。如今，人们依旧会谈起这件事。每次有人见到我，都会好奇地盯着看，仿佛我脸上写着答案。

然而，我没有答案，只有回忆。

那时的我大约十岁，记性也很好，尽管雅各布不相信。我记得诺书亚如何搬起摩西的大石头，记得他到牛舍给了母亲一个白色的大盒子。他用陌生的声音说了一句我听不懂的外国话，然后就离开了。

我记得她颤抖的双手，记得她在猜忌与犹豫中抚弄那白盒子。她像受了诅咒一般瘫坐在麻袋上，倾泻而出的礼服照亮了整个牛舍。

我记得她起身脱掉衣服，裸身换上那件礼服。她双眼紧闭，双唇颤抖，不停在牛舍里徘徊，就是不出去。

随后几日，她一次次穿上礼服。一分钟，几分钟，一刻钟，一小时，一个多小时……半夜，我看见她穿着礼服溜进院子，在食槽边来回走动，如同遥远的星云。她裹在礼服里思考着，不与任何人讲话，甚至对我也一言不发。

离沙因菲尔德家帮工写下的婚期还有三天，全村人都在做着准备，每家每户都是洗洗涮涮，锅碗叮当。妈妈告诉摩西，一切都准备好了，她决定辞去帮工的差事，与心仪伴侣雅各布·沙因菲尔德喜结连理。

那天下午，朱迪斯用木头和玉米棒子生火烧了水。

“萨义德，我想洗洗。你跑过去，看看雅各布家现在怎样。”

我去了又回，告诉她沙因菲尔德支起了桌子，还铺上白布，摆上盘碟。“好像是要准备聚会。”我假装什么都不懂，什么都不知道。

母亲坐在大澡盆里，蒸汽轻抚着她的肌肤。她让我在她后背抹上肥皂，往她的头上淋水，我都乖乖照做。我紧闭着双眼展开毛巾，等她出浴，心中却满是凄凉、恨意、担忧与沉重。

她徐徐站起，裹上毛巾坐下来梳理头发，许久审视着镜中的那张脸。

“萨义德，你过来。”

我来到她身边。

“今天我要嫁给雅各布。”

“好吧。”

“他会成为你的父亲，”说着，她摸摸我的下巴，“你唯一的父亲。”

“好吧。”

“我们会留在村里，你不用与任何人分离。”

她站起来，把我的头搂在滴水的前胸，然后转身换上白色的礼服。

“你在这儿等我。”

她转身走出牛棚，准备离开这里。一只冰冷有力的手压在我的肩头，我跌倒了。

“你叫什么名字？”一个熟悉而可恶的声音问。

“萨义德！”我大吼一声，“我是一个叫萨义德的小男孩！要索命去找别人！”说着，我起身推开他，在饲料堆里翻出我之前藏在这里的盒子，飞身追了出去。

村子里一片寂静，四下无人。所有人都在沙因菲尔德家院里，等待朱迪斯的出现，除了正在路上狂奔的我，还有待在家里的拉比诺维奇。寂静之中只听到些许微弱的声音，然而却清晰异常。我的心跳声、脚步声、呼吸声和远处乌鸦的嘶鸣回荡在空气中，层次分明。

我没有叫她，因为我知道失聪的耳朵和白色的礼服将她与外面的世界隔绝开来，她不愿倾听，不愿停步，也不肯回头。我追赶她，追上她，追过她，在她面前将双臂一伸，把那个脏兮兮的小盒子递到她眼前。

珠母木盒上着锁，但母亲用发卡一捅就开了。一时间，那木盒仿佛只为满足她一人的期待而存在，别无其他。

她将手伸进去，感受着盒内的柔软与渴望。母亲拿出摩西·拉比诺维奇又长又粗的辫子。当母亲把它举到眼前时，老旧的头绳散开，一寻金瀑在她指尖流泻。

“他让你来的？”母亲问。

“不是。”

母亲立刻明白了，这就是摩西一直寻找的东西。但我觉得，她应该想不到这是摩西本人的辫子。她认为这也许属于某个女人——

要么是托妮娅，要么是某位情人。尽管如此，在双手触碰到真相的那一刻，她仍被那深刻的喜悦与温暖打动。

“萨义德，你在哪找到的？”

“就在大石头下面。沙因菲尔德家的帮工把它搬了起来。”

我俩站在空荡荡的街道中央。母亲将辫子放回木盒，走到路边转过头背对着我。她的脸埋在臂弯里，肩膀抖动着。

“石头下，”她笑了，“石头下……真是个聪明的女人……为什么你会想到去那找？”

“是桉树上的乌鸦找到的。”

她走过来，用手捂着嘴，掩住颤抖的下巴。她的眼睛四下转动，寻找着庇护之所。

突然，她一下子倒在我身上：“谁能想到，谁能想到……在石头下……原来他一直找的就是这个……”

我伸手扶着她，在寂静的村庄小道上一路前行，用十岁的身躯支撑着她，直到返回牛舍。

摩西正在墙边徘徊，他的脸和墙面一样苍白、僵硬。母亲把盒子递给他。

“你一直在找这个？”

那声音低沉而坚定。母亲将盒子打开，眼睛依然注视着摩西。她小心翼翼地取出辫子，仿佛布料商人轻舞手臂，展示着店中最名贵的丝绸。

摩西的右手下意识地摸摸后脖颈。朱迪斯对此已司空见惯，而此时此刻，她终于明白了这个动作的意义。那条辫子曾从颈后垂下，摩挲着胸前的肌肉——如果他母亲的愿望实现，那里本应绽出丰满的双乳。秀发从胸前一路垂下，直触到腹股沟，在那里审视，证明，确认。摩西的动作没有丝毫生硬，那阳刚的脸庞一时间尽显阴柔。

此时朱迪斯才意识到，辫子并不属于摩西的母亲、姐妹或妻子，而是这个男人丢失的，属于他自己。

“摩西，这是你的……吗?”母亲半信半疑地低语道，“是你的?”

“是我的。”

他们没注意到，我就站在牛舍的角落里。

“让我做你的妻子，”母亲说，“我就把辫子还给你。”

细小的白雾是她的话语在冷空气中凝结而成，温暖晶莹的泪珠顺着她的脸颊滑落。

“那个孩子呢，”摩西的嘴巴发干，“他是谁的孩子?”

那孩子就躲在阴暗角落的饲料包中。他目睹一切，却一声不吭。

“让我做你的妻子，摩西。让孩子姓你的姓。”

她将辫子交给摩西。他把辫子贴在脸上，捕捉着头发中的气味。与此同时，母亲也脱下了白色的礼服。

她的肌肤洁白如玉，只有工作服的领口处和两条胳膊晒成了棕色。那是一副与她年龄不甚相称的年轻身体，细嫩而强壮。双乳小巧而有光泽，背上绽放出两道灿烂的小酒窝，大腿纤长而结实。

她换上工作服，俯身捡起白盒子，把礼服放进去。

“萨义德，把这个给沙因菲尔德送去。什么也别说，交给他就马上回来。”

89

夜晚，路上的脚步声络绎不绝，人们纷纷从雅各布的婚礼返回。他们在拉比诺维奇家的门前往来经过，无声地抗议着，最终渐渐散去。

第二天，奥代德把娜奥米和她的孩子从耶路撒冷接回家。娜奥米又惊又喜，心中还有几分忧虑。她管朱迪斯叫“妈妈”，母女俩抱头痛哭。

晚上，摩西睡在牛舍里，娜奥米母子和我睡在屋内。清晨，娜奥米把我叫醒，为挤奶做准备。

“萨义德，他们要出去独处一阵子。我们就在这儿待几天，照顾一下奶牛。”

母亲和摩西在济赫龙雅各布找了间小公寓：石墙，石子路，道路两旁棕榈摇曳，直通大门。十年后，我在服役休假时曾一度来此，但没有进去。

摩西道：“咱们早该找个这样的地方住，有马车，有仆人。”他抓着母亲的指尖，像模像样地鞠了个躬。五大三粗的摩西居然还有如此一面。

朱迪斯用手指轻抚他的后脖子。隐约传来大提琴和小提琴颤动的音符，一个小姑娘正在公寓的琴房和三个男孩玩耍。

人算不如天算。无论是啄木鸟敏捷律动，叮啄树干，还是秃鹫振翅云际，如钻石般划破长空，没人会预知，没人能破解。

1950年2月初，他们离开四日，我和娜奥米看家护院。

干燥凛冽的冷空气席卷全国。归途的公共汽车上，摩西告诉朱迪斯，这天气让他想起小时候在乌克兰度过的冬日。

汽车在穆哈拉克山脚下左转，上坡向右，眼前山谷空旷、田园辽阔。朱迪斯轻叹一声，倚着摩西道："我们到家了，摩西，还是家里好。"

当晚，奥代德要把娜奥米母子送回城时，母亲把我叫醒与她道别。娜奥米突然道："让萨义德跟我去耶路撒冷住几天吧！广播说兴许会下雪呢。"

"他还得上学呢。"摩西道。

"多好的机会啊，"娜奥米道，"村里从来不下雪。你们有更多时间单独相处，萨义德也能看看真正的雪花。"

"那他就要错过植树节派对了。"母亲道。

"那也不少他这一棵苗儿！"

母亲笑着装了几个鸡蛋三明治，让我们路上吃。她给我收拾了个小包裹，娜奥米一只手牵着我，另一只手抱着孩子。

"奥代德要出发了，快走吧。"我们俩赶紧跑去坐车。

跑着跑着我突然道："我还没来得及跟摩西道别，也没亲亲妈妈。"

娜奥米笑了："等回来再跟他说吧。亲不到妈妈，那就亲亲我吧。"

一路上，我呼呼大睡。醒来时，发现奥代德改变了平时的习惯，开着运奶车直接冲进街区，发动机的轰鸣打破了黎明的寂静。

“想鸣笛吗，萨义德？”他问。娜奥米还没来得及开口，我已经拉下绳子，笛声长鸣。

“因为你们俩，我把所有邻居都得罪了！”娜奥米愤愤不平。

“萨义德，回来时可别变成个城里人哦！”奥代德嘱咐完，又拉了拉喇叭，扬长而去。

十岁的我还从未领教过这般严寒。第二天天气更冷。娜奥米给我系上红色的羊绒围脖，梅尔带我到边界处参观旧城。

公交车摇摇晃晃，坐在上面感觉像骑牛。它还有名字，叫“肖松”。梅尔问我要不要去给司机付车费，司机找给我一些一分钱纸币，我从没见过这么稀奇的零钱。我们从锡安广场一直走到一处水泥高墙下，从墙上的洞孔窥视，然后攀上一幢大房子。房子的屋顶上有座女人的塑像，冷漠的修女在宽大的走廊里匆匆穿行。

一个五十岁上下、红眼白发的男人站在我们旁边，正将经文匣[1]缠在手臂上。他俯瞰城市，又看看我们，用单调的声音念叨着：“以亚伯拉罕、以撒、雅各之名，以吾王大卫之荣耀，求我主赐福保佑。愿你将救赎带到人类的国，助我等明辨公义。愿吾师摩西、吾王所罗门、吾王大卫安息天国。”这些词句散发着一股很浓的甘草味。

“寄生虫。”梅尔咒骂了一声，但还是让我给了他半分钱。

1.经文匣：又称经文护符匣、“塔夫林”，皮匣为黑色，一组两个，内装书有《摩西五经》章节的羊皮纸。犹太教徒往往在平日晨祷时佩戴，一个绑在上臂，另一个绑在前额，以此纪念上帝将以色列人带出埃及。

90

那个星期，我经历了太多人生的第一次。

第一次在咖啡馆喝热可可。

娜奥米第一次亲吻我的脖子和嘴唇，而不仅仅是脸颊。

第一次逛书店。

第一次经历母亲的死亡。

半夜，梅尔和娜奥米的孩子哭闹起来。我听到她起身给孩子喂奶，听到她望着窗外大声惊叫。

“萨义德，快起来，”她跑过来摇摇我肩头，“快起来，我不是说好让你看雪吗？现在下雪了！”

我起身巴望着，那是我平生第一次看雪。大地银装素裹，路灯的锥光下，大片雪花如羽毛般漫天飞舞。

清早，邻居家的孩子们在雪地里嬉戏，娜奥米对我说：“出去看看吧，萨义德，跟他们一起玩。”

“我不去。”

“他们都是乖孩子，有几个还跟你差不多大。”

“他们会笑话我的。你把我的名字告诉他们了吗？”

“你叫什么名字，”娜奥米虎着脸凑过来，突然又傻笑道，“你叫什么名字，小家伙？快说，不然我就把你抓走。”

“我叫萨义德。要抓抓别人去！”娜奥米牵着我的手，我们俩一起跑到门外。

我们和孩子们玩闹了好一阵。因为寒冷和开心，娜奥米两腮通红。雪依旧不停地下，雪花落在她的头顶。她的眼中闪着朵朵晶莹，脸上泛起温暖甜美的红晕。我们堆了个大雪人，娜奥米正给他捏鼻子，一个矮小的黑色身影从远处走来。他朝着我们一步步走近，路上跌了跤，爬起身，继续前行。

“是梅尔。”娜奥米的脸突然变得像雪一样白。

那个黑影越变越大，在茫茫大雪中蹒跚着向我们走来。

“出事儿了，”娜奥米道，“一定是他们在电话里说了什么。”

梅尔越走越近，直至来到娜奥米面前。他扶着娜奥米的胳膊，把她带到一边的围栏旁，带入噩耗的惊恐，带入尖叫的深渊——朱迪斯！朱迪斯！朱迪斯！朱迪斯！每一个“u”音在空中飘荡，旋转，下落，继而化为一片漆黑，仿佛乌鸦的羽翼。它徐徐落入雪中，飘进河里。梅尔将娜奥米搀扶起来，转头对我说：“萨义德，你先等等，待会儿就告诉你。”

黎明时，奥代德开着从村里借来的吉普车赶到。白色的大雪一路封堵，厚厚积雪掩埋下，虽然只有他能辨别出雪毯覆盖的道路，他还是开了十六个小时才到。

到达后，奥代德先眯了一个钟头，起身连喝了四杯茶，吃了两大块巧克力和半条面包。吉普车灯一亮，纷飞的大雪瞬间化为飞旋的魔法幻境。奥代德载着我们回到村庄，奔赴母亲的葬礼。

91

1950年2月6日清早，拉比诺维奇从梦中醒来。朱迪斯睁开眼睛，以往灰暗的眼珠如今变得湛蓝清亮，在眼角细纹的衬托下焕发着新的光彩。

摩西点着炉子，要为妻子煮上她喜爱的咖啡。在热牛奶时，他突然意识到是什么唤醒了自己：外面太静了，仿佛一床厚毯蒙住了清晨村庄的所有喧嚣。鸡不鸣，牛不叫，泵不响。摩西拉开百叶窗：突如其来的大雪连下一整夜，此时的大地已被厚厚的白雪覆盖。

纯净温柔的雪花飘然降落，越积越深。命运的英俊使者——来自远方北国的死亡天使走错了方向。他原本期待着一场丑陋的死亡盛宴：蛇毒肆虐，骄阳似火，飞沙走石，血流成河。

整个山谷措手不及。蛇虫鼠蚁冻死巢穴，林莺耷拉着灰溜溜的脑瓜，像石头一样栽下树枝。三天前学生们种下的植树节树苗也不见了踪影。泉边的仙人掌丛没了生气，果树也被压弯了腰，没人料到它们还要经受如此考验。拉比诺维奇家院里的桉树上，一根巨大的枝条正积聚着越来越多的雪花。

夜里我有时会想，故事要有模板，还要有路径和出口。

故事中有大雨，有上升的河床，有谎话连篇的修正主义者，有迟归的丈夫，有不忠的妻子。妻子失去了女儿，到一个鳏夫家当帮工，住牛舍，挤牛奶，带孩子。

我安慰自己：这样的故事不可能是虚构。

故事里有不会开车的牛贩子，有逃脱死亡与欲望束缚的男孩，有无畏的乌鸦，有纸折的小船，有剪下的辫子，有带着精液体味的伯伯，有两棵石榴树，还有尖锐的干草叉。

一，二，三，四。故事的因果脉络逐渐清晰。

故事里有世上最美丽的女人，有以她的名字命名的白船，有会模仿人兽之声的意大利人，他精通舞步，深谙爱情之道。故事里有等待的大树，有掉落的提灯，有不孕的母牛，有风雨交加的黑夜，还有育鸟的白化病将自己的宝贝遗赠给邻居，却将他的世界搅得天翻地覆。

听啊，命运家三兄弟正尽情欢笑，连大地也随之颤抖：如果不是那个谎话精，如果河床没有上涨，如果牛没卖…… 一，二，三，四。一，二，三，四。

但辫子还是被藏起，毒蛇还是咬了人，白化病还是来了，谎话精还是撒了谎。丈夫迟归，女人怀孕，在牛舍生活、做工、睡觉、哭泣，还在那里生下儿子。儿子逃脱了死神的纠缠，长大成人，却将死亡的命运带给了母亲。

人算不如天算。石头被举起，辫子被找到，大雪骤降，桉树的粗枝不堪重负，最终折断砸下。

当然会是这样。如果不是如此，那又将如何？

“朱迪斯！”窗前的摩西大吼一声。

她没有抬眼，只是略微再低了低头。头顶的恶风令她脊柱发凉。

“朱迪斯！”男人的呐喊、乌鸦的嘶鸣与枝条的断裂声冲破雪野的寂静，仿佛三声鞭响。

整个村庄都听到了摩西的叫喊。然而，母亲的聋耳对着摩西，另一只被树枝下落的风声灌满，丝毫没有听到警告。

树枝如大棒般从天而降，朱迪斯被砸倒在地。世界瞬间恢复了寂静，那寂静稀薄、清冷，如透明的水晶之眼立于世界的中心，不肯消失。

村民们舍出农夫的冲劲儿从四面八方奔来。尽管他们平时看起来五大三粗，奔跑起来却速度惊人。未等看到绿白相间的雪崩之下母亲的蓝头巾、跌碎的乌鸦蛋、惨死的抱窝鸡和母亲散开的裙裾，人们已是魂飞魄散。

村倌儿帕比什牵来家里的壮母驴，牵住断枝。人们又从木工坊拿来滑轮，奥代德爬到树上，将滑轮固定在粗枝与树干的连接处。

“吁—吁—，畜生，快跑！”帕比什大声吆喝着，仿佛一切都是牲口的错。绳索绷直，滑轮吱呀作响，断枝从朱迪斯身上吊起。

没有人赶着上前。大家都围在四周，注视着那纤细白皙的脖子——岁月、懊悔与死亡都没有磨灭它的光彩；还有那微微卷起的长筒袜，停留在柔美而有力的脚踝处。

凛冽干燥的寒风撩拨着鸟儿后颈灰黑色的羽毛，摆弄着死去女人的裙摆——它时而拍打她的大腿，时而松开，仿佛想将她唤醒。

许久，断枝在尸体上方摆荡，没人敢动，连母驴也如同脚下生根，寸步不移。她用力过猛，肌肉不住颤抖，身上热气蒸腾，鼻孔里喷着白雾。

然后，阿丽莎·帕比什过去，抓住朱迪斯的胳膊肘，将她拉到一旁。摩西从工具房取来磨石和锉刀。乌鸦在他头顶盘旋，尖叫着要报仇。他有条不紊地打磨斧刃，酝酿着复仇的极刑。

92

母亲去世时，我十岁左右，最记忆犹新的是那次夜间的旅途。路上白雪皑皑，我裹着军用毛毯和又大又暖的绒线袍，一句话也不说。

娜奥米握着我的手，婴儿在父亲的怀里不停哭闹。那声音让人无比烦躁，以至于我们一进村，雅各布·沙因菲尔德便对娜奥米说，他不去参加葬礼，建议把孩子交给他照看。

“这样你和朱迪斯也能清静地待会儿。”

“我也可以留下。”梅尔连忙自告奋勇。

“你跟我去参加葬礼。”说着，娜奥米道了谢，将婴儿交给沙因菲尔德。

婴儿哭得撕心裂肺，雅各布试着安抚。

他吹着口哨学金丝雀的叫声，取出黄纸折了几个纸船，那黄纸又一次在他口袋里扎了根，最后将婴儿裹在为我绣制的毯子里，抱着他走进白雪覆盖的田野。

就在将来修建公交站的地方附近，雅各布抱着婴儿四处散心。他时不时摇晃两下，给婴儿喂块饼干，让他吮吸。等这讨厌的小东西终于闭上嘴，雅各布抬头发现，哀悼的人们已经三两成群，交谈着从墓地返回。马车在他们身后徐徐驶来，在雪地里书写着辙印，马蹄印点缀其间。

“请进，朋友们，快请进。”雅各布道。

他将外套铺在雪地里，把婴儿放上去，然后跪在一边哭了起来。乌云的缝隙间露出一抹黄日，为田野留下一眼明亮。从公墓返回的空旷的马车渐渐驶近，朱迪斯望着雅各布，仿佛她正飞身掠过不见堤岸的金绿色的宽广河面。